文春文庫

女王ゲーム

木下半太

文藝春秋

女王ゲーム

初出
別冊文藝春秋　二〇一三年一月号〜九月号
本書は文春文庫オリジナル作品です。
DTP制作　ジェイ　エスキューブ

1

東の空がやや明るくなりかけた四月の朝、村山英五《むらやまえいご》は、玉葱《たまねぎ》畑の横に停めた軽トラックの中で恋人と情熱的なキスを交していた。毎朝とは言わないが、こうやって二人で密会を重ねている。もちろん、堂々とデートをすることはできるが、どこにいっても目立ってしまう英五は、人目のない場所でゆっくりと過ごすのを好んだ。

なぜ、こうも目立つのか。

生まれ育ったこの場所が、淡路島《あわじしま》というのも大きい。英五は、島民のほとんどが噂をする有名人だ。まずは、ルックス。人は口々に「淡路島の新名物」「淡路島のジェームス・ディーン」や「いずれ福山雅治《ふくやままさはる》を超える男」や「玉葱に次ぐ淡路島の新名物」などと好き勝手な言葉を並べる。身長は百八十七センチ。股下は同級生の男子の二倍はあろうかと思うほど長い。バスケット部を引退してから伸ばし始めた髪は、神戸の美容室で栗色に染め、ワイルドなショートミディアムにカットしてもらった。漁師だった色黒の祖父や釣り船店を経営する色黒の父親とは似ても似つかぬ色白の肌は透き通り、学園祭で女装をしたときは（ロミオとジュリエットのジュリエット役だった）、その美しさに学校中の女子が卒倒した。

「いよいよ、明日だね」

恋人が、うっとりとした目で唇を離す。名前は初芝今日子《はつしばきょうこ》。高校三年間、英五と同じクラスだった。美人というよりは、小柄でコーギーのように愛くるしいキャラをしている。性格も陽気で英五ほどではないが学校の人気者だった。耳が見えそうなほどのショートカットとクリクリと動く大きな瞳がチャームポイントだ。

英五は、黙ったまま頷《うなず》いた。

「わくわくしてる？」今日子がニッコリと笑って訊いた。

「そうでもないよ」

「でも、入学式は武道館なんでしょ。凄いじゃん」

「そうだよ」英五はそっけなく答えた。

この春から、東京大学に通うことになっている。現役で理科一類に合格した。明日、淡路島を離れて飯田橋のマンションに引っ越す。東京ドームに歩いて行ける場所だ。

ルックスだけではなく、頭脳も英五の魅力だった。〝天は二物を与えず〟という言葉は、英五には当てはまらない。ガリ勉タイプではなく、どちらかというと受験勉強らしいことはほとんどしていない。高校時代の大半は、主将を務めたバスケットボールと生徒会長の活動に費やした。塾にも通わなかった。授業中にノートも取らない。集中して教師の話を聞くだけで、テストは毎回満点だった。一度、聞いたことは絶対に忘れない。あとは応用だ。一を教えてもらえれば、なんなく十に辿《たど》り着ける。幼いころからそうだ。得意の釣りもコツを摑むのに五分もかからなかった。

人並はずれたルックスに頭脳、ずば抜けた運動神経に直感。英五にとって、淡路島は狭過ぎる。思う存分、東京で自分の力を試したかった。

「でも、ちょっと心配だな」今日子が、ぎこちない標準語で呟いた。

今日子は、東京の女子大への入学が決まっていた。母親は、関西の大学に行って欲しいと願っていたが、本人の強い意志で東京の大学しか受けなかった。せっかく憧れの英五の彼女の座を獲得したのに、遠距離恋愛なんて冗談じゃないと言わんばかりだ。英五と同じく、この春から都内での一人暮らしが始まる。

「どうしてだよ?」英五は、ぶっきらぼうに訊き返した。

「だって、東京には可愛い子がたくさんいるし」

「俺は浮気をしないよ」英五の標準語は、ほぼ完璧だった。

「約束してくれる?」今日子が、上目遣《うわめづか》いで小指を突き出す。

英五は、舌打ちを抑えて顔をしかめた。胸の奥に灰色の雲が立ちこめるような気持ちになる。

「怒った?」早くも、今日子が泣きそうになる。

「怒ってねえよ」

「怒ってるじゃん」

「しつこいぞ」

思わず、ハンドルを殴りつけた。今日子がビクリと首をすくめる。女を殴ったことはない。そんな奴は最低野郎だと重々わかっている。だが、よく物には当たってしまう。この数年間、英五は原因不明のイラつきに支配されていた。

「ごめんなさい」今日子が、目に涙を浮かべて謝った。

「もういいから」

溜め息が漏れる。エロい気分がどこかに吹っ飛んだ。

誰もが英五にすぐ謝り、ご機嫌を取ろうとする。東大の合格が発表されてから、教師たちでさえも顔色を窺《うかが》って接してきた。ただ、一人だけを除いて。

「英五君、私と別れたい？」

「誰もそんなこと言ってないだろ」

「だって……」

とうとう、今日子がシクシクと泣き出した。英五のイラつきは頂点に達し、額の血管が切れそうになる。

「何だよ」

「だって、私と英五君じゃ釣り合わないよ。月とスッポンどころか、オードリー・ヘップバーンと鼻くそぐらいの差があるよ」

よくわからない喩《たと》えに笑いそうになり、少しイラつきが治まった。今日子との付き合いが半年以上も続いているのは、彼女に天然のユーモアがあるからだ。

歴代の彼女とは、まったく続かなかった。長くて二ヶ月、最短で二日というのもある。全員、向こうから告白をしてきた。英五の噂を聞いた神戸の女子大生が、わざわざ明石海峡大橋を渡って淡路島までやって来たこともある。

中にはアイドルの卵やレースクイーンなど、とんでもない美女もいたが、どの子もピンと来なかった。一時はゲイでなかろうかと真剣に悩んだこともある。

仲の良い男友達からは、「ありがたみが足りへんねん」と言われた。「毎日、寿司やステーキばっかりやったら食欲が失せるやろ。て、いうか、英五やなかったらシバき倒してるところやで」と羨《うらや》ましがられる。

そう考えれば、今日子のことを愛しているのかもしれない。ただ、自分からどう愛を表現すればいいのかわからないだけだ。

とにかく、今日子は健気《けなげ》だ。人目を避けたい英五のために、「ジョギングしてくる」と親に嘘をついてまで、早朝に会いに来てくれる。今までの元カノたちは、英五をアクセサリー代わりとして他人に見せびらかそうとした。間違っても、今日子のように、ジャージでは会いにこない。それに関西弁を直した英五に合わせて、デートのときは標準語で話してくれる。

「泣きやまないいんだったら降りろよ」

本当は、優しく肩を抱いてやりたいのだけど、どうしても照れ臭い。

「私のどこがいいのよ」今日子が、さらに泣きじゃくる。

面倒臭いモードに突入だ。英五は、運転席のドアを開けて、玉葱畑に降りた。

空気が冷たい。当分、淡路島には帰ってこないつもりだから、思う存分味わっておこう。

英五には、大きな夢があった。具体的に将来のビジョンが固まっているわけではないけれど、神様から授かった能力を何かに活かして日本を変えたいと思っていた。関西弁を直したのもそれが理由だ。地元の言葉には愛着はあるが、これからは全国の人間と戦い、交流する。言葉のイメージで余計な先入観を与えたくない。

英語もそうだ。この三年間、どの教科よりも勉強した。いずれ、日本だけではなく、世界に通用する男になりたい。

ただ、英語の教師は苦手だった。唯一、この淡路島で英五を特別扱いしない女だ。

そのとき、玉葱畑の空に甲高いエンジン音が響き渡った。

「嘘だろ……」

英五は、息を飲んだ。黄色いオープンカーが砂埃《すなぼこり》を上げ、こちらに向かって疾走してくる、ポルシェ911カレラSカブリオレ。あの女の車だ。

「もしかして、サラちゃん？」

運転席の窓から今日子が顔を覗かせた。驚きのあまり涙が止まっている。

「ここで俺と会うのを誰かに言ったのか」

「言うわけないやん」今日子が、テンパって関西弁に戻る。

「じゃあ、何であの女が来るんだよ」

「わからへん……」

サラ松平《まつだいら》。英五が高校二年のときにサンフランシスコからやってきたハーフの英語教師だ。驚愕の美貌の持ち主で、ある意味淡路島では英五よりも有名人である。人は口々に「瀬戸内海のアンジェリーナ・ジョリー」や「洲本《すもと》を歩くミロのビーナス」や「明石《あかし》鯛さえも霞《かす》む存在感」と賞賛の声を並べている。年齢は二十八歳。英語はもちろんのこと日本語も達者で、性格も気さくで明るく、教室では太陽のようにキラキラと輝いている。お笑いやJポップが大好きで、生徒たちと芸人のネタや音楽番組の話で盛り上がり、「サラちゃん」と呼ばれて常に皆の輪の中心にいる人気者だ。卒業式では、サラとの別れを惜しむ生徒たちが、行列を作って大号泣していた。

だが、英五は泣かなかった。サラと離れられてせいせいしていたからだ。サラは、なぜか放課後の誰もいない教室に英五を呼び出し、説教を食らわせた。

「あなたのレベルじゃ世界に通用しないわ」

期末テストの英語で百点を取った次の日に、そう言われた。正直、意味が分からなかった。しかも、サラの顔からはいつもの天使のような笑顔が消え、冷たい目で机に座る英五を見下ろす。

二人きりになると、サラは他の生徒には見せない態度で英五に接してくる。懇々《こんこん》とダメ出しを続け、英五のプライドをズタズタに引き裂いた。一度、それとなく今日子に「あの女によく説教されるんだけど、どう思う？」と訊いたら、「サラちゃんがそんなことするわけないじゃん。英五の被害妄想だよ」と返されたので、それ以来、誰にも話していない。

どうして、俺だけ？　真剣に悩んだ。叱られるような真似をした覚えもない。きっと、学園のヒーローの英五が気に食わないのだろうと無理やり自分を納得させた。

そんな天敵の女が、早朝の六時に現れた。この玉葱畑は英五たちが暮らす洲本市からはかなり離れている。親や近所の連中に見つからないよう、英五の実家の軽トラックで二十分かけてやってきたのだ。

「グッモーニン」

流暢《りゅうちょう》な英語とともに、サラがポルシェからひらりと降りてきた。ハリウッドセレブがかけるようなデカいサングラスをかけ、ダークブロンドの長い髪が太平洋から吹いてくる潮風に揺れている。授業中によく着ていたスーツ姿ではなく、薄いベージュのクラシカルなトレンチコートに黒のロックな革パンの絶妙な組み合わせ。ゆうに十センチ以上はあるピンヒールも黒だから余計に脚が長く見える。

あまりにも玉葱畑に似合わない美しさだ。

「サラちゃん、どうしたの」

いつのまにか、今日子が軽トラックから降りていた。

「彼氏を借りるわね」

「はい？」

「村山英五」サラがトレンチコートのポケットから黒い塊を出した。「今すぐ私の車に乗りなさい」

英五と今日子は、餌《えさ》を貰えない池の鯉みたいに口をパクパクと開けた。

「サラちゃん、それ、何？」

「見てのとおり、ガンよ」

「モデルガンだよね」

サラが返事の代わりに、何の躊躇《ちゅうちょ》もなく、銃をぶっ放す。畑の横に積んである玉葱の山が弾け跳んだ。

ほ……本物かよ。

さすがの英五も、膝がカクカクと震えた。なぜ、そんなものをサラが持っているのか？

「何回も同じことを言わせないで。あなた、バカなの？　私の車に乗りなさい」

サラが、英五に銃口を向ける。

「わ、わかったよ」

英五は、両手を胸の前に上げて助手席に向かおうとした。バカ呼ばわりされたのはムカつくが銃には勝てない。

「そっちじゃないわ。おバカさん」

サラが、銃でポルシェの運転席を指す。

「俺が運転するのかよ」

「英五君、ポルシェを運転したことあるの」今日子が、半ば放心状態で訊いた。

突然、教師が登場して銃をぶっ放したら、誰だってそうなる。

「あるわけないだろ」

実家の軽トラックだけだ。

サラが何も言わずに助手席に乗り込む。

……一体、何が始まるんだよ。

英五は、怖々《こわごわ》と運転席に乗った。驚くほどシートが狭く、車高がやけに低く感じる。

「どこに行けばいいんですか」

「東京までドライブしましょ」サラが、サングラスを外して英五の目を覗き込む。「わかってると思うけど、ちょっとでもこの車を傷つけたら銃で頭を撃つからね」

三十分後、英五の運転するポルシェは、明石海峡大橋を渡っていた。

朝日が眩《まぶ》しく、まともに目を開けていられない。英五は、目を細めながら慎重にモンスターマシーンを走らせた。左ハンドルに乗るのは初めてだが、戸惑ったのは最初だけですぐにコツを掴んだ。ステアリングも軽く、モノにしてしまえば驚くほど扱いやすい。シートにヒーターがついているのか、屋根がなくても寒くなかった。さすが、目玉が飛び出るほど値段が高いだけのことはある。

なぜ、一介の公務員がポルシェを転がしているのか。

当然、淡路島でも話題になった。諸説があり、「サラの実家が大金持ち説」や「サラは世界的な企業の社長の愛人説」や「サラは宝くじが当たってアメリカから逃げてきた説」など様々な憶測が飛び交っている。

「中々やるじゃない。とてもポルシェが初めてとは思えないわ。さすが天才君ね」サラが、英五のハンドル捌《さば》きに感心した。

いきなり褒《ほ》められて全身がこそばゆいが、安心はできない。サラのトレンチコートには本物の銃が隠されているのだ。まさかとは思うが、犯罪組織とつながりがある可能性もある。

混乱する英五をあざ笑うかのように、瀬戸内海は穏やかだった。天気もいいし、絶好の釣り日和だ。チヌなら入れ食いなのに勿体《もったい》ない。

チヌなんてどうでもいいだろ！

英五はパニックに陥りそうになるのを必死に堪《こら》え、高速で頭を回転させた。

サラに何があった？　公務員がどうやって、銃を入手したのだろう。サンフランシスコから持ってきたのか？

とりあえずは、撃たれないことを優先に考えろ。せっかく、現役で東大に合格したのに、死んでたまるか。

「東京に何の用があるんですか」あえて敬語で訊いた。

どうにかしてサラを説得してみせる。こんな危険なドライブを続ける気なんてない。

「あなたに手伝って欲しいことがあるの。どうせ、明日淡路島を発つ予定だったんでしょ」

なぜ、俺の予定を知っているんだよ……。

得体の知れない恐怖に、背筋が寒くなる。今日子との密会場所も突き止められていた。明らかに、サラは英五の動きを調べている。

「何を手伝うんですか」

サラはすぐには答えなかった。神戸市の陸地が目前まで迫ったころ、ようやく口を開いた。

「女王ゲームよ」

「は？　何だよ、それ」あまりに突拍子もない答えに、敬語が吹っ飛んだ。

「トランプの〝ババ抜き〟のルールは知ってるわよね」

「当たり前だろ」

「じゃあ、問題ないわ」

「意味がわかんないって。ちゃんと説明しろよ」

「明後日、都内のある場所で女王ゲームが開かれるの」

「明後日？　残念だね、俺は手伝えない」

「どうしてかしら」

「東大の入学式があるからな」

「知ってるわ。ご両親とお祖父さんも淡路島から来るんでしょ」

「だ、誰から聞いたんだよ」

「盗聴したの」

「何だって？」

「あなたの実家に盗聴器を仕掛けたのよ。リビングとか色々な場所にね」

「マジかよ」ハンドルを握る手が震えた。「もしかして、俺の部屋にも……」

「そうよ」サラがあっけらかんと答える。「ベッドの横にあるコンセントに仕掛けさせてもらったわ。オナニーの音は聴いてないってことにしとくわ」

「い、いつからだよ」

怒りと恐怖で声まで震えた。隣に座っている女は何者なんだ。

「半年前よ。あなたは合格したの」

「合格？」

「私のパートナーに選ばれたのよ。女王ゲームは男女一組で参加しなきゃいけない。それが大前提よ。他にも細かいルールがあるからあとで教えるわ」

意味不明だ。女王ゲームというのが何のことかわからないが、こんな強引に勧誘されてイエスと言えるわけがない。

「だから手伝うのは無理だと言ってるだろ。俺には入学式があるんだよ」

サラが、静かに首を振った。「あなたは私を選ぶわ」

「ふざけんなよ。いつまでも銃で俺を脅せると思ってんのか」

「思ってないわ」

サラがトレンチコートから銃を取り出し、海に向かって投げた。銃は放物線を描き、柵を越えて消えた。

銃を捨てた？　何がしたいんだ、この女は？

「橋を渡り切ったら俺は降りる。一人で東京に行けよ」

銃さえなければこっちのものだ。玉葱畑に置き去りにした今日子とも連絡を取りたい。

弱い彼女のことだから、きっと泣きじゃくっているだろう。

「あなたは私のパートナーよ」サラが、ポルシェのエンジン音にも負けない強い声で言った。

「勝手に決めつけるなよ。その女王ゲームが何か知らないけど、俺には関係ないだろ」

「優秀なパートナーがいないと女王ゲームには勝てない」

英五は、思わず鼻で笑った。「賞金がそんなにいいのかよ」

「十億円。その日のうちにキャッシュで貰えるの」

「あのさ、サラちゃん。冗談ならもっと面白くしないと。十億円は非現実的過ぎて笑えないって。お笑いが好きだったら、もっと勉強しなきゃ」

「笑わせるつもりはないわ。それにお笑いなんて好きでもないし」

「でも、よく教室で生徒たちと一緒にはしゃいでいただろ」

サラが呆れた顔で、溜め息をつく。「教師の仕事を全《まっと》うしただけよ。レベルの低いあの子たちを喜ばせてあげただけ。この日が来るまでクビになるわけにはいかなかったからね。でも、ようやく辞めることができたわ」

「……どういうこと?」

「昨日で教師は辞めたの。女王ゲームの準備がほぼ終わったからね。あとはあなたを東京に連れて行くだけ」

「くどいぞ。俺は手伝わない」

どこまでムカつく女なんだ。橋の上でなければ、すぐにでもブレーキを踏んで車から飛び降りているところだ。

「私が負けてもいいの?」

「知らないよ。賭け金がそんなに高いのか」

「参加するのに金はいらないわ。その代わり、負けたときに差し出すものがある」

いつのまにか、サラのペースになってしまう。

「何を差し出すんだよ」英五は、舌打ちをして訊いた。

サラが髪の毛を掻《か》き上げ、わずかに顔を歪めて言った。

「私の命よ」

2

魚住清美《うおずみきよみ》は、夢を見ない。

午前九時。東京都港区に威風堂々とそびえ立つ高層マンションの寝室。清美は、目を覚まして、ゆっくりとベッドから降りた。

二十年前までは、ずっと同じ夢を見続けてきた。ガソリンの臭い。マッチの炎。メラメラと右上半身が焼かれていく。

女王ゲームを始めてから、ピタリと夢を見なくなった。

戦利品のぬいぐるみたちが、清美の心を癒してくれる。特別室にワインを持ち込み、ぬいぐるみに囲まれながらくつろぎのひと時を過ごす。永遠の美しさを持つ、私だけのぬいぐるみたち。そこはまるで、小さな天国だ。

今夜は、久しぶりにあの部屋に行こう。明後日の女王ゲームの前に、心を整えておきたい。

バスルームに入り、琥珀《こはく》色のシルクのネグリジェを脱ぎ全裸になる。洗面台の鏡に映るのは化け物としか喩えようのない醜い身体だ。計ったように右半身の皮膚だけが爛《ただ》れ、赤紫色の溶岩みたいに固まっている。愛おしむわけではなく、ただその感触を確かめるように火傷痕を指でなぞっていく。

毎朝、自分のありのままの姿を受け入れる。五十歳になった今も続けている大切な儀式だ。

他の人間には、この火傷痕は見えない。植皮術を繰り返し、外見的には治癒しているからだ。清美の美しさに初対面の人間は誰も五十歳だとは思わない。少年のように刈り上げた短い髪、豹《ひょう》のような鋭い目。その肉体に脂肪はなく、しなやかさを保っている。

だが、完全に治ったわけではなかった。火傷の後遺症で右手を自由自在には動かすことができない。顔の右半分の神経も麻痺し、いくら笑顔を作っても半分だけが能面のように無表情のままだ。

何よりも、清美の目には火傷痕が見えている。他の人間には見えないのに……。どれだけ大金を注ぎ込み、どんな治療を施しても鏡の中の化け物は消えてくれない。

二十年前、ある精神科医が言った。

「トラウマが引き起こす強迫性障害の一種です。あなたは自分が思っているよりも弱い人間なのです」

言われなくてもわかってるわよ。あんたも、こんがりと焼いてやろうか。

清美はその精神科医を拉致《らち》し、富士の樹海でガソリンをかけた。咥《くわ》えていたタバコを左手で近づけ、宣言した。

「私のやりかたで治すことに決めたの。だから、あんたは必要ない」

それが、女王ゲームを始めたきっかけである。

バスルームのドアがノックされた。執事の山本《やまもと》だ。

「清美様。朝食の準備ができました」

「先にシャワーを浴びるわ」

「かしこまりました」

山本が、ドアを開けて入ってくる。全裸の清美を見ても眉ひとつ動かさない。

「今夜、特別室に行くからね」清美は、裸になろうとしている山本に訊いた。

「何時ごろにおいでになる予定ですか」

「大使との食事会のあとにするわ」

「かしこまりました」

山本が黒のベスト、白シャツ、黒のスーツパンツと順に脱いだ。アスリートのように鍛えあげられた肉体が露《あらわ》になる。

先に山本が浴槽に入り、後ろから抱えられる姿勢で清美はシャワーを浴びる。

何もしない。ただ、身を任せるだけ。山本が慣れた手つきで体の隅々まで洗ってくれる。

山本とはあくまでも、主人と執事の関係だ。それ以上でもそれ以下でもない。山本は右手の自由が利かない清美のために献身的に働いてくれる。

二十年前、まだ十五歳だった山本を拾った。どうやら家出をしたらしく、路上で生活をしていた。詳しい事情は聞かないし、興味もなかった。なので、本名も知らない。山本という名前は清美が適当につけた。

「私が死ぬまで仕えなさい」

それが、山本との契約だった。同じマンションに住まわせ、四六時中、世話をさせる。清美は、十五歳の山本をひと目見たとき、決して裏切らない人間だと確信した。根拠はない。目を見れば、相手がどういう人間なのか手に取るようにわかるのが清美の才能だ。その才能で事業を起し、巨万の富を得た。

山本の初仕事は、清美を侮辱した精神科医を拉致し、清美と一緒に富士の樹海へと運ぶことだった。

三十五歳になった今も、山本にはあのときの面影《おもかげ》が残っている。その瞳には深い悲しみが宿り、感情の起伏を表す術を知らない。肩まで伸びた黒い長髪と蠟人形のような顔は、寒気がするほど美しい。

「緊張してらっしゃいますか」山本が、清美の背中を優しく流しながら言った。「背中の筋肉がいつもより強張っています」

「そうね。今回は怖いわ」

ない。

たとえ、女王ゲームに負けて十億円を失ったとしても清美の人生は揺らがない。

「わからない。でも、何かが迫っているの」

「中止になさいますか。今ならまだ間に合います」

清美の予感は外れるほうが珍しい。これまでも、動物的ともいえる直感で様々な難局を乗り越えてきた。

「逃げても無駄よ。迎え撃つしかないの」

「参加者に気になる人物がいたのですか」

「まあね」清美は、小さく息を吐いた。

サラ松平。淡路島に勤める高校教師が女王ゲームの存在を知っているわけがない。淡路島に来る前の過去を洗っても、どうも腑《ふ》に落ちない。サンフランシスコでの経歴が臭う。大学の法学部を優秀な成績で卒業したあと弁護士を目指してロースクールに通い、何を思ったか母親の国である日本に行き、なぜか、淡路島で教師の道を選ぶ。両親は、十代の頃に事故で死去。祖父母もいない。兄が一人いるようだが音信不通で現在どこにいるのかさえわからない。

そのサラは、パートナーとして、高校の生徒を連れてくる予定となっている。

サラ以外にもあと一人、気になる参加者がいるが、こっちの経歴はクリーンだ。紛れもない天才で、清美が危険を察知しても女王ゲームを中止にしないのは、この参加者と戦いたいからである。

「清美様は決して負けません」山本が静かながらも、熱のこもった声で言った。

「そう信じたいだけでしょ」

「はい。清美様を信じ抜くことだけが私の生きるすべてです」

負けるわけにはいかない。サラ松平は、さぞ美しいぬいぐるみになるだろう。

『冷静ほど、大事なことはないのである』

初芝今日子の座右の銘だ。人生の師と仰《あお》ぐ松下幸之助《まつしたこうのすけ》の言葉から頂いた。

今日子に父親はいない。一応、存在はしているが、会ったこともないし、名前も顔も知らない。芦屋かどこかの高級住宅地に住んでいるらしい。

今日子の母親は、某大御所芸能人の愛人だった。関西中心で愛人を囲うほど活躍する芸能人といえば、たぶんお笑い芸人か落語家だろう。若い頃は女優の浅野《あさの》ゆう子《こ》似で、まわりからチヤホヤされて調子に乗っていた母親は、大阪の北新地でホステスをして荒稼ぎをしたのはいいものの、しょうもない男に引っかかって今日子を孕《はら》んだのだ。

某大御所芸能人は、「家庭に迷惑はかけられへんのや」といって、中絶費用込みの手切れ金を渡そうとしたが、今日子の母親は、その札束で某大御所芸能人を往復ビンタして「一人で育てるわ、ボケ」と啖呵《たんか》を切ってしまったのである。

おかげで、今日子はたっぷりと貧乏を味わった。母親は、某大御所芸能人から養育費を一切受け取らず、地元の淡路島に戻り、ホステス時代に貯めた金でお好み焼き屋を開いた。しかし、股下の長さしか取り柄のない母親にまともな料理の腕があるはずもなく、三年も保《も》たずに潰れた。

新聞の配達やスーパーのレジ打ちや温泉宿の仲居や、色んな仕事をして高校卒業まで育ててくれたのは感謝している。さすがに、東京の女子大の学費を出してもらうわけにはいかないから、今日子自身が銀行の教育ローンを組んだ。

もし、今日子の母親が某大御所芸能人と別れるときにカッとならず、貰えるお金は全部貰っていたなら、もう少し楽しい人生を送れていたのではなかろうか。

人生、金がすべてじゃないけれど、あるにこしたことはないよね。

今日子の部屋の本棚には、成功者の自伝が並んだ。中でも一番尊敬している人物が、松下幸之助だ。

『血の小便が出るまで苦労したのか』

松下幸之助のこの言葉を読んだ瞬間、頭を鈍器で殴られたような衝撃を受けた。いつも努力を中途半端で諦めてしまう今日子を経営の神様が父親代わりに叱りつけてくれた。

それから、今日子の人生は大きく変化した。実際に血が出るのは嫌だけれど、何事も絶対に諦めない根性が身についた。

学校のスーパースターである村山英五を落としたのは、そんな努力の結晶だった。

今日子は、母親譲りの美貌こそ受け継いでいるものの、テレビに次から次へと出て来るアイドルたちに勝てるわけでもないし、神戸コレクションに出演するような女子大生モデルと当たり前のように付き合う英五とはとても釣り合わない。

努力でライバルの女たちに勝つ。血の小便が出るまで〝女子力〟を上げてみせる。松下幸之助の笑顔の写真をポスター大に引き伸ばし、ベッドの真上の天井に貼って、毎晩、祈った。「イイ男を捕まえたければ胃袋を掴め」的な女性誌の記事を目にしたら、図書館で北大路魯山人《きたおおじろさんじん》の著作や池波正太郎《いけなみしょうたろう》の食べ歩きのエッセイを借り、漫画の『美味《おい》しんぼ』を全巻読破し、小林《こばやし》カツ代《よ》や栗原《くりはら》はるみのレシピ本で特訓した。実験台にされた母親は、「今日子がご飯作ってくれるから楽チンやわ」と最初は喜んでいたが、瞬く間に十キロ以上も肥えた。

淡路島育ち、しかも祖父が漁師の英五は魚には煩《うるさ》いに違いない。そう判断し、肉料理や洋食に絞って鍛え上げた。もちろん、リサーチも怠らない。英五と男友達の休み時間の会話だけで、英五が好きなカレーは、ジャガイモがゴロゴロ入っているような家庭的なものではなく、インド風のシャバシャバなカレーだと突き止め、休日に明石海峡大橋を渡り、神戸、大阪、京都とカレーの名店を食べ歩いて研究した。

料理の腕だけではなく、女の器も磨きに磨いた。

何もしなくても女が寄ってくる英五は、少しでも面倒臭くなったら別れる傾向にある。男どもが羨むような美人の歴代の彼女たちが撃沈していくのを目の当たりにして、今日子は悟った。

とにかく、英五を飽きさせてはダメだ。料理の次は会話の達人になってみせる。桂米朝《かつらべいちょう》の落語のCDを聴きまくり、ユーチューブで阪神巨人の漫才を観まくり、滑舌の特訓に明け暮れた。お風呂の中で、あまりにも早口言葉を練習するので、「あんた、変なクスリでもやってるんとちゃうやろね」と母親が心配したほどだ。そして、男子が好むプロレスや格闘技、SFやバイオレンス映画の知識を詰め込んだ。当然、テレビゲームも修行し、淡路島でパワプロとウイイレで今日子に勝てる者はいなくなった。

極めつけは演技だ。自分の感情を押し殺し、英五の機嫌に沿って臨機応変に対応する。「どんな男も女の涙には勝てない」という一節をハードボイルド小説で目にしてからは、鏡の前で涙が出るまで動かないのを日課にした。おかげで、今は三秒貰えれば、大粒の涙をボロボロ零《こぼ》すことができる。

さっきも、軽トラの中でうまく泣けたはずなのに……。

これだけ努力を重ねているのにも拘《かかわ》らず、最近の英五はずっと上《うわ》の空《そら》だ。キスをしても今日子のDカップの胸をしばしば揉み忘れる。歴代の彼女と違い今日子のことを大切にしてくれているのはわかるが、何か物足りなさを感じているのは明らかだった。

何とかしなきゃと焦りが募る。「淡路島のジェームス・ディーン」と呼ばれるルックスを持ちながら、東大に現役合格する男が全国に何人いるだろうか。絶対に逃してはならない大魚なのだ。せっかく、針で引っ掛けたからには意地でも釣り上げてやる。

英五が東大を卒業してからどんな職業に就こうとも、二十五歳で結婚する。それが、今日子の確固たるプランだ。

それなのに、今朝、とんでもない事態が起きた。女教師サラ松平が疾風の如く現れ、今日子の未来の花婿《はなむこ》を連れ去ったのである。玉葱畑にポツンと取り残された車の免許のない今日子は、軽トラを運転するわけにもいかず、四時間近くかけて山奥から徒歩で自宅まで帰ってきたのだった。スマートフォンを持っていたから車を持っている友達に迎えに来てもらうこともできたけど、サラが本物の銃を撃ったなんて説明のしようがない。英五の身の安全を考えて警察に通報するのもやめた。英五のスマートフォンに電話かメールをしたいけど、それも怖くてできない。

シバくぞ、コラッ！

今日子は、自分のベッドにひっくり返って毒づいた。一体何が起こったのか、トボトボと歩きながら整理してみたがまったく理解できなかった。天井の幸之助スマイルを見て、何とか冷静を取り戻そうとする。

あれは本当にサラちゃんだったの？

今日子の知っているサラとは完全に別人だった。教室でのいつもの優しい笑顔はなく、捨てられた子犬の前を平然とスルーしそうな冷淡な目で英五を見ていた。

あれが、あの女の本性なの？

もし、そうだとすれば、学校中が完璧に騙されていたことになる。たしかに、サラがサンフランシスコから淡路島にやってきた初日、校庭にポルシェで現れたときは度肝を抜かれた。退屈を持て余していた生徒たちのハートを一発でガッチリ摑んだ。「教師の安月給で、なんでポルシェなんか買えんの」という失礼な質問にも、サラは「アラブの大金持ちに貰ったの」と気さくに冗談で答えた。たった一日で、全校生徒がサラを大好きになったのだ。

いや、英五だけは嫌っていた。何度か「ムカつくぜ、あの女。俺の顔を見るたびにネチネチと説教しやがって」と今日子に愚痴を零《こぼ》した。そのときは、学校のスターの座を奪われたジェラシーだと思って、英五の言葉を信じなかった。

信じてあげればよかった……。

今日子は、込み上げる怒りで、こめかみの血管がブチ切れそうになった。

冷静になるのよ。ダーリンの命が懸かってるんだから。

まずは事実だけを並べる。サラは、本物の銃を躊躇なく発砲した。素人の今日子でもわかるぐらい鮮やかな撃ち方だった。どう考えても撃ち慣れている。

朝の六時だというのに今日子と英五の秘密の場所に登場したのも不可解だ。尾行でもしない限り、あの場所に辿り着けるわけがない。

もう一つ。サラは「東京までドライブしましょ」と言った。なぜ、東京に行く必要があるのか。まさか、東大の入学式を見学したいわけではあるまい。

『こけたら、立ちなはれ』

天井の松下幸之助が今日子に言った。失敗を恐れていたら、いつまで経っても欲しいものは手に入らない。サラの正体が何者なのかわからず不気味だけど、これぞ一世一代のチャンスと捉えよう。英五を無事に救出できれば、彼のハートは頂いたも同然ではないか。

今日子はベッドから跳ね起き、隣の和室の襖《ふすま》を開けた。押し入れに、母親のスーツケースがある。予定よりも早いけど、東京へと向かおう。

ダーリンは、絶対に誰にも渡さへん。

3

村山英五の辞書に、「挫折」という言葉は載っていない。ルックスに頭脳に運動神経と神様は大サービスで与えてくれた。

真剣な話、努力がどういうものなのかわからないでいる。例えば、五六八九×三四三一と訊かれたら計算するまでもなく、一九五一八九五九と頭の中に数字が勝手に出てくるのだ。だから、子供の頃は母親が家計簿を開いて計算機を打つのが「何でそんな面倒臭いことをするんだろう」と理解できなかった。

運動にしてもそうだ。逆上《さか》がりにしろ、バク転にしろ、バスケットのレイアップシュートにしろ、一度見たものはほとんどが練習もせずにマスターできた。やろうと思えばサッカーボールを何時間でもリフティングできるし、野球はどのポジションも守れる。サッカー部か野球部に入らなかったのは、中学校のとき二つの部とも弱小だったからだ。

高校二年生のときに生徒会長になったのは、生徒全員が英五に遠慮して誰も立候補せず、教師たちに「お願いだからやってくれないか」と頼まれたからである。教師たちも英五には一目置き、特別扱いしてもどこからも不満や苦情が出ることはなかった。

「どうやらお前は選ばれた人間のようやな」

東大の合格をネットで知った次の日、英五は祖父と沖釣りに出た。釣りをするのは英五だけで、祖父は波を眺めながらショートホープの煙に目を細めるのが常だった。

「大学に入っただけじゃ意味がない。ここから先が勝負だよ」

英五が沖アミの撒《ま》き餌《え》を打ちながら答えた。真鯛かチヌを狙う。

「欲張ったらあかん。餌だけ見てる魚が釣り針に気づかへんように、人間も儲けばっかり見とったら痛い目にあうようにできとるんや」

「安心してよ、じっちゃん。俺は親父と違う」

「どうやろなあ。勝負師の血は消えんからのう」

漁師を引退した祖父は無骨な男で、義理の息子にあたる英五の父親とは馬が合わなかった。英五の父親は大阪出身で、英五が五歳まで家族は豊中の高級住宅地で暮らしていた。父親は広告代理店に勤めてかなりの高給取りだったが、株の先物買いに手を出し破産した。庭付き三階建ての家を売り、逃げるようにして母親の実家がある淡路島へと引っ越し、祖父に金を借りて細々と釣り船店の経営を始めた。

「誰が来ても俺は負けない」

「それは無理や」祖父が鼻から煙を吐く。「この世には想像もつかへん化け物が隠れとる。深い海の底には釣り針が届かへんのと同じや」

英五はあの時の祖父の言葉を思い出しながら、渋谷のスクランブル交差点で人の波が途切れるのを待っていた。若造がポルシェに乗り、助手席にサラみたいな超絶美女が座っているというのに誰も気に留めようとしない。東京では珍しくも何ともない光景なのか、それとも他人には興味がないのか。淡路島だったら、トップニュースとして駆け巡る衝撃の出来事なのに。

三週間前、東京ドームの近くのマンションを借りるために母親と上京したときも感じたが、この街の人間には表情がない。冗談抜きに、アスファルトに死体が転がっていても無視して歩きそうだ。

「お腹が空《す》いたでしょ。何を食べたいのか好きなものを言ってね」助手席のサラが、妙に優しい口調で訊いた。

午後二時。淡路島を出てから七時間経つが、高速道路のサービスエリアでお茶を飲んだだけで何も口にしていない。だが、英五は胃が痛いだけで食事をする気分にはとてもなれなかった。

「ちゃんとした説明をしてくれよ。どうして、サラちゃんはそんな危険なゲームに挑戦するんだ。金がないわけじゃないだろ」

東京に来るまで、ほとんど話すことができなかった。大阪の吹田のインターチェンジから海老名のサービスエリアまでサラはぶっ通しで眠っていた。肝心の女王ゲームの詳しいルールもまだ聞いていない。

「あなたは何も知る必要ないわ」サラがアクビ混じりで答える。「ただ、ゲームに参加して私をサポートしてくれるだけでいいの。たとえ負けたとしても、死ぬのは私だけであなたに危害は及ばない」

「そんな説明じゃ納得できないって」

「じゃあ、運転を代わって。文京区に借りたあなたの部屋まで送ってあげるから」

東京に着いてから、不毛な押し問答が続いている。眠っているサラをサービスエリアで置き去りにするチャンスはいくらでもあったのに、ついここまで連れてきてしまった。

「部屋のことまで知ってるのかよ」

「盗聴したって言ったじゃない」

英五は溜め息を飲み込み、本日二十回目の質問をぶつけた。

「サラちゃんは何者なんだ」

「あなたの教師よ。学校は辞めてもね」二十回とも同じ答えだ。

「俺に何を教えるつもりだよ」

「女王ゲームに参加すればわかる。あなたの疑問のすべてに答えが出るわ」

「まだ、サラちゃんのパートナーになると決めたわけじゃない」

サラが、小馬鹿にするように肩をすくめる。「意外と度胸がないのね。早く腹を括《くく》りなさい」

「俺には東大の入学式があるって言ってるだろ」

「奇妙な偶然だとは思わない？　今、あなたの前には二つの扉があるのよ」サラが、サングラスを外し、スクランブル交差点を渡る人々を見つめた。「一つ目の扉の向こうには輝かしい未来が待っているわ。あなたは東大を優秀な成績で卒業し、素晴らしい仕事に就き、もしかすると世界を変える偉大な人物になるかもしれない」

それこそ、英五が望んでいた人生だ。

「二つ目の扉の向こうには何がある」

「地獄ね。血に飢えた鬼たちが次から次へと襲いかかってくる。まともな人生を諦めないと生きてはいけない」

「はあ？　最悪じゃないか。二つ目の扉を開ける意味がないだろ」

「私がいるわ」サラが、横目で英五を捉える。「一つ目の扉の向こうに、私の生きる場所はない」

あまりに強い目力《めぢから》に、息をするのも忘れた。全身の血が沸騰したかのように熱く煮えたぎる。

俺は、何を求めている？　選ぶ必要なんてないだろう。こんな得体の知れない女の口車に乗って、人生を棒に振るつもりか。

「俺には無理だ」英五は、サラから目を逸らし、シートベルトを外した。「他のパートナーを見つけてくれ」

「明後日の午後零時にこのスクランブル交差点にいるわ。それまでに、どっちの扉を開けるか決断するのよ」

「うるさい」

ポルシェから降りた英五は、人波に飲まれながらも駆け足でポルシェから離れた。JR渋谷駅に逃げ込み、切符を買って山手線に飛び乗る。

まだ全身は熱く、心臓は破裂寸前まで高鳴っている。吐き気と目眩《めまい》がして気持ち悪いはずなのに、なぜか高揚している自分がいる。それは、今までの人生で味わったことのない感覚だった。

二つ目の扉は忘れる。サラの正体も謎のままでいい。俺の未来は誰にも邪魔させない。

栗原祐《くりはらゆう》は、有頂天のあまり何度も失神しそうになるのを堪《こら》えながらエレベーターを降りた。

代官山の駅前にあるタワーマンションの三十六階。最上階だ。一番奥の部屋で、あの方が待っている。

全身から滝のように汗が流れ出すのを止めることができない。栗原はブリーフケースから制汗スプレーを取り出し、上半身に親の敵《かたき》のように振りかけた。ライム&ミントの香りにむせそうになる。

間違いなく、四十七年間の人生の中で最良の日だ。止めどない多幸感に小便を漏らしそうになってきた。

さすが、家賃が五十万円以上もするマンションだけあって廊下までゴージャスだ。栗原が住んでいる下北沢のアパートとは雲泥の差がある。一歩、また一歩と踏みしめるたびに、脚の感覚が麻痺してまるで天国へと続く雲の上を歩いているようだ。

栗原は高校まで愛知県の春日井市で過ごした。顔が丸くて背が低く、小太りで手足が短い。眉毛が濃くギョロ目なのでダルマそのものだ。小学校時代のあだ名は「栗ダルマ」、中学校は「ダル」、高校ではあだ名そのものをつけて貰えなかった。高校卒業と同時に上京。脚本家を目指してシナリオ教室に通いながらフリーターを十年間続けるも、講師の「才能ないよ」の一言で断念し、そのままバイト先に就職した。

健康食品会社のカスタマーセンターが栗原の職場だ。横文字にすると格好はいいが、要はクレーム処理である。主にダイエット関連のサプリメントやお茶を扱っているが故に、「まったく痩せないから金を返せ」といった苦情が殺到する。中には、「痩せなくてウェディングドレスが入らなかったから結婚式の料金を弁償しろ」や「嫁にサプリメントを与えたらますます太ったので離婚したいから裁判費用を立て替えろ」や「一生、処女のままは嫌だからあなたが抱いてください」みたいな狂気の沙汰の電話も少なくない。ストレスが限界に達した栗原は、酒のがぶ飲みとスイーツのドカ食いでますます丸くなり、体重が遂に百キロを超え、恋人も出来ずに素人童貞のまま三十路を迎えた。

そんな栗原の前に、天使が現れる。

清純派アイドル、園川律子《そのかわりつこ》だ。八重歯がチャームポイントで、ハイトーンボイスとフリフリの衣装、〝ソノリン〟の愛称とぶりっ子キャラで一世を風靡《ふうび》した。当時十七歳の園川律子のひたむきな姿に心を打たれ、栗原のストレスは遥か彼方へと消えた。

ソノリンのためなら死ねる。命を懸けて応援する。

栗原はテレビにかじりつき、心に誓った。すぐさま私営のファンクラブを設立して会長となり、この十七年間のすべてを捧げた。その道のりは順調と言えるものではなく、園川律子が二十五歳を期にぶりっ子キャラから本格派女優に転身したときは、十万人近くいた会員がごっそりと半数以下まで落ち込んだ。

極めつけは、五年前の「ソノリンのキノコ事件」だ。違法のマジックマッシュルームを服用したあげく、半裸で「斧を持ったエルヴィス・プレスリーと竹槍を持ったジョン・レノンに追われている」と叫びながら民家に駆け込み、事実上、女優生命を断たれてしまった。現在は完全に芸能界から干されている状態で、ファンクラブも解散した。

栗原は酷《ひど》く落胆したが、それでもファンを辞めることはなく、ひっそりと応援サイトを作り、園川律子の復帰を願っていた。

二日前、奇跡が起きた。なんと、応援サイトのメールに園川律子本人から連絡があったのだ。

《栗原様　初めまして。園川律子です。いつも応援ありがとうございます。一度、お会いできませんか？　栗原さんを信用してお願いしたいことがあります。私は今、人生を賭けた戦いを前にしています。ぜひとも助けていただきたいのです。ご存知のとおり、女優として許されない問題を起こした私には誰一人味方がおりません。ファンクラブ時代から私を支え続けてくださっていた栗原さんしか頼る人がいません。御迷惑でなければ、お電話をください。お待ちしております。　女優　園川律子》

メッセージのあとに携帯電話の番号もあった。

会社の昼休みに近くのサンマルクで休憩中、スマートフォンのメールで確認した。はじめは何てくだらない迷惑メールだと思ってイラッとしたので、本日二個目のチョコクロを注文しようとした。

待てよ。もしかして、本物からのメッセージだったらどうする？

怪しいURLが添付されているわけでもない。こちらが非通知で電話をかける分にはリスクはゼロなのだ。それに、名前の前にわざわざ〝女優〟と付けるところがソノリンっぽい。

そう思い直して電話をかけたら、受話器の向こうで本人が登場したのでサンマルクの椅子から転げ落ちてアイスコーヒーをぶちまけてしまった。

親の声は忘れてもソノリンの声は間違えない。正真正銘の本物だ。

すぐさま「急に体調が悪くなった。どうやら風邪を引いたみたいだ」と嘘をついて会社を早退し、「インフルエンザにかかったので完治するまで休みます」と連絡した。ソノリンから具体的な話は聞かされていないが、体を空けておくに越したことはないだろう。

栗原は、園川律子の部屋の前で立ち止まった。

遂に、ここまでやってきた。このドアを開ければ、ソノリンと会える。もちろん、コンサートや握手会で会ったことはあるが、ファンではなく、一個人として会って貰うのは初めてだ。

腹は括れている。大げさではなしに、ソノリンのためなら喜んで死ねる。恋人はずっといないし、この先に出来る気配もない。結婚なんて夢のまた夢だ。今年で四十七歳になった。両親は二人ともガンで亡くなり、妹とは十年以上会っていないどころか電話もしていない。ヤンキーだった妹は地元でヤンキーの男と結婚して二十代のうちに三人の子供をポンポンと産んだ。平日は子育てに追われ、休日は大型ショッピングモールで過ごしていることだろう。妹の人生に栗原の居場所は一ミリもなかった。

ソノリンのために命を捨てられるなら本望だ。それ以上の幸せはない。

栗原は、ブルブルと震える指でインターホンを押した。

たった一分が永遠かと思うほどの時間に感じる。瞬きも出来ずに、地蔵のように固まって待ち続けた。

「こんにちは」

ドアが開いた。玄関先に立っているのは園川律子ではなく、薄いサングラスをかけた細身の男だった。

誰だ、こいつは？　部屋を間違えたのか？

一般人の栗原でも、男が醸《かも》し出す雰囲気がカタギではないと一瞬でわかった。計ったように七三で分けた髪はベッタリとポマードで撫でつけられている。眉毛がないかと思うほど薄く、サングラスの下の目は異様に黒目の部分が多い。唇が薄く、細く整えられた口髭《くちひげ》を生やしている。やたらと生地に光沢のあるグレーの細身のスーツに身を包み、クチャクチャとガムを嚙んでいた。

パニックが度を超え、全身の汗が一気に止まった。

「おたくが栗原さん？」

「は、はい」

「ここに来ることは誰かに言った？」

「いいえ。言ってません」

男の声は妙にかん高く、マネキンのように無表情だ。香水をつけているのか、妙に甘い匂いがする。

「じゃあ、入って」

「あの……あなたは……」

「代理人だよ」男が、面倒くさそうに言った。

「へっ?」間抜けな声で訊き返してしまう。

「だから、律子の代理人なんだよ」

「ああ……芸能事務所の方ですか」

園川律子は、キノコ事件のあと大手のプロダクションを解雇になり個人事務所を立ち上げている。

男が、口の端を軽く歪めた。たぶん笑ったのだろう。

「そんなもん、どうでもいいから早く入れ」

ヤバい。頭の中で危険を告げるサイレンが鳴り響いている。何とか言い訳をして逃げなくてはと思っているのに、部屋の中に足を踏み込んでしまった。

これが、ソノリンの部屋……なのか?

はっきり言って、悪趣味なインテリアだ。だだっ広いリビングの壁紙は赤紫色で、間接照明は卑猥《ひわい》なピンク色だ。昼間だというのに、黒色の分厚いカーテンを閉め切っている。天井には、なぜかミラーボールが取り付けてあった。中央に赤い革張りのソファが置かれ、他には得体の知れない家具が並んでいる。まず不可解なのは、十字架の形をした柱だ。両手両足を拘束できるような革ベルトが付いているではないか。あと、産婦人科に置いてあるような足をガバッと広げる椅子も意味不明だ。そして、壁に埋め込まれた鉄の輪から首輪付きのチェーンが伸びているのを見て確信した。

ここは、ソノリンの部屋じゃない。

「まあ、テキトーに座ってくれや」

男が、栗原の背中をポンと叩いた。何も言われなくても「逃げるなよ」というプレッシャーがヒシヒシと伝わってくる。

「座れと言われましても、どこに……」

男が返事をする代わりに、床に胡座《あぐら》をかき、タバコを咥えて金色の見るからに高級そうなライターで火をつけた。栗原もつられてその場に座る。無意識に正座をしてしまったのが何とも情けない。

「吸うか？」

「いいえ。結構です」

「なんだ、そんな不摂生丸出しの体しておいて、健康を気にしてんじゃねえだろうな」

男の口調が徐々に威圧的になる。

「いや、元から体質に合わないだけです」

嘘だった。マルボロのメンソールを一日一箱半は吸う。ただ、この男からはタバコを貰いたくないだけだ。

「なんだ、そりゃ」男が威勢良く鼻から煙を吐き出し、本題に入った。「この部屋が何に使われているかはわかるな？」

「ええ。何となくですが」

「会員制の超高級ＳＭクラブだ」

「なるほど」

なるほどじゃないだろ。普通に会話してる場合か。早く、逃げるんだよ。

「アンタ、こういう店に行ったことあるか」

「ないです」

これも嘘だ。月に一度のペースで五反田の性感マッサージに通っている。

「自分の性癖をどう思う？」

「と、言われましても……」

「アンタ、ＳかＭかどっちなんだ」

「どちらかと言えばＭ寄りでしょうか」

これは本当だ。エロＤＶＤを買うときもダントツで痴女ものが多かった。

「そうか、Ｍか。俺と一緒だな」男が初めてニタリと笑った。「自己紹介がまだだったな。雨宮《あめみや》だ。よろしく」

「よ、よろしくお願いします」

栗原は、反射的に頭を下げた。雨宮から漂ってくる圧倒的な暴力の臭いに、卑屈になるのを抑え切れない。

「律子は隣の部屋にいる」

心臓が跳ね上がる。まさか、こんな如何《いかが》わしい部屋にいるとは思わなかった。同じ屋根の下にいると考えるだけで、緊張で正座の体勢のままひっくり返りそうだ。

「隣で、な、何をしているんですか」

「アンタの返事を待ってるのさ」

「僕はソノリンのためなら何でもします。本気で死んでもいいと思っています」

「自分の命にそんな価値があるとでも？」雨宮の黒目がさらに大きく広がった。「いいか、勘違いするな。アンタが死んでも一円にもならねえんだよ」

「す、すいません」

反論できない。社会に出てからの三十年間で、誰よりも自分自身がそう感じていたからだ。毎日、毎日、会社にかかってくるクレームの電話に誠意を込めて応対するわけでなく、マニュアル通りに受け流す。栗原ほどのベテランともなれば、スマートフォンでオンラインの麻雀ゲームをしながらでも客の相手ができる。

「律子が、どうしてこの部屋にアンタを呼んだかわかるか」

「わかりません」

「律子は自分の現状をアンタに知って欲しいんだよ」

「その……現状とは」

嫌な予感がする。野球ボールぐらいの石を立て続けに飲み込まされているみたいに胸が苦しくなってきた。

「律子は、この店で働いている」

驚き過ぎて、驚けない。

栗原は、正座をしている自分を俯瞰《ふかん》で見ていた。まるで、ショックにより幽体離脱したみたいだ。今さらながら、雨宮がソノリンを〝律子〟と呼び捨てにしていることに腹が立ってきた。

家に帰ろう。安い発泡酒を買い込んで、ソノリンが輝いていた時代の歌番組の映像を観ながらぐでんぐでんに酔っぱらってやる。

「ソノリンがSMをやるんですか」

それなのに、栗原は立ち上がらず、質問を続けた。今までの人生で経験したことのない何かが、栗原の両肩を強く押さえている。

「客のリクエストしだいで奴隷もやるよ。なんせ、律子は女優だからな」

呼吸が荒くなってきた。まったく想像できないのに、ハリケーン級の興奮が次から次へと絶え間なく栗原を襲う。

「なぜ、そんな仕事を……」喉の奥がパサついて、しっかりと声が出ない。

「莫大な借金があるからだ。芸能界の仕事を失って収入がなくなったのに生活レベルを落とせない。だから、ここで働かせることにした。園川律子が相手なら喜んで大金を払う連中はウジャウジャいるからな」

雨宮は、きっと代理人なんかじゃない。ソノリンが借金をしている暴力団の人間だ。

おそらく、ソノリンにドラッグをあてがったのもこいつらだろう。

「借金の額はいくらなのですか」

「アンタが知る必要はない。明後日、律子はあるゲームで勝負をかける。それに勝てば借金はチャラになり、律子が女優として復帰できる資金も手に入るんだ。アンタには、そのパートナーになって欲しい」

ゲーム？　ギャンブルの類《たぐ》いか。パートナーという響きは嬉しいが自信はない。競馬やパチンコをかじったことはあるが、からきし才能はない。

「ゲームの種類は何ですか」

「トランプだ。ただのババ抜きだよ。ジョーカーの代わりに、クイーンを一枚抜く。元々、ババ抜きは〝オールドメイド〟っていう名前だったらしいぞ。カップルになれなかったクイーンが一人残るってわけだな」

「ババ抜きのサポートですか」

何をすればいいのだ。そもそもトランプなんて一人で出来るだろう。

「俺たちは女王ゲームと呼んでいる。ババ抜きに特殊なルールを加えるんでな。女王と奴隷の二人一組で参加する。イカサマは何でもありだ。各自で持ち込んだトランプを順番に使う。当然、トランプにどんな仕掛けをしても構わない」雨宮が、スーツのポケットからトランプの箱を出して床に置いた。「封を開けて仕掛けを見破ってみろ」

早くも混乱してきた。栗原は、イカサマの協力を求められているのだ。

恐る恐る箱を手に取り、トランプを一枚ずつ確認する。見た目的にも触り心地にしても何の変哲もないトランプだ。

「わからねえだろ」雨宮が、得意げに眉を上げる。

たしかに、これを使えばかなり有利にゲームを進められるとは思うが、敵が用意したトランプのときは圧倒的に不利になる。

「あの……もし負けた場合は……」

「アンタに被害はない。律子が死ぬだけだ」

「まさか、殺されるのですか」

サングラス越しでもわかるほど、雨宮の目が怯えている。

「主催の女が化け物なのさ。ゲームに負けた女の血や内臓を抜き、剝製にするのが趣味だ。もう何人もの女が部屋に飾られているらしい」

4

東京大学入学式の当日の午前十時、村山英五は武道館の前に家族といた。

母親と父親は他の保護者と同様、カメラを持ってはしゃいでいる。英五と祖父は空を見上げていた。今朝早くに両親と祖父が英五のマンションにやって来た。昨夜に父親の運転する車で淡路島を出たらしい。一昨日に、突然、予定よりも早く東京に行ったことは電話で「一人で色々考えたくて」と適当な嘘の説明をしておいた。

武道館は、イメージしていたよりも小さな建物だった。写真通り、屋根の上に玉葱のような物体が乗っかっている。

玉葱で、今日子を思い出した。サラに拉致された一昨日以来、連絡を取っていないし、向こうからもメールのひとつもない。本来なら、英五が電話をして無事を伝えるべきなのだが、どうしてもそんな気分になれなかった。

女王ゲームのことが頭を離れない。十億円の賞金よりも、サラが命を賭ける理由を知りたい。

「こりゃ、昼から雨やな」

祖父が、英五の隣で呟いた。空は生憎《あいにく》の曇り空だ。

「天気予報では降らないと言ってましたけどね」父親も空を見上げる。

「いや、かなり激しく降るで」

漁師の祖父が言うのなら間違いない。どの天気予報よりも祖父の勘が当たるのは、村山家の常識だ。

母親が、下唇を突き出して、拗《す》ねてみせる。「折りたたみ傘でも持ってきたらよかった。せっかくの一張羅《いっちょうら》やのに濡れたらかなんわ」

英五が着ている黒のスーツは、メタボになった父親のお古だ。かなりいい生地を使っているらしく、「イタリア製の一生物やぞ」と自慢していた。広告代理店時代に着ていたスーツの中で、一番いいものを息子に譲ったのである。

微妙にサイズが小さく、ネクタイも窮屈だった。何よりも、周りにいる新入生たちと自分が同じ格好をしていることに違和感がある。女の子たちが、スーツ姿の英五をチラ見しているのも鬱陶《うっとう》しい。

輝かしい未来への第一歩だというのに、空模様と同じで英五の心も晴れなかった。

「浮かない顔をしてどないした。何を考えとるんや」

祖父が、じっと英五を見つめた。その顔には、無数の深い皺《しわ》が刻まれている。体格は英五よりも二まわりは小さいが、見慣れないスーツ姿のせいか威厳が増しているように見えた。

「自分でもようわからん」英五は、目を逸らさずに答えた。気づかぬうちに、関西弁に戻っている。

「迷っとったらデカい魚は釣れへんぞ。広い海で出会えるのは一度だけや。二度目はもうない」

「お義父さん、釣りの話よりもそろそろ会場に……」父親が目を丸くする。

「黙れ。わしは英五と男の話をしとるんじゃ」

父親と母親が、顔を見合わせた。あと十五分ほどで入学式が始まるというのに、祖父がゴネ出したから戸惑っている。まだ人は残ってはいるが、大半の新入生とその親たちは武道館へと入っていた。

祖父が、二人を無視して話を続けた。

「ええか、英五。お前は普通の人間と違うのや。神様から与えられた特別な才能を持っとる」

「だから東大に現役で受かったのよ。雨が降る前に会場に入りましょ」

「やかましい」

横から口を挟もうとする母親を祖父が怒鳴りつける。

「じっちゃん、もうええよ。俺は普通に生きる」

「沖に船を出して勝負せえへんのやな」祖父が、白髪混じりの太い眉をひそめた。「陸から釣れる魚なんてたかが知れとるぞ」

勝負という言葉に、冷たく固まっていた心臓がトクンと音を立てた。

「お言葉ですがお義父さん。東大に行ける人生は充分過ぎるほど凄いですよ」父親が堪らず口を出す。

「そんなレベルの話をしとるんとちゃうわ。東大は年に何人ぐらい入っとんねん」

「今年は三千百人よ」母親が即答する。夫が株で失敗して生活が苦しかった分、英五の東大合格を誰よりも喜んでいた。

「世の中には選ばれた一人しかでけへん使命というものがある。英五はその星の下《もと》に生まれたんや」

今日子の顔ではなく、渋谷のスクランブル交差点に置き去りにしたサラの顔が浮かぶ。

『女王ゲームに参加すればわかる。あなたの疑問のすべてに答えが出るわ』

人波に向かって駆け出す直前に英五が見たのは、こちらを見ているサラの、一切の疑いのない視線だった。なぜか、拒絶した英五のほうが捨てられた気持ちになった。

「もしかして、朝から焼酎飲んだの？」母親が鼻をヒクつかせた。

たしかに、祖父の口からアルコール臭が漂ってくる。

「英五、今すぐ人生の道を決めろ」

「ちょっと、英五はまだ十八歳よ。人生を決めるのは早過ぎるわ」

祖父が、首を横に激しく振る。「ダメだ。わしらみたいな凡人は英五の人生に介入する資格はないんや」

父親と母親が、不安げな目で英五を見る。しかし、その顔よりも、脳内に浮かんで消えないサラの冷たい表情が勝ってしまう。

どうしてなんだよ……。サラちゃんのことを別に好きでもないのに、また会いたくなるのはおかしいじゃないか。

昨日は丸一日、飯田橋の新しい部屋で寝転がりながら悶々と考えた。女王ゲームという謎の勝負に命を賭けて挑むサラを助けたいという気持ちが芽生えてきたわけではなかった。むしろ、そんな怪しい世界と関わりあいたくない。それなのに、釣り針にかかった魚みたいに自由を奪われ、己の意思とは裏腹にサラの元へと引き寄せられる感覚がある。

まるで、催眠術にかけられているようだ。サラに会いたいのか、それとも、〝二つ目の扉〟の向こうの未知なる危険に飛び込みたいのか、どっちなんだよ。

『あなたは私のパートナーよ』

また、耳のうしろでサラの声が聞こえた。

「わかった」

英五は、脳内のサラに返事をした。いつのまにか、心臓が口から飛び出るほど暴れ出し、全身に熱い血を送り込んでいる。

「何がわかったの。一時の気の迷いで人生を棒に振ったらあかんで」

「失うものの大きさをよく考えろ」

両親が、顔面蒼白になり英五に詰め寄る。少し離れた場所で、祖父はニヤニヤと笑いながらショートホープを吸っていた。

「もう遅いわ。英五がこの顔になったら、誰にも止められへんぞ」

英五は、強く拳を固めた。とてつもなく巨大で頑丈な何かを叩き壊したい衝動に駆られる。

言葉が出ない。一歩も動いていないのに、武道館が遠くに離れていくように感じる。

「何も言うな。謝る必要もない」祖父が近づき、皺だらけの黒い手を英五の肩に置く。

「男が勝負に挑むときは言葉なんかいらんのや」

「ひとつだけ言わしてくれ」英五は、しっかりと両親の顔を見た。「俺、東大に行くのを辞める」

両親の口が、同時にソフトボールが入りそうなほど大きく開く。

英五は武道館に背を向け、全力で走った。背後から叫び声が聞こえたけれど、もう何も耳には入ってこない。

英五の前で、〝二つ目の扉〟が開いた。


午後零時。村山英五は、渋谷のスクランブル交差点にいた。

三十分前から、サラを待っている。またポルシェで現れるのか、徒歩で来るのかわからないが、今日は大きな祭りでもあるのかと勘違いするぐらいの人の多さに立ち眩みを覚えた。

「ねえねえ、お兄さん。さっきから誰を待ってんすか」

ハチ公像のほうから、制服を着た女子高生三人組が小走りで迫ってきた。

「もしかして、彼女さんすか。とりあえず、ウチらチョー暇なんすけどカラオケでも行かないすか」

三人とも焼きそばみたいな髪の毛に、異常なまでに目がデカい奇抜なメイク、犯罪的に短いスカートで丸太みたいな太ももを露出している。まるで、地獄の底から湧き出てきた妖怪のようだ。

英五が無視をしているにも拘らず、女子高生たちは獲物を狙う肉食獣の如《ごと》くギラギラとした目で話しかけてくる。

「お兄さん、チョー渋いんすけどモデルとかやってんすか」

「ヤバい。ヤバい。ヤバい。ヤバい。ヤバい」

「この世の者とは思えないぐらいイケメンなんすけど。ありえないんすけど」

二人が英五の両手を摑み、綱引きのように引っ張った。

「ヤバい。ヤバい。ヤバい。ヤバい。ヤバい」

一人は呪文を唱えるかのように、英五を拝みながらブツブツと呟いている。

女子高生たちが騒ぎ出したのをきっかけに、わらわらと人だかりができた。どうやら、英五を芸能人だと勘違いしているらしく、勝手に携帯電話で写真を撮ろうとしている奴までいた。

逆ナンに慣れている英五も、さすがにこれには参った。神戸の三宮と比べて、軽く十倍以上の数の人間がいて収拾がつかない。駅前の交番から何事かと二人組の警官までもが寄ってきた。

マズい。サラはどこだ。早く来てくれよ。

英五の願いが通じた。モーゼの十戒のように人波が分かれて一本の道を作り、真っ白な毛皮のロングコートのサラが現れた。髪はパーティに行くのかと思うほど盛られ、金のイヤリングとネックレスがまばゆく輝いている。とんでもなくゴージャスだが、渋谷の雑踏の中ではとんでもなく浮いた格好だ。

「待たせたわね」

英五を囲んでいた女子高生たちが、打ちのめされた顔で離れていく。警官もポカンと口を開けたまま後退りした。

「遅《おせ》えよ」英五は、わざとぶっきらぼうに言って顔をしかめた。そうでもしないと、顔が緩んでしまう。

サラに会えて嬉しいのか？　こんな、めちゃくちゃな女に？

断じて違う。これは好きだとか愛だとかの感情ではない。子供のころの遠足前の気分に似ているが、それでもない。人生で初めて味わう高揚感だ。

「お腹は空いてない？」

「女王ゲームはいいのか」

昨日の夜から何も食べていないので、胃の中は空っぽだ。ただ、今はその空腹感が心地良くもあった。

「勝負は夜からよ。長い戦いになるから万全の体調で挑まなきゃ」

サラが横断歩道に身を乗り出して手を挙げ、タクシーを止めた。

「どこに行くんだよ」

「私の泊まっているホテル」

「えっ？　な、何のために？」動揺する自分が情けない。

「トランプで特訓するの。食事はルームサービスで済ませてね」

「おいおい、女王ゲームはババ抜きなんだろ」

「特殊なトランプだから訓練しないと扱えないわ。それに、敵のイカサマを見抜く方法を教えるから」

「イカサマをしてもいいのか」

「暴力以外なら何をしてもいいわ。つまり、イカサマを見破らなければ絶対に勝てない」サラが、氷のように冷たい視線で英五を見つめる。「だから、あなたをパートナーに選んだのよ。教師になったのも、あなたをスカウトするためなの」

「スカウト？」

「高校一年生のときに全国模試で総合一位になったでしょ」

「まあな」

腕試しだと言って、教師から強引に受けさせられたやつだ。軽く勉強しただけなので、まさか三百万人中の一位になるとは自分でも思わなかった。

「その生徒を調べたら淡路島にいたの。教師として学校に潜り込み、あなたを観察させて貰ったわ。ギリギリの合格だったけどね」

「はあ？」さすがにカチンとくる。

「あなたの弱点は視野が狭いことね」サラが、パチンと指を鳴らす。

「お兄さん、ごめんねえ」

さっきの女子高生たちが戻ってきた。一人の手に、英五の財布がある。

「いつのまに……」

「私がお願いしたのよ。『イケメンで調子に乗っている男がいるから鼻を明かすのに協力して欲しい』ってね」

「マジでイケメンだね」

女子高生たちが、サラから一万円を三枚受け取り去っていった。

「わかった？」サラが腕を組み、英五を睨《にら》みつける。「今のままじゃ、女王ゲームには勝てないわよ」

スリでもない素人の女子高生に財布を盗られるなんて……いや、女子高生だからこそ油断した。

英五は、悔しさで耳の先まで熱くなった。「俺は東大を辞めてきた」

「あっそう。だから？」

サラが、停まっていたタクシーにさっそうと乗り込んだ。

『とにかく、考えてみることである。工夫してみることである。そして、やってみることである。失敗したらやり直せばいい』

松下幸之助のこの言葉を胸に、初芝今日子は努力を重ねてきた。中でも一番苦労したのは〝いじめられないキャラ作り〟である。

初夏、英五と付き合うことが決定したときは、天にも昇る夢心地だったが、同時に学校中の女子を敵に回すことになるリスクもあった。せっかくの青春を台無しにしないためにも、考え、工夫し、やってみた。

愛すべきバカ。まずは、このキャラを目指した。テレビに出ている女性タレントでも、キレイなだけではバラエティ番組には呼ばれない。たまに、芸能事務所のゴリ押しでモデルなのか女優なのかよくわからないポジションの子が登場するが、共演者の芸人のボケやツッコミに対応できず、視聴者の反感を買っている。その点、天然ボケやおバカキャラを演じている女性タレントは息が長い。

今日子は、自らボケの道に進んだ。関西の人間は〝ツッコミたがり〟がとても多い。みんな「あいつはオモロい」と言われたいが、ボケるには勇気がいる。誰かが的確にツッコミを入れてくれないと自爆するパターンが多々あるからだ。天然ボケが安全牌ではあるけれど、評価を得たいなら積極的にボケをかますに限る。

そこで、今日子は徹底的に笑いの歴史を研究して、最後はチャップリンとバスター・キートンの二大喜劇王に辿り着いた。言葉ではなく、体の動きで笑いを取る。これなら、子供から大人まで安心してツッコミを入れることができるではないか。さっそく西宮まで通い、宝塚の講師をしていたジイさんにパントマイムを習った。レッスンは本格的で、体幹トレーニングが重視され、ストレッチだけで一時間を費やすハードなものだった。

　これは、違うのではなかろうか。

　レッスン三ヶ月目で、今日子はバランスボールに座る自分の姿を鏡で観ながら我に返った。こんなことをしていても笑いが取れるわけがない。その日のうちに、パントマイム教室を辞めた。

　実際、学校では他の女子からの今日子に対する風当たりが強くなっていた。このままでは、いじめがエスカレートするのは時間の問題だろう。

　こうなったら、下ネタしかない。今日子は覚悟を決めた。

　どんな澄ました人間でも下ネタは大好きだ。これは、性欲という人間の三大欲求の一つを刺激されるからであって、焼肉やカレーの美味しそうな匂いを嗅いだら問答無用に腹が減るのと同じで抗《あらが》えない事実なのである。

　下ネタの神、笑福亭鶴光《しょうふくていつるこ》の伝説のラジオ番組をネットで拾っては、ノートに書き溜めて研究した。下ネタこそ、センスが要求される。自分のキャラを第三者の目で把握し、どのレベルまでなら受け入れてもらえるかを毎晩、真夜中まで検討を続けた。

　努力が実り、今日子は学校の女子の間では下ネタ女王として君臨することとなる。英五という彼氏がいながらも、休み時間は女子たちとつるんで下ネタ話に花を咲かせた。鉄板のネタは、「英五のアソコは小鳥が五羽止まれる」だ。

　見事にいじめを回避した今日子は確信した。松下幸之助の言葉にさえ従っていれば、必ず人生の成功者になれる、と。

だから、武道館から英五を尾行し、渋谷のスクランブル交差点で女子高生に囲まれているのを目撃しても冷静さを保てていた。真っ白い毛皮のコートを着たサラ松平が現れるまでは。

なんやねん、その格好は！

思わず、心の中で叫んだ。ハリウッドセレブも赤面するほどのフカフカのコートだ。ハチ公前に固まっていた群衆もサラにたじろいで道を開けたほどだ。しかも、あんな現実からかけ離れた服装をしても、まったく下品にならないところに腹が立つ。もし、同じ服を今日子が着て一生懸命にメイクをしても、昭和の娼婦にしか見えないだろう。

英五を囲んでいた女どもが蜘蛛《くも》の子を散らすように散った。てっきり、英五とデートするのかと思いきや、さっきの女子高生たちが英五の財布を持って引き返してきたのだ。

何が起こってるの？

英五もサラに怯えている様子はない。銃で脅されているからではなく、英五は自分の意思で行動している。

どうやって英五を問い詰めてやろうかとタイミングを計っていたら、サラと英五はタクシーに乗り込み、明治通りの方向へと去っていた。

しまった。遅れを取った。

今日子は慌てて隠れていたハチ公像の陰から飛び出し、後続のタクシーを止めて乗り込んだ。

「前のタクシーを追いかけて」

運転手に、今日子ではなく男が言った。茶色の革ジャンを着た、見知らぬ男が強引に今日子の隣に乗ってきたのである。

「ちょ、ちょっと!」

今日子は押し出そうとしたが、男はビクともしない。坊主に近い金髪、眉毛が太く、頬から首筋にかけてワイルドな不精髭《ぶしょうひげ》で覆われている。やたらと彫りが深く、目も茶色い。

外国人?

「君もサラを追っているのだろ」

でも、日本語はかなり流暢だった。タレ目で、よく見ると甘い感じのハンサムだ。

「は、はい。て、いうか誰?」

「僕はサラの兄だよ。妹を助けるから君も協力してくれないか」

5

午後八時三十分。村山英五は、恵比寿ガーデンプレイスの側に立つホテルのスイートルームの窓辺で、一人佇《たたず》んでいた。昼過ぎから降り出した激しい雨は、まったく止む気配を見せない。遠方に見える東京タワーと六本木ヒルズが雨で滲《にじ》んでいる。

女王ゲーム。ただのババ抜きと思いきや、サラとのシミュレーションを繰り返すうち、その奥深さにどっぷりとのめり込んでいった。冷静な判断力と駆け引きの上手さ、そして、勇気が求められる。

プレイヤーの女は両手を拘束され、麻酔薬の入った点滴を刺したまま勝負のテーブルにつく。負けた瞬間、麻酔薬を体内に注入される仕組みで、拘束されるのは暴れないためだ。そのために、トランプを手伝うパートナーが必要となる。男のパートナーは、基本、プレイヤーの指示に従うが、相談役としてゲームに参加することも出来る。つまり、女王ゲームは男女の二人三脚の戦いだ。

くそっ。もう一日あればコツを摑めそうなのに……。

後悔しても、もう遅い。サラが一昨日に英五を拉致したのは、丸一日かけて女王ゲームを仕込むためだったのだ。

「準備はいい？」

バスルームから、深紅のドレスに身を包んだサラが現れる。似合ってはいるが長袖で裾が膝下まである古臭いデザインが気になる。サイズが少し大きいのもサラらしくない。しかも、昼間からこのドレスをずっと着用していた。スイートに着いて白い毛皮を脱いだときに、英五が驚いた表情を見せたら、「これが私の勝負服よ。今日一日はこのドレスを脱がない」と怖い顔で言われた。

「ここからどこに移動するんだよ」

「わからないわ。女王ゲームは、毎回違う場所で開催されるの。極秘だから参加者以外は誰も知らない。もう少しすれば、この部屋に使者が現れるわ」

「まさか、目隠しをされるとか言うなよ」

「おそらく、されるでしょうね」

「マジかよ」

結局、なぜ、サラが命を張ってまで危険なゲームに参加するのかは教えて貰えなかった。何度か訊こうとしたが、「特訓に集中してちょうだい」とはぐらかされるだけだ。ゲームに負けたあと、どうやって殺されるのかも頑として言わない。

優勝賞金が十億円。敗者には死。そんな馬鹿げたゲームが果たして本当に存在するのだろうか。スイートのベッドの上でサラと向かい合ってトランプのやりとりをしながら、

「この女教師が精神的な病に冒されているだけでは」と本気で疑った。それならば、銃をぶっ放して英五を拉致した説明もつく。

サラが窓辺の側にあるアームチェアに腰を下ろし、小さく息を吐いた。ひどく緊張しているのが伝わってくる。

「主催者がどんな人間か教えるわ。英五ならば、相手の素性を知ったほうがモチベーションは上がるだろうし」

初めて、下の名前で呼ばれた。首筋がゾクリとする。

「どうせ、いけすかない金持ちのオヤジだろ」

「女よ」サラが、落ち着かない様子で爪を弄《いじ》る。「悪魔のような女」

予想と大きく違った。てっきり、バブル時代に不動産か株で大儲けしたギャンブル好きの成金の悪趣味な道楽かと思っていた。

「その女に恨みでもあるのか」

「なぜ、そう思うの」サラが長い脚を組み、英五を見上げる。

「ただの勘だよ」

「魚住清美。主催者の名前よ。四年に一度、女王ゲームを開く」

「オリンピックみたいだな」

英五は鼻で笑って見せたが、サラの顔は沈んだままだ。

「彼女は、この二十年間負けてないわ」

「どうしてわかるんだよ。極秘なんじゃないのか。それに、今までの挑戦者が死んだかどうかはわからないだろ」

「わかるわ」サラの目が、赤く潤んでいる。「私の母親が殺されたから」

「その魚住って女に？」

サラが頷いた拍子に、左の頬に一筋の涙が流れた。

「どうやって、殺されたんだよ」

「言えない」

きっと、とんでもなく異常な殺し方だ。それだけはわかった。

「本当にパートナーは俺でいいのかよ」

「自信がないの？」

「あるわけないだろ。こんな狂った世界が世の中にあるとは思ってもみなかった」

「違うわ」サラの涙は、もう止まっていた。「世の中のすべてが狂っているのに、ほとんどの人が気づけないだけなの。靴の裏で踏み潰される蟻が人間の大きさを認識できないようにね」

「サラちゃんの母親は、なんで女王ゲームに参加したんだ」

「父親を助けるため。クズみたいな男のために命を賭けたのよ」

「おかしいよ。父親が戦えばよかったじゃないか」

サラが静かに首を振った。「魚住清美は女としか戦わないの。それも特別に美しい女とね。理由はわからないわ」

「ドレス……お母さんのものなんだろ」

サラが、コクリと頷く。「さすがね。その洞察力と推理力があれば魚住清美に対抗できるわ」

「俺よりも洞察力がある人間はいくらでもいるよ。つい最近まで高校生だったんだぜ」

滅多に姿を見せない弱気の虫が騒ぎ出した。サラの話を聞けば聞くほど、戦いの場に向かうのが恐ろしくなる。英五を淡路島で拉致したあと、サラがすぐに女王ゲームの説明をしなかった理由が今になってわかった。

「頭脳だけじゃダメ。私のパートナーになるのには体力もいるの」

「えっ？　でも……」

女王ゲームはテーブルの上で行なわれる。使うのは各自が用意したトランプだけ。体力を使う要素なんてひとつもなかった。

サラが、壁の時計を横目で見た。魚住清美の使者がやって来るまで、あとわずかしか時間がない。

「私の目的は金じゃないのよ」

「魚住清美を倒すことだろ」

「倒して、母親を取り戻す」サラの瞳の奥に、力強い火が灯った。

「どういう意味？」

「あの化け物は、ゲームに負けた女たちの死体をコレクションしているの。私の母親もそこにいるわ。コレクションを保管している場所も突き止めてある」

「ど、どこなんだよ?」

「ある美術館。魚住清美がオーナーなの」

「美術館に死体を飾ってるのか」

「いいえ。表向きは普通の美術館よ。コレクションは地下室に保管しているはず。美術館を建設した会社のデータをハッキングしてわかったの。テンキー式のロックで地下に行けるようになっている」

「そこまでわかっていて、どうして警察に通報しないんだよ」

「ロックのコードは魚住清美しか知らないからよ。彼女が口を閉ざせば、私の母親は永遠に地下のままよ」

「そうだけど……」

英五は言葉を失った。世の中のすべてが狂っている。サラの言う通りだ。

サラがアームチェアから立ち上がり、呆然としている英五の両肩に手を置いた。

「女王ゲームをやりながら、そのコードを突き止めるのが私の真の目的よ。魚住清美に近づいてヒントを摑むしかないの」

「そんな大役に俺を選んでくれたのか」

テンキー式のコード……《0》から《9》の数字の組み合わせを解明するなんて、普通に考えれば不可能である。

「怖いなら逃げてもいいわ。普通の男には務まらない」サラが手を離し、いつもの冷たい目になった。「無理しないで。英五も普通の男の子なんだから。他の男よりは少しマシなだけ」

「それが人にものを頼む態度かよ」さすがに、これにはブチ切れた。

サラが、微笑んだ。いや、目は笑っていない。

次の瞬間、左頬に熱い痛みが走り、よろめいた。何が起こったかわからず、頭の中が真っ白になる。

殴られた……平手打ちだ。

「どうしたの？ 痛いの？ それとも人に殴られたことがないからびっくりしちゃったのかな」

サラの口調がガラリと変わった。まるで、幼稚園児に話しかけるような甘い声になっている。

ちくしょう。馬鹿にしやがって。

全身の血が沸騰したみたいに熱くなる。サラを睨み返そうとしたが、なぜか目が泳いでしまう。

「もう一回、殴っちゃおうかあ」

今度は右の頬を張られた。目の奥で火花が散り、顔全体がジンジンと痺れてくる。

「本当にやめて欲しいの？　もっと、いじめて欲しいんじゃないの？」

「や、やめろ……」

「ふざけんな」

英五は、サラの腕を摑んだ。だが、次の行動が取れない。女だから殴るわけにもいかず、サラの見下した視線にまた目が泳ぐ。

「いい子だから歯を食いしばりなさい」サラが優しい声で言った。

なぜか抵抗できない。体がサラの言いなりに反応する。

ど、どうなってんだよ……。

「早くう」サラが、英五の腕を振り払った。「歯を食いしばるのよ」

「は、はい」歯を食いしばり、サラの攻撃に備えた。

おい、待て。何で殴られる気でいるんだよ。

「じゃあ、痛いけど我慢してねえ」

サラが、ドレスの裾を持ち上げた。

「えっ？」

長い右脚が、英五の股間に食い込んだ。猛烈な鈍痛が下腹を襲い、英五は呻《うめ》き声を漏らして床にうずくまった。

「英五の視野の狭さが足手まといなの。どうすれば治るのかなあ」

返事ができない。あまりの痛みに吐き気が込み上げてきた。

背中にゴリッとした感触が走る。ハイヒールで背中を踏みつけられたのだ。

ありえない。堪え難い屈辱感に、英五の中の何かが壊れた。

「プライドが邪魔してるの。勿体ないなあ」鋭利な痛みがグリグリと背骨を軋ませる。

「自分を特別な人間だと思ったらダメよ。上からの目線だけじゃ大事なものを見落とすからねえ」

じっちゃん……。

ショートホープを美味そうに吸う祖父の顔が脳裏にチラつき、泣きそうになる。

「私がプライドを粉々にしてあげる」サラが、英五の背中からハイヒールをどけた。

「本気でかかってきなさい」

英五は、股間を押さえながらヨロヨロと立ち上がった。

「……女は殴らねえ」

サラが大げさに溜め息をつき、外国人がよくやるジェスチャーで、両手を広げて肩をすくめた。

「負けたときの言い訳はやめてよう」

「絶対に……弱い者いじめはしないんだよ」

じっちゃんとの約束だ。「ええか、英五。女と子供に手を上げる男はカスや。何があっても自分より弱い者を殴ったらあかんぞ」と教わった。

「私のほうが強いから大丈夫。思う存分殴りなさい」

「殴らねえって言ってんだろ！」

英五は頭を低く下げ、サラの腰にタックルした。殴りはしないが、組み伏せて男の力を見せつけてやる。

腰を捕まえた瞬間、あっけなくサラが転んだ。

いや、自ら床に寝転がったのだ。長い脚が下から伸び、蛇のように英五の首元に絡みつく。右手だけを摑まれ首と一緒にガッチリと締めつけられた。

「技の名前を教えてあげるねえ。トライアングル・スリーパー・ホールド。いわゆる三角絞めよう」

サラの両脚の力が強く身動きができない。ドレスのスカートに頭を突っ込んで、太ももで万力のように固定されている。サラの体を持ち上げて逃れようとしても、体に力が入らない。

「頸動脈を絞めると血圧が急激に下がって失神するの。どう？　気持ちいい？」

あっという間に目の前が暗くなる。サラの香水の匂いもプラスされて、フワフワとした気持ちになってきた。

「まだ落ちたらダメよう」

サラが、太ももの力を緩めた。快感がスッと遠ざかる。

「魚住清美を倒す秘策を説明するから、このままの体勢で聞いてねえ。もし、気持ちよくなり過ぎたら私の脚をタップしてよう」

それから十五分かけて、英五の頸動脈を絞めては緩め、緩めては絞めての繰り返しでサラが話を続けた。

薄れゆく意識の中で聞いたサラの作戦は、奇策そのものだった。成功率は半分もないだろう。

「終わり。よく頑張ったねえ」

話が終了し、太もものロックが解かれた。サラの黒いパンティーが目に入るが、何の感情も湧いてこない。英五は仰向けになり、大の字で寝転がった。一昨日からあった胸のモヤモヤがどこかに消えて、不思議と頭の中がしゃっきりとしている。

そのとき、スイートのドアが、ノックされた。

「来たわ。立ちなさい、英五」

「はい」

サラへのわだかまりがなくなり、素直に返事ができた。

「ドアを開けなさい」

「はい」

立ち眩《くら》みを堪えながら歩き、ドアを開けた。妙に姿勢のいい黒いスーツの男が立っていた。蠟人形のように顔色が悪く、肩まで伸びた髪をオールバックにまとめている。

「今夜の案内役を務めさせて頂く山本です。女王ゲームを最後までごゆっくりお楽しみください」

「その前におトイレ」

英五の背後で、サラが言った。

6

暗闇の中、村山英五は全神経を研《と》ぎ澄ませていた。雨のアスファルトを走るタイヤの音と、隣にいるサラの微かな吐息しか聞こえない。

五分前、英五とサラは恵比寿のホテルの前で待っていたリムジンに乗せられた。二人を迎えに来た執事の格好をした山本は、英五とサラにアイマスクをつけさせ、リムジンの後部座席の向かいに座っている。運転手は誰かわからない。魚住清美の使者がもう一人いるのだろう。

英五は、いずれ東大を出てビッグになったとき、リムジンに乗って夜の東京の街をドライブしてやるという野望を持っていたが、まさかこんな最悪の形で実現するとは思ってもみなかった。ただ、乗り心地は最高だ。

「お話をするのはかまわないのかしら」

沈黙を守っていたサラが、山本に訊いた。その声はまったく怯えてはいない。サラにとってこれしきの歓迎は予想の範囲内なのだろう。

「目隠しさえ取らなければかまいませんよ」

英五は、山本の声に集中した。物腰の柔らかい口調だ。嫌味もなく、インテリジェントな雰囲気がある。

「今回の女王ゲームの会場はどこなの」

「お答えできません」

「魚住清美さんは、毎日どんな生活をしてるの」

「お答えできません」

「好きな食べ物だけでいいから教えなさいよ」

「お答えできません」

サラが鼻で笑うのが聞こえる。「少しぐらい教えてくれてもいいじゃない。ケチ臭い男ね」

サラが、答えてくれるはずのない質問を繰り返したのにはわけがあるはずだ。すでにこの山本という男のプロファイリングに入っているのか。

山本は、スイートルームのドアの前で、「今宵は私が魚住清美様のパートナーとして女王ゲームに参加させていただきます」と宣言した。

敵が目の前にいる。サラは会場に着くまでの時間を利用して、山本がどういう人物かを摑もうとしているのだ。

俺にも手伝えってことだな。

英五は不思議とサラの考えが読み取れた。スイートルームで完膚なきまでに叩きのめされてから急に全身が軽くなり、頭の中がクリアになっている。

俺に何が起きた？　女に力で負けたのに怒りを感じないなんて……。身長が高く運動能力が高い英五は喧嘩の腕には自信があった。英五がモテるのを妬《ねた》んで絡んできた不良たちを返り討ちにしたのは一度や二度ではない。

サラに絞め落とされそうになり、プライドがポキリと折れたのは確かだ。それなのに、何かから解放されたような気持ちを味わっている。決して心地よいわけではなく、むしろその逆だ。自分が自分でなくなったみたいで怖い。

でも、いい匂いだった。

英五はサラの太腿の間で過ごした十数分間を思い出し、妙な気分になる。女の香水は好きではないが、サラの体から漂う香りは夢の世界に引きずり込まれそうな高貴で妖しげなものだった。

馬鹿野郎、うっとりしてる場合じゃねえだろ。

必ずサラにはボコられた借りを返す。まずは、女王ゲームでの完全勝利で、頭が上がらないほどの恩を売ってみせる。

集中しろ。

サラの三つの質問に対する山本の答えは、「お答えできません」の一点張りだったが、微妙に声のトーンが異なっていた。

一つ目の質問の「今回の女王ゲームの会場はどこなの」に、山本は余裕を持って答えた。対照的に、二つ目の「魚住清美さんは、毎日どんな生活をしてるの」には、ピシャリとシャッターを下ろすみたいに即答した。三つ目の「好きな食べ物だけでいいから教えなさいよ」に至っては、怒りを滲ませて「お答えできません」と山本は言った。

目隠しのおかげで、トーンの違いがよくわかる。

山本は、魚住清美に異常なまでの忠誠心を持っているとみた。絶大なる信頼感と愛情があるはずだ。だからこそ、人の命を賭けた狂ったゲームを主催する女主人に仕えているのだろう。

「山本さんは、お幾《いく》つなの」サラが質問を続ける。

「三十五歳です」

「出身はどこなの」

「千葉です」

一転して山本個人への質問だ。

山本の反応がぎこちない。普段、あまり自分のことを話さないのか。もしくは、自分を押し殺して生きているのか。この男は、自分の人生に興味がないから、魚住清美の人生を支えることで喜びを得ているのかもしれない。

「千葉のどこ？」

返事がない。

サラがまた鼻で笑うのが聞こえた。「答えられないところをみると、過去にいい思い出がないみたいね」

「そういうわけではありません」

山本が深く息を吸った。冷静さを保とうとしている。

「わかった。魚住清美が母親代りなんでしょ」サラが間髪入れずに攻撃した。「実の母親よりも愛しているのね」

「違います」

「本当かなあ。毎晩、おっぱい飲ませてもらってるんじゃないの」

「挑発しても無駄ですよ」山本が反撃に出る。「清美様があなたのような下品な女に負けるわけがありません」

「それはどうかしら？　今夜が記念すべき初の敗北になるかもよ」サラが揺さぶりをかける。

「清美様は負けない」

山本の声が微かに震えた。主人を失うのを怖れているのだ。

「どんなに強い人間であっても勝ち続けるのは不可能だわ」

「清美様に不可能はありません」

病的なまでの信仰心だ。何があって、これほど崇拝しているのか。

魚住清美。サラの母親を殺した女。どれだけの権力を持てば、人を何人殺しても殺人の罪に問われずにリムジンを所有するまでの優雅な暮らしを送れるのか。

英五は、祖父の言葉を思い出した。

『この世には想像もつかへん化け物が隠れとる。深い海の底には釣り針が届かへんのと同じや』

上等だよ。釣り針が届かないならば、俺自身が深く潜ってやる。

「あなたは魚住清美の奴隷なのね」サラが、一方的に決めつけた。

「いいえ。私はただの使用人です」山本が反論する。

その声は驚くほど冷たく、魂の欠片《かけら》も込められていなかった。

『人には燃えることが重要だ。燃えるためには薪《まき》が必要である。薪は悩みである。悩みが人を成長させる』

初芝今日子は松下幸之助の言葉を噛み締めながら、レンタカーの助手席で、前方を走るリムジンのテールランプを見つめていた。

魅力的ないい女に成長したいけど、今回の悩みはヘビー過ぎて吐きそうだ。さっきから胃液が逆流して口の中が酸っぱい。

ブライアン松平《まつだいら》。それが運転席の男の名前だった。ブライアンはサラの兄だ。二人で仲良く写っている写真をスマートフォンで見せて貰った。写真は数年前のもので、野球場でポップコーンを食べながら戯《おど》けているサラは、今日子が見たことのない自然な表情だった。

学校でのサラとは別人だ。つまり、生徒たちに愛されていたあのキャラは演じていたというわけだ。

まんまと騙されたわ。やるじゃない。とんだ牝狐ね。いや、アメリカ人のサラには狐はしっくりこない。もっと、アメリカっぽい動物がいい。コヨーテだ。もしくは、ハイエナか。

しかし、ぶりっ子教師に成り済ましていたサラよりも、その演技を見抜けなかった自分に無性に腹が立つ。今日子自身、英五を落とすために散々演じてきたので、気づける機会はいくらでもあったはずだった。

まだまだ修行が足りない。今日子は自分の部屋の天井に貼ってある松下幸之助のスマイルを思い出し、二度と不覚を取らぬよう気を引き締めていた。

今日子はブライアンと正午に渋谷のスクランブル交差点で出会ってから半日以上の時間、行動を共にしてきた。サラの滞在している恵比寿の高級ホテルに張り込み、今に至る。英五とサラがホテルに入っていったときは唖然《あぜん》としたが、「安心していい。決して君の恋人と間違いは起こらない。女王ゲームの前で、妹は殺気だっているから」とブライアンに説得され、何とかブチ切れそうになるのを堪《こら》えた。

東京での新生活に夢を抱いていた今日子にとって、恵比寿は憧れの街の一つである。

英五が東大に合格してから作り始めた『デート計画書』には当然、恵比寿のガーデンプレイスはピックアップされていた。あわよくば、ガーデンプレイスの側に建つ高級ホテルに英五と泊まって甘い夜を過ごしたいと兵庫県にある縁結びのパワースポット、高砂神社に毎月お参りし、有名な「相生《あいおい》の松」と呼ばれる松の木（一つの根に二本の雌雄の幹がある）を見上げて祈願していたのに。

ホテルを張り込み中にブライアンから、〝女王ゲーム〟の説明を受けた。魚住清美という規格外の権力を持った女が、四年に一度、大金と命を賭けた賭場を都内で開いているらしい。

そんなアホな。『カイジ』とちゃうねんから。

荒唐無稽な馬鹿話かと思えたが、ブライアンの真摯な語り口調には今日子を信じさせる熱があった。もし、ブライアンの話が事実ならば、巻き込まれた英五を何としても助けなくてはならない。

ちなみに、今日子は英五との会話を盛り上げるために、『カイジ』や『バキ』から『ブラック・ジャック』や『ゴルゴ13』まで、男が好きなあらゆる漫画を読破している。

ますます、雨が激しくなってきた。雨粒がフロントガラスにぶつかる音が、今日子の焦りを掻き立てる。まるで、今後の今日子と英五の不穏な未来を表しているようで気分が悪い。

「リムジンが向かう先に……あの女が待っている」ブライアンが独り言のように呟いた。

思い詰めた声。緊張している。

「魚住清美？　頭のおかしいおばさんだよね」

「ああ。悪魔のような女だ」ブライアンが顔をしかめ、せわしなくハンドルを指で叩いている。

「サラちゃんは、どうしても復讐する気なの」

「チャンスは今夜しかない」

ブライアンは、女王ゲームや魚住清美のことは詳しく説明してくれたが、自分やサラのこととなると口を濁して中々教えてはくれなかった。ブライアンはアメリカで弁護士として働いていたらしいが、妹を追うために弁護士事務所を辞めて日本に来た。サラとブライアンの兄妹が日本語に堪能なのは、母親が日本人だったからだ。今日子は、父親のことも知りたいと思い、根掘り葉掘り質問をしたが、ブライアンは「あんなクズのことを思い出したくない」と言って答えてくれなかった。

「やっぱり、警察に連絡をしたほうがいいんじゃない？　だって、今夜、魚住清美が殺人を犯すとわかっているんだからさ」

負ければ命を奪われるというくだりは、さすがに半信半疑だ。最初は言葉のあやかと思った。今日子が警察の話を出すのはこれで五度目だが、そのたびにブライアンからは断固として拒否されている。

「心配するな。何度も言うように君の恋人に危害が及ぶことはない。女王ゲームに負けたとしても殺されるのはサラだけだ」

「それで平気なの？　あなたたちの母親が殺されたのは同情するけど、サラちゃんまで死ぬ必要ないじゃん」

どうやって殺されるのかの説明もまだだ。

命懸けのカードゲーム。この日本で、そんな非現実的なギャンブルが繰り返されてきたなんてありえない。でも、今夜、それが開催されるというのだ。

「勝てばいい」ブライアンが、どこか投げやりに言った。

「でも、魚住清美は二十年間無敗なんでしょ」

「サラも今日まで何年もかけて準備をしてきた」

「でも、普通の英語教師なわけだし。警察も手を出せない権力者を相手にするにはサラちゃんじゃ厳しいと思う」

準備といってもたかが知れている。淡路島の玉葱畑で本物の銃をぶっ放されたのには度肝を抜かれたが、女王ゲームの会場にはさすがにボディチェックがあって持ち込めないだろう。

「サラはＦＢＩの捜査官だった」ブライアンが、唐突に言った。

「は、はあ？　ＦＢＩって、あの？」

そんなもの、ハリウッド映画でしか観たことない。しかも、スクリーンの捜査官は皆マッチョだ。

ちなみに、今日子は英五との会話を盛り上げるために、『レザボア・ドッグス』や『ファイト・クラブ』から『ブレードランナー』や『七人の侍』まで、男が好きなあらゆる映画をＤＶＤで何度も観ては台詞を暗記している。淀川長治《よどがわながはる》や水野《みずの》晴郎《はるお》の著書も読破した。

「サラは優秀な捜査官だったが、三年前に辞職した」

「で、日本に来たの？　何のために？」

「パートナーを見つけるためだ」

「それが、英五？」

たしかに英五は目立っていたけれど、それは淡路島内での話だ。サラがどうやって見つけたのか気になる。何にせよ、恋人の今日子にとっては迷惑この上ない話である。

「サラの目に留まるぐらいなのだから、相当優秀な男だろうな」

「そうだよ。私が血の小便が出るほどの努力で勝ち得た宝物なのに、あんたの妹が玉葱畑で文字通り横取りしたのよ」

「すまない。妹は昔からせっかちで強引な性格だから。子供のころ、男の子たちに混じって遊んでいたアメリカンフットボールでも、クォーターバックのポジションを誰にも譲らないし、パスもせずに自分だけでタッチダウンしようとするんだ」

　そう言いながら懐かしげに目を細めた。ブライアンの妹に対する深い愛情は、昼からずっと伝わってきている。

「女王ゲームにパートナーが必要なんだったら、兄のあなたがなればよかったじゃん。どうして関係のない英五を巻き込むのよ」

「女王ゲームはそんなに甘くない。僕のレベルでは足手まといになって、サラを見殺しにすることになる」

ブライアンの横顔が悲しげに見える。本来なら、妹のすぐ側で支えてあげたいのだろう。

「弁護士なんだからレベル高いじゃん。普通の人よりは遥かに知能が優れてるはずでしょ」

「いや、知能だけでは女王ゲームには勝てない」

「他に何が必要なのよ」

所詮、ただのババ抜きではないか。たとえ、イカサマがありだとしても弁護士にまで上り詰めた人間が苦労するとは思えない。

「ギフトだよ」ブライアンが、静かな声で答える。

「何よ、それ」

「神様から与えられた才能。努力だけでは追いつくのは不可能なもの。残念ながら僕は神様から貰えなかった」

信号待ちでレンタカーを停めたブライアンが、じっと今日子を見つめた。ハンサムで体も筋肉質だが、寂しげな目をしている。並の女なら母性本能を直撃されてイチコロになる目だ。

見つめるんじゃないよ！　このハンサムが！

今日子の愛はぶれない。シマウマの首根っこに噛み付いたメスライオンの如く、絶対に英五を放すものか。万が一のことがないよう、今日子は自分の尻を抓《つね》って正気を保った。

「英五のギフトは何？」

「僕は知らない。サラが見抜いているはずだ」

ブライアンは、この三年間、サラと話していないらしい。ずっと行方不明だったサラをようやく見つけたのに、面と向かって会おうとせずに尾行を続けている。三年前までは、魚住清美を倒すために、二人で女王ゲームの調査をしていたのに、サラが突然、ブライアンの前から姿を消したのだ。

「そんなこと、サラちゃんにどうしてわかるのよ」

ムッときた。今日子は英五のことを愛しているが、彼が何を考えているかわからないときが多々ある。そのミステリアス加減が堪らなくいいときと、堪らなく不安になるときがある。不安になった女が口走る、「私のどこが好きなの？」や「私のこと本当に好き？」や「私なんかでいいの？」は禁句だと女性誌の『男にウザがられない女になるために』特集で学んだ。だから、今日子は不安になったときほど、「私のどこが好きなんて言わなくていいから」や「私のこと本当に好きなんでしょ。信頼する」や「私を選んで良かったね」と口にするようにしたが、英五が苦笑いをするのでやめた。

……松下幸之助師匠、男心がわかりません。

「サラはママに似て観察力が鋭いからね」

「ただの憶測じゃない。お母さんも美人だったの？」

「美しい人だった。魚住清美はその美しさが欲しかったのさ」

「どういうこと？」

「魚住清美は、母を剝製にした」

「えっ」一瞬、何を言われたのかわからなかった。

人間を剝製に？　どうやって？　おぞましさが度を超えていて想像がつかない。

信号が青に変わった。前に停まっているリムジンが動き出す。ブライアンもゆっくりとレンタカーを発車させた。

「この街のどこかに母は飾られている」

「ど、どこなのよ」

「場所はわからない。サラなら突き止めてるかもしれないけどね。剝製になったママを救いだすためにサラは魚住清美に接近しようとしているんだ」

剝製にされた母親を取り返すことが、サラの復讐なのか。たとえ、魚住清美を倒し、命を奪おうとも、それだけでは意味がないのだ。

「剝製は女王ゲームの会場にあるんじゃないの」

心臓が痛くなるほど、今日子の心拍数が跳ね上がった。美しい女たちの命を奪い、死体を鑑賞品として扱うなんて許せない。

「違う。別の場所だ。剝製が会場にあるのなら、サラは捜査官時代の人脈を活かして腕利きの人間でチームを作り、武力で制圧して奪回するだろう。それができないからわざわざ参加者として潜入するのだと思う」

「じゃあ、ゲーム中に剝製を取り返すつもりなのね」

サラは、とてつもなく高いハードルに挑もうとしている。

「そのために選ばれたのが君の恋人、村山英五だ」

「英五は何をするわけ？」

「魚住清美の言動の中からヒントを見つけ出す。相手の言葉の端々や何気ない仕草をヒントとして判断するには、並外れた直感力と勇気がいる」

「それが、ギフトね」

たしかに、普通の人間がいかに努力を積み重ねようとも習得できない能力である。英五は、独特の感性の持ち主だった。瀬戸内海の色を見ては、「あそこにチヌが固まってるぞ」とデート中に勝手にテンションを上げる。

認めよう。英五は、今日子よりチヌに興味がある。

「僕たちは、サラと英五君をできるだけサポートする。もちろん、魚住清美に勘づかれたら、すべてが台無しになるので細心の注意が必要だ」

サラだけでなく、ブライアンも戦っている。今日子のみぞおちの辺りを締めつけるような痛みが走った。

「私がいてもいいの？　足手まといにはなりたくない」

「いざというときに、今日子ちゃんがいてくれたほうが助かる」

ブライアンが、初めて親しげに名前を呼んだ。

「いざって？」

「僕と英五君がコンタクトを取る機会に恵まれたら、今日子ちゃんがいてくれれば彼も僕を警戒しないで済むだろ」

サラの乗るリムジンを追うブライアンの横顔は、腹を括った男の顔だ。

たとえ、妹が命を落とすことになったとしても、悲願である母親の遺体の奪回を成し遂げるつもりだ。

英五のためにもサラちゃんのためにも絶対に失敗はできへん……。

今日子は、両肩にのしかかる途方もない重圧感に、松下幸之助の名言さえも思い出せずにいた。

7

エレベーターのドアが開いた音がした。

「それでは、アイマスクを外してください」山本が、厳《おごそ》かな口調で言った。

いよいよか。英五は、小さく深呼吸をしてアイマスクを外した。情けないことに膝が笑っている。

「ここが今夜の舞台ってわけね」

隣のサラは不敵な笑みを浮かべて、アイマスクを指先でクルクルと回していた。早くも戦闘モードだ。

レストラン？

英五は周りを見回して唖然とした。てっきり女王ゲームは、隠れ家的な地下室か高層マンションの最上階のような場所で行われるものだと思いこんでいた。

店内はかなりの広さがあり、ゆうに百人近くは座れるだろう。レンガ造りの壁には、ジャズミュージシャンたちのモノクロの写真が飾られ、店の奥にはピアノとドラムセットが置かれたステージがあった。間接照明で薄暗く、ゆったりと落ち着いたムードが流れている。窓がないところをみると、どこかの地下の店舗のようだ。

異様なのは、フロアの中心にあるテーブルだった。そこだけ純白のテーブルクロスがかけられ、スポットが当たっている。

「何だよ、あれ」英五は思わず呟いた。

テーブルには四つの木の椅子があり、各椅子のうしろには、革張りの一人がけのソファが四つテーブルを囲んでいた。

ソファは四つとも紫色でゴージャスなデザインだが、よく見るとひじ掛けの両方に革の拘束ベルトが付いている。ソファに座る人間の両手を固定して動けなくする仕組みらしい。それだけでなく、ソファの脚から鎖がテーブルまで伸び、四つの赤い首輪が白いクロスの上に置かれている。

あの首輪は、何に使うんだ？

サラの女王ゲームの説明には、そんなものは出てこなかった。

恐ろしげな光景に拍車をかけるのが四本の点滴台だ。四つのソファの横に立ち、透明な袋をぶら下げていた。その袋にスポットが当たり、妖しい光を反射している。

「どうやら、一番乗りのようね」サラが山本に断りもなく、近くにあった木のテーブル席に腰掛けた。「魚住清美はどこなのよ」

「別室にて控えていらっしゃいます」

「呼んできたら？」

「参加者の全員が揃い次第、私が呼びにいきます」

サラが鼻で笑う。「婆さんのくせにもったいぶって登場するわけだ。どうせ惨《みじ》めに負けるのにね」

山本はサラの挑発には乗らず、無言で微笑んだ。

「つまんないの」サラがハンドバッグを開き、タバコを取り出して咥える。

「タバコを吸うのかよ」

英五はギョッとしてサラを見た。「教師のときは、屋上で喫煙していた奴らを怒っていたくせに」

「あのころから私はヘビースモーカーよ」

サラが金色のライターを出して、英五に投げ渡した。

「な、何だ?」

「火を点けなさい」

「ふざけんなよ」

「いいから点けなさい」

英五は舌打ちをしながらも、ライターの火をサラの顔に近づけた。火に照らされたサラの顔は、絵画に描かれた貴婦人のように、よりいっそう美しく見える。

ちくしょう、どうなってる。英五は、心の中でひとりごちた。

体がサラの命令に従ってしまうのはなぜだ。本来ならムカつくはずなのに、寒気にも似たゾクゾクとした感覚が全身を包む。

「そのライターは大事に持っておいてね。私がタバコを出したら言われなくても点けるのよ、わかった?」

うるせえ。タバコの火ぐらい自分で点けろよ。俺はホストじゃないんだよ。

心ではそう怒鳴っているのに、英五はライターをスーツの内ポケットに入れた。

サラの言いなりになっているのを他人に見られたくはなかったが、山本は微笑んだまま表情を変えない。

「このレストランをどう思う?」サラが英五に訊いた。

「どうって?」

「気づいたことを言ってみて」

英五はチラリと店を見渡したあと、面倒臭そうに答えた。

「この店は去年に閉店して営業はしていない」

「どうしてわかるの」

英五はレジカウンターのうしろを指した。

「カレンダーが去年のままだ」

「他に気づいたことは?」

次に英五はステージの横にあるドアを指す。

「非常口から出られないようにドアがガッチリと溶接されている。つまりこのレストランの出入り口はエレベーターだけだ」

「この暗さでよくわかるわね」

「視力には自信があるから」

目の良さは元漁師の祖父譲りである。両目ともに2・0だ。

「あとは？」

「レストランにしては不自然なぐらい防犯カメラが多い。天井に七台。壁に五台もある。カメラの新しさからして魚住清美が取り付けたはずだ」

「つまり？」サラが、問題を出す教師のように眉を上げた。

「この店に死角はない。常にイカサマを監視している」

「パーフェクトな答えね。花マルをあげるわよう」サラが子供をあやすような表情で、宙に指で花マルを描く。

何が花マルだよ。小学生じゃないんだぞ。

しかし、嬉しさが込み上げてきて鼻の下が勝手に伸びそうになり、英五は慌てて顔を逸らした。

「他の参加者が着いたようですね」山本が振り返る。

レジカウンターの横のエレベーターが開く。中からアイマスクをした女と小肥りの男が、山本と同じ執事の格好をした男に連れられて出てきた。

あれ？　あの女、どこかで見たことがあるぞ。

白いドレスを着た女からは、只者ではないオーラが漂っている。背筋をシャンと伸ばして力強く歩き、目隠しをされていても怯えた素振りは微塵も見せない。それに比べて、パートナーである小肥りの茶色のジャケットの男は、小便が漏れそうなのかと思うほど、オドオドとしている。

「それでは、アイマスクを外してください」山本が、英五たちのときと同じように言った。

白いドレスの女が、ゆっくりとアイマスクを外す。

嘘だろ……。英五は女の顔に釘付けになった。

元アイドルで女優の園川律子だ。問題を起こして芸能界から消えたとはいえ、国民の大半が知っている有名人がどうして命を賭けた女王ゲームに参加する必要がある？

「金よ」サラが、英五の心を見透かして答えた。「十億円もの大金があれば人生を逆転できるわ」

続いて、小肥りの男がアイマスクを外した。狸に似ているが愛らしさはゼロだ。額からびっしょりと脂汗《あぶらあせ》が滲み出ている。お世辞にも、ひと昔前に天下を獲った〝ソノリン〟と釣り合うとは思えない。

「一体、どういう関係なんだ」

「見ればわかるじゃない」サラが、優雅にタバコの煙を吐いた。「女王様と奴隷よ」

英五は馬鹿馬鹿しくなり、つい笑った。

「それ、ギャグなのか」

サラが静かに首を横に振った。「奴隷だからこそ、女王ゲームに付き合えるの」

リムジンの中では、山本のことを魚住清美の奴隷だと言っていた。

「俺は違うぞ」

「何が違うの」

サラの見下すような冷たい視線と冷たい声に、体が固まって動けない。

「俺はあんたの奴隷なんかにならない」

「あら？　なってくれとは頼んでないわよ」

「絶対にならないからな」英五は、サラの勝ち誇った顔に人差し指を向けた。

「自分で決めればいいわ」

園川律子と小肥りの男が、山本の案内で隣のテーブルに座る。

「初めまして。サラよ」

サラが握手を求めたが、園川律子は流し目で見ただけで無視をした。

サラに引けを取らない、いや、それ以上の美しさだ。緩やかなパーマがかかった栗色の髪、驚くほど白い肌、その横顔はまるでフランス人形のようだ。

ありえないだろ……。

英五の記憶が正しければ園川律子の年齢は少なくとも三十代半ばのはずなのに、まったく年齢を感じさせない。たぶん、美容整形をしているのだろうが、いくらなんでも常人離れした美貌である。

「栗原祐です。よろしくお願いします」

小肥りの男が、ハンカチで汗を拭きながらペコペコと頭を下げる。

英五は、栗原の媚《こ》びた態度に生理的に苛《いら》ついた。男として、一番嫌いなタイプだ。

「村山英五です」

一応、軽く頭を下げて挨拶をする。

この男には勝てそうだ。知性や度胸もなさそうだし、負ける要素がどこにも見当たらない。

「最後の参加者が着いたようですね」

山本が、エレベーターを見た。

次はどんな奴らだ？　女王ゲームに参加するからには、まともではない連中に決まっている。

開いたドアから顔を覗かせたのは、これまた英五の度肝を抜く人物だった。

「マ、マジかよ」

英五は立ちくらみがして、木のテーブルに手をついた。

店内に入ってきた初老の男がアイマスクを剝《は》ぎ取るように外し、憮然とした表情で周りを一瞥《いちべつ》する。

オールバックに撫でつけた白髪頭に逆ハの字の白い眉毛、尖《とが》った鷲鼻《わしばな》に常に不満げに下がっている口角。紺色のスリーピースのスーツを着込む体は、年齢の割には鍛え上げられている。

その男は紛れもなく、東京都知事の岩橋征士朗《いわはしせいしろう》だ。

「おい、ずいぶんと汚らしい場所だな」

岩橋が、太い眉をしかめて案内係の執事に毒づいた。テレビの会見のままの偉そうな態度である。

「まさか、そっくりさんってわけじゃないわよね」さすがのサラも目を丸くしている。

栗原に至っては、宇宙人にでも遭遇したみたいな顔で、だらしなく口を開きっぱなしだ。

「おい、今からでも会場をマシな場所に移せんのか」岩橋が、剃刀《かみそり》のような鋭い目で山本を睨みつけた。

「申し訳ございません。今夜の女王ゲームはここで開催されます」山本は笑顔だが、一歩も引かない。

「何だ、お前は？　わしが誰かわかってるのか」

「もちろんです」

「それなら四の五の言わずにさっさと手配をしろ。何ならわしの名前を出せば、どこのホテルもスイートを空けてくれるぞ」

どこまでムカつく野郎だよ。

拳を握りしめ、ぶん殴りたい衝動を堪えた。岩橋はテレビのイメージ通りで、ますます嫌いになる。

英五は権力を笠に威張り散らす奴を何よりも憎んでいた。英五自身、恵まれた容姿と他人より秀でた頭脳を持って生まれ、これまでは特別扱いされて育ってきた。そんな環境は居心地が悪く、何の苦労もなく小さな島で過ごす自分が許せずにいた。その反動で偉そうな態度の人間を見るとムカついて仕方がない。

東京に行けば、自分を変えられる。そう信じていた。

「おい、若造! 早く魚住清美に移動すると伝えろ」岩橋が唾を飛ばしながら怒鳴った。

「移動は致しません」山本も譲らない。

「お前じゃ埒《らち》があかん。雑魚《ざこ》は引っ込んどれ」

サラは二人のやりとりを見てクスクスと笑っている。園川律子は爪を弄《いじ》って、まったくの無関心だ。

「どいて、お爺ちゃん」

岩橋の背中から、少女が顔を出した。

高校生? いや、中学生ぐらいだ。

「わ、わかった」

岩橋がびくりと反応して、エレベーターの前から体をどける。

髪をツインテールにした美少女が、満面の笑みを浮かべて店内に入ってきた。遊園地にでも来たみたいな顔でキョロキョロと店内を見回す。

「うわあ。大人な店だあ。キンチョーするしー」

鼻にかかったアニメ声である。緑色の制服のブレザーに赤のチェックのミニスカート、紺色のハイソックスに茶色のローファーを履いている。身長は低いが手足が長く、胸はないがスタイルは悪くない。

「何、あれ？　ガキじゃない」サラが、眉間に皺を寄せる。「あの子が女王ゲームに参加するの？」

「岩橋征士朗のお孫さんですかね」栗原が、何度も目を瞬かせる。

園川律子さえも、無視をせずに小首を傾げて美少女を見つめた。

「お爺ちゃん、お腹空いちゃった」

「何を言っとる。今さっき、ラーメンを食べたばかりだろうが」岩橋征士朗が、しどろもどろになりながら答える。

「だって、あのラーメン、出前だったからスープが温《ぬる》くてマズかったんだもん」美少女が、甘えた顔で膨《ふく》れっ面《つら》をする。

「仕方がないだろう。都知事が、庶民と同じラーメン屋のカウンターに並んでラーメンをするわけにはいくまい」

「別にいいじゃん。そのほうが人気出ると思うなあ。お爺ちゃん、皆に怖がられてるもん」

孫なのか？　それにしては、岩橋征士朗の態度が堅いような気がする。いや、そもそも孫ならこんな場所に連れて来ないはずだ。

「魚住様はすぐにいらっしゃいますので、こちらでお待ちください」

山本が、入口に一番近いテーブルに案内しようとした。

「アタシには専用の椅子があるから大丈夫よ。ねえ、お爺ちゃん」

「こらっ。今はやめなさい」岩橋征士朗が、苦虫を嚙み潰したような顔になる。

「ダメよ。お爺ちゃん、アタシの言うこと何でも聞いてくれるんでしょ？　約束してくれたじゃんか」

「どんなときでも無茶が通ると思うな」

「いいのかなあ、いいのかなあ」美少女が、意地悪な顔で目を細めた。「アタシがいなくなっちゃうよ」

美少女の甘い声が、氷の矢となって英五の心臓を貫いた。

な、何だ？　体温が一気に奪われたみたいに、英五の全身を猛烈な寒気が襲う。催眠術にかけられたみたいに美少女から目を離せない。

「ねえ、お爺ちゃんの人生からアタシが消えてもいいの？」美少女が、腕組みをして岩橋征士朗の前に立ち塞《ふさ》がる。

「困る……」岩橋征士朗が、絞り出すような声で言った。

「聞こえないよ」

「頼むから、わしの前からいなくならないでくれ」

「じゃあ、いつもみたいにアタシの椅子になって」

岩橋征士朗が観念したように頷き、両膝をついた。

おいおいおい、都知事が何やってんだよ！

「へえ。やるじゃない」サラがぼそりと呟く。「ただの子供じゃなさそうね」

とうとう、岩橋征士朗が四つん這いになり、その背中に美少女が腰掛けた。

これは夢か？ 英五は目を疑った。

「座り心地バツグン」美少女がにっこりと微笑み、長い足をバタつかせる。「ほら、お爺ちゃん、顔を皆に見てもらってよ」

岩橋征士朗が、歯を食いしばりながら顎を上げた。屈辱感に押し潰されそうになりながらも、なぜか目が爛々《らんらん》と輝きを放っている。

「に、人間椅子だ」

栗原がまたもや顔面から汗を噴き出しているが、呆然とするあまりハンカチで拭《ぬぐ》おうともしない。

「バカみたい」

園川律子が、初めて口を開いた。透き通るような声だ。

美少女が、顔を真っ赤にしている老人の上で自己紹介をした。

「アタシの名前は、新庄《しんじょう》ひまりちゃんだよ。よろしくにゃん」

写真撮影に応じるアイドルの如く、猫の手のポーズをキメる。

中学生の女の子が、都知事を椅子にするのかよ……。もの凄い絵面《えづら》だ。何がどうなれば、こんな関係性になるのだ。

ひまりの命令に従う岩橋征士朗もどうかしている。よほどの弱味を握られているとしか思えない。

「あの子が一番の強敵になるかもね」

サラが、ひまりを睨みつけた。

「ああ、鬱陶しいガキンチョ。往復ビンタで泣かしてやろうかな」園川律子も敵意を剝き出しにしている。

「お待たせしました」

店の奥に消えていた山本が現れる。

あれが、魚住清美？

山本のうしろを黒いドレスを着た女が歩いている。

な、何だよ、あのオーラは……。

スポットライトが当てられているわけでもないのに、女の周りだけぼんやりと明るく感じる。とんでもない女だと思っていたサラや園川律子やひまりが、一瞬で霞むほどの飛び抜けたカリスマ性が伝わってくる。

「あ……ああ……」

栗原が陸に打ち上げられた魚のように、口をパクパクとさせた。

呼吸ができないのは、英五も同じだった。女が、こちらに近づくたびに、レストランの酸素が薄くなるような錯覚を覚える。

「あの女が、そうなのか？」英五は振り返り、サラに確認した。

「魚住清美よ」

サラの顔からすべての表情が消えている。そこに怒りや恐怖はなく、試合前の一流アスリートみたいに集中力を高めているのがわかる。

「人を待たせといて謝罪はなしかよ。ババアめ」

園川律子が、毒づいた。英五が知っているキャピキャピのアイドル時代の面影はまったく残っていない。昔、週刊誌で読んだ「園川律子、元ヤンキー伝説」はどうやら実話だったようだ。

「お腹、減ったあ。レストランならパスタぐらいないのぉ」

ひまりだけは、一向に自分のペースを崩さない。若さゆえに魚住清美の迫力に気づかないのか、それとも気づいた上での余裕の態度なのか。

魚住清美が、参加者たちの前で足を止めた。

「ようこそ。女王ゲームへ」

英五は、魚住清美を睨みつけるつもりが、反射的に目を逸らしてしまった。

どうして、ビビるんだよ！

情けない。でも、体が竦《すく》み上がっている。猛獣に遭遇したかのように、本能が今すぐ逃げろと叫んでいる。

この女が、サラの母親を剝製にして飾っている。それだけでなく、サラの話では何人もの女の命を奪ってきたというではないか。

英五は、勇気を振り絞り、魚住清美を睨み返した。

化け物め。女王ゲームなんてものは今夜で終わりにしてやる。

8

もしかして、私は今夜、死ぬかもしれない。

初芝今日子は、東京の夜景を観ながら珍しくネガティブな思考に陥っていた。

あれだけ激しく降っていた雨が、ピタリと止んだ。東京タワーや六本木ヒルズが輝いている。夢にまで見た憧れの光景だ。英五とのデートならさぞかしロマンチックなことだろう。

しかし、今はそんな甘い雰囲気には絶対になれない。なぜなら、今日子はブライアンとともに、マンションの地上七階部分の非常階段の踊り場に立ち、これからジャッキー・チェンも真っ青なスタントに挑戦しなくてはならないからだ。

「物理的には、たぶん、大丈夫なはずだ」ブライアンの顔も青ざめている。

「弁護士がたぶんとか曖昧な表現を使わないでよ」

「僕は高い場所があまり得意じゃないんだ」

「私だってそうよ。て、いうかこんなの得意な人はいないってば」

今日子たちのいるマンションのすぐ隣に、古いビルが建っていた。このビルの地下に、英五とサラちゃんが連れ込まれたのだ。

「本当に、あんな汚いビルの地下で女王ゲームをやってるの？」

「それを確認するためには隣のビルに侵入するしかないだろ」

ブライアンが、隣のビルの非常階段を指す。こっちのマンションの非常階段から、約二メートルは離れている。

「飛び移る以外の方法はないの？　弁護士になれる頭脳の持ち主なんだからもっと有効に使ってよ」

外から確認しただけだが、隣のビルには、何の店舗も入っていなかった。

「ビルの入口は魚住のボディガードたちが固めている。女王ゲームの会場に近づくためには他に方法はない」

「ビルの他の階が安全だという保証はないでしょ」

「そのとおりだ。賭けにはなるが、僕なりの勝算はある」

「聞かせてよ。それに納得できなきゃビルには飛び移らないからね」

納得できたとしても嫌だ。今日子はそこまで運動神経に自信があるわけではない。中学生のとき体育祭のリレーで全校生徒の前でずっこけたのは、ちょっとしたトラウマになっている。

「魚住清美は、このビルを丸々購入しているはずだ」

「女王ゲームのためだけに？」

ブライアンが、深く頷く。「あの女にすれば端金《はしたがね》だ」

「じゃあ、なおさら他の階も危険じゃないの。もしかしたら会場は地下じゃないかもしれないし」

「それなら、どこかの階の照明がつくはずだ」

ブライアンが、英五とサラちゃんが地下に連れ込まれたと判断したのはそういうわけだ。ビルのどの階も窓が大きく、人がいれば灯りですぐにわかる。

「地下以外の階の警備が薄い根拠はあるの？」

ブライアンが、渋い顔で顎の不精髭を手でなぞり、答えた。

「ない」

「はあ？」

今日子は、口をあんぐりと開けてブライアンを睨みつけた。

「もし、僕が魚住清美なら目立ちたくないと考える」

「それはわかるけどさ……女王ゲームに負けた相手を剝製にするわけだから目立つわけにはいかないけどさ……」

「考えてみてくれ。あのビルのすべてのフロアを完璧に警備するには、どれだけの人数が必要だと思う？」

「十人……いや、もっと必要かも」

「地下のボディガードと合わせた大人数がビルを出たり入ったりするのを、魚住は好まないはずだ」

「たしかに大通り沿いだから、この時間でも人通りはそこそこあるものね」

ただ、通りすがりの人たちは、ビルのことなどまったく気にしていない。これが駅前や住宅街ならそうはいかないだろう。リムジンが停まれば何事だと気になってしまう。最初は、こんな場所で女王ゲームが行われるのかと驚いたが、よく考えれば絶妙な場所なのかもしれない。


二十分ほど前、尾行していたリムジンが、いきなり大通り沿いで停車したので、今日子たちのレンタカーは追い抜かすしかなかった。ブライアンは機転を利かし、すぐに左手に出てきた横道に入って今日子だけを降ろした。

今日子は大通りに戻り、通行人を装いながら、道路工事をしている連中の陰に隠れて、リムジンを観察していると、英五とサラが執事の格好をした男に肩を摑まれてビルに入っていくところだった。三十メートル以上離れていたから、はっきりとはわからなかったが、英五とサラは目隠しみたいなものをされていたように見えた。リムジンはすぐに走り去り、今日子がビルの前を通ったときは、入口の奥にあるエレベーターの前で警備員の制服を着た男が二人立っているだけで、英五とサラの姿は見当たらなかった。

レンタカーをパーキングに停めたブライアンと落ち合い、通りの向かいから観察した結果、隣のマンションからビルに潜入するという無謀な作戦に行き着いたのである。

「今日子、勇気を持ってくれ」

ブライアンが両手で今日子の手を握った。顔がハーフの美形だからか、馴れ馴れしく名前を呼び捨てにされたり、いきなり体に触れられたりしても嫌な気はしない。むしろ、自分がハリウッド映画のヒロインになったような気がしてドキドキしてしまう。つくづく、イケメンとは得な生き物だ。

おい、このトキメキはいらんやろ。何しにここまでやってきてん。

今日子は、己に活を入れた。淡路島での毎日は常に刺激を求めていた。海や山の自然は大好きだったが、もっと心の底からハラハラドキドキできるものを求めていた。

高校で英五に出会い、今日子の人生は大きく変わった。この人と一緒に生きていけば、刺激的な人生が送れる。そう感じたから好きになった。もちろん、英五のイケメンで賢くスポーツ万能な面にも惚れてはいるけれど、一番惹かれた要因はそこだ。

でも、ちょいと刺激が強過ぎやって。

ブライアンが、おもむろにマンションの非常階段の手すりに立ちあがった。まったく躊躇せずに、立ち幅跳びの要領で跳んだ。

「ひゃ、あぶっ！」今日子は、思わず言葉にならない悲鳴を上げた。

あっさりとブライアンが隣のビルの非常階段の踊り場に着地する。はたから見れば、いとも簡単そうだ。

「次は今日子だ」ブライアンが両手を大きく広げる。

「む、無理」

「僕の胸に飛び込んで。受け止めてあげるから」

歯の浮くような台詞もブライアンの口から出れば違和感がない。

「ちょっと待って。深呼吸するから」

足が竦み、まともに立っていられなかった。見ちゃいけないとわかっているのにどうしても下を覗いてしまう。

地面に落ちたら、間違いなく即死だ。

まだ死の危機にも陥っていないのに、今日子の頭にこれまでの人生の走馬灯が過《よぎ》る。

当然、英五のことばかりだ。

英五との初キスは今日子の部屋だった。心臓が破裂しそうになりながらも女性雑誌の特集『男を夢中にさせるキス』で研究した技を実践する今日子を、天井の松下幸之助が見守ってくれた。

まだ、死んでたまるか。私は英五と絶対に結婚して死ぬまで一緒にいるんやから。

「今日子、時間がないぞ」ブライアンが急かす。

「私、跳ばない」

「どうして？　恋人を助けなくてもいいのかい」

「英五は負けないから。負けたことないから」

ブライアンが広げていた両手を降ろし、ため息をつく。「どんな人間であっても、必ず負ける日は来る」

「英五は誰にも負けないから。私は信じる」

「相手は怪物なんだぞ。一人では決して倒せない」

「サラちゃんと力を合わせるんでしょ」

「うまくコンビネーションが嚙み合えばいいけどな」ブライアンが、不安げな表情を見せた。「それにサラは長時間の戦いには耐えられない体だ」

「どこか悪いの？」

「糖尿病だ。決められた時間内にインシュリンの注射をしないと死ぬ」

「マジ？　何でそんな体で勝負を挑もうとするのよ」

よくそれで、ＦＢＩの捜査官になれたものだ。

「女王ゲームに参加するしか、ママを取り戻す方法はないからだよ」ブライアンが悲しげに顔を歪める。

「もちろん、サラちゃんは注射器を持って行ってるよね」

「それはわからない。もし、ボディチェックがあれば凶器とみなされて没収されるだろうな」

ブライアンが焦っている意味がようやく理解できた。

「その注射をサラちゃんに届けなくちゃダメなのね」

ブライアンが頷く。「僕もサラを信じている。だからこそ、決着がつく前に死なせたくない」

そういうことね。今日子は手すりによじ登った。下を見るな。跳べない距離じゃない。

「今日子、跳べるのか」

「あんたが跳べって言ったんでしょうが」

サラちゃんが勝負の途中で死んだら、英五も負ける。

それだけは許さない。私が英五の女である限り、これから先の人生もどんな手を使っても勝たせ続ける。

「受け止めてあげるから思いっきりいけ」

「うるさい」今日子は息を止め、両足で非常階段の手すりを蹴った。風が耳元で轟々《ごうごう》と鳴る。

今日子は、東京の空を飛んだ。

隣の非常階段の手すりがこちらより低かったこともあり、楽に跳び越えられた。勢い余って、ブライアンに激突しそうになる。

ブライアンが今日子を受け止めた。二人で重なりあって倒れ込む。

今日子がブライアンの上に乗っかった。胸の筋肉が分厚い。

「ケガはないか？」

「う、うん」

英五とはまた違う、大人の男の香りがする。

嗅いでる場合か。

今日子は慌てて立ち上がった。英五の顔がチラつき、少しうしろめたい気持ちになる。

ちょっとぐらいええやんね。向こうもサラちゃんとずっと一緒やねんから。

そう自分に言い聞かせ、胸の鼓動を抑えた。

「警報器はないの？」

「今からそれを調べる」

ブライアンが、非常口のドアを調べはじめた。今日子もブライアンのうしろからドアを覗き込む。

「ちょっと……何これ？」

鉄製のドアの隙間がビッチリと埋められている。

「溶接されているようだな」

「あかんやん！」

「いや、そうでもないぞ」ブライアンがニタリと笑みを浮かべる。「ここまでガッチリとドアを固めているということは警報システムがないと判断してもいいだろう」

「でも、中に入れないのは同じじゃんか」

「ここからはな」

「他の場所から入るの？」

「そうだ」ブライアンが真顔で頷く。

「せっかく命懸けで跳んだのに？」

「そうだ」ブライアンが、再び、真剣この上ない表情で頷いた。ハンサムじゃなければ殴っているところだ。

「さあ、隣のマンションに戻るぞ」

「マ、マジ？」

今日子は膝から崩れ落ちた。

せっかく勇気を振り絞ったのに、それはないだろう。

ブライアンが今日子の肩に優しく手を置いて言った。「今日子、恋人のために勇気を持ってもう一度跳ぼう」

忍者とちゃうねんから……。

今日子はため息を飲み込み、渋々と立ち上がった。

9

魚住清美は上機嫌だった。

今回の女王ゲームも美しい女たちが集まった。サラと園川律子の参加で前回よりもレベルが高くなっている。

この女たちをぬいぐるみにできる。美しさを独り占めにできる。

そう考えただけで、脳みそから快感物質が止めどなく溢れ出す。さっきから、全身の毛穴は開きっぱなしだ。

四人の女王たちが、それぞれ一人掛けのソファに座り、四人の奴隷たちがテーブル席に着く。

女王の両腕は拘束され、奴隷たちには首輪がつけられる。これが、二十年間続けてきた女王ゲームのスタイルだ。

「待てよ。この首輪に何の意味があるんだよ」

サラの奴隷、村山英五がごねている。山本はもちろん、園川律子の奴隷の栗原祐と新庄ひまりの奴隷の岩橋征士朗は文句を言わずに大人しく首輪を装着した。

「ルールです。従ってください」

山本が、英五に言った。

「だから何のための首輪だって訊いてんだろうが」

「戦いを放棄して途中で逃げるのを許さないためです」

「逃げねえよ」

「例外は認めません。これが女王ゲームなのですから」

丁寧ながら有無を言わさない命令口調だ。

「山本」魚住清美は、山本の首輪に繋がる鎖を軽く引いた。「先に麻酔の準備をさせなさい」

「はい」

山本が目で合図をすると、スタッフの執事二人が点滴の用意を始めた。彼らは金で雇っている。エレベーターを守る警備員やボディガードも裏の人脈を使って掻き集めた。金はあるが、大人数は雇わない。女王ゲームを目立たずに進めたいし、口の軽い人間が混じるのは避けたいところだ。そのために、一年前からこの大通り沿いにあるビルを買い押さえ、テナントをすべて追い出した。それに、ここならば、ぬいぐるみを飾ってある特別室もそう遠くはない。

「失礼します」

スタッフの執事が、魚住清美の腕に点滴の針を刺す。これから、ゲームに負けた女王の体内に、麻酔が注入されていく。大金で買収した麻酔医が特別にブレンドした液体によって、最初は下半身が動かなくなり、次に上半身、最後に意識がなくなる。

女王がゲームに負けてもいいのは二回まで。三本目の点滴が注入されても死ぬことはないが、そのあとぬいぐるみにされるので死んだも同然だ。

「英五、首輪をつけなさい」

サラが、英五に命令した。彼女の赤いドレスから伸びる筋肉質ながらも美しい腕には、点滴の針が突き刺さっている。

「嫌だって言ってんだろ」

「逃げたいの？　今になって怖くなってきたんでしょ」サラが蔑《さげす》むような目つきで英五を見た。

この女は、極上のぬいぐるみになるだろうね。

ふいに、魚住清美は、顔面の右半分が激しく疼《うず》くのを感じた。

サラと初めて会った気がしないのだ。もしかすると、魚住清美を倒すために誰かが送り込んできた刺客なのかもしれない。もしくは、サラ自身が復讐にやって来たのか。

女王ゲームで何人もの女をぬいぐるみにしてきたのだ。魚住清美に対して恨みや憎しみを持つ者は尋常な数ではない。

「わかったよ」

英五が、観念した様子で首輪を自ら装着しようとする。美しく優秀な若者ではあるが、精神的にはまだまだ未熟だ。サラが、なぜ、この若者を奴隷として選んだのかは理解できない。

サラは淡路島にある公立高校の教師で、英五はその生徒だった。

なぜ、田舎者の二人が、女王ゲームの存在を知っているのか。

女王ゲームに参加する方法はひとつしかない。関東広域指定暴力団の森福会の紹介が必要となる。

サラは、森福会の幹部、雨宮の紹介で参加した。園川律子と同じだ。ただ、サラと雨宮の接点がどうも臭い。

雨宮曰く、サラは無類のギャンブル好きで、森福会がシノギとしている六本木の裏カジノで出会ったらしい。そこでサラが作った借金が二億。AV女優になるか女王ゲームで一発逆転をするかと選ばせた結果、今夜、ここに現れた。

雨宮の言葉をどこまで信じる？

魚住清美が森福会を使う利点は二つある。口の固いボディガードやスタッフを雇えること。女王ゲームの参加者を集めてもらえることだ。森福会との付き合いは、二十年前の女王ゲームの第一回からである。

雨宮とは四年前の前回に初めて会った。前任の幹部が覚醒剤の所持でパクられ、女王ゲームのスカウトに抜擢されたのだ。

「つけたぜ」

村山英五が、首輪を装着した。

「お待たせ」

正面に座っているサラが、魚住清美を見る。今までのどの挑戦者たちとも違う目だ。ギラギラとした欲望の光は一切なく、魚住清美と対決できることを待ち望んでいたかのようだ。

「あの子の狙いはお金じゃないね」

魚住清美は、山本だけに聞こえる声で囁《ささや》いた。

「そのようですね」山本が、チラリと振り返り、軽く頷く。

警戒すべきは、サラだけではない。

魚住清美は、左手のソファで足を組んでいる女王を観察する。

「お腹ペコペコだから負けちゃうかも」新庄ひまりが、ガムを嚙みながらケタケタと笑った。

「勝たなければ殺されるのだぞ。もっと真剣にならんか」

首輪をつけた岩橋征士朗が、顔を赤らめてうしろを振り返る。

「お爺ちゃんは、どうしても十億円が欲しいんだもんね。もし、アタシが勝ったらお小遣いちょうだいね」

新庄ひまりが、何がおかしいのか、さらに一人で笑っている。

都知事の岩橋征士朗が連れてきた、この少女が一番不気味である。岩橋征士朗も裏カジノで森福会と繋がっていたが、まさか中学生を女王に立ててくるとは思わなかった。さすが、外道《げどう》呼ばわりされようとも豪快な手腕で都知事までのし上がってきた男だけある。勝つためには手段を選ばない。

雨宮曰く、新庄ひまりは、岩橋征士朗の元愛人の娘らしいが血は繋がっていない。しかも、女王ゲームの参加は新庄ひまりの意志だそうだ。命を賭けるゲームに自ら参加する中学生。当然、この二十年間で、そんな相手はいなかった。

山本に新庄ひまりの身辺調査をさせたが、都内のごく普通の公立校に通う、ごく普通の中学生だった。非行歴はなく、成績は中の上。母親は岩橋征士朗とは十五年前に別れて中小企業の社長と結婚し、世田谷区の閑静な住宅地に家族三人で暮らしている。

どうやって、新庄ひまりが岩橋征士朗と出会い、人間椅子をさせるまでの関係になったのかは謎である。

「まあ、ぶっちゃけ、このメンバーなら負ける気しないけどね」新庄ひまりが、サラ、園川律子、魚住清美と順に睨みつけていく。

若さゆえの愚行か。それとも、秘策があるのか。

岩橋征士朗が十億円を得るために、必勝法を編み出した可能性もある。言うまでもなく、女王ゲームは各自が用意するトランプの仕掛けが肝《きも》だ。

「早く始めない？　いつまで、もったいつけてんのよ」サラが挑発をする。余裕があると見せて、実は焦っているわね。

魚住清美は、わざとらしく微笑んで見せた。

サラの弱点は山本が調査済みだ。

幼いころからの糖尿病。インシュリンの注射を定期的に打たなければならないのだ。山本がサラの通院する病院のカルテのコピーまで入手したので間違いない。

もちろん、ボディチェックで注射器は持ち込ませていない。持久戦になれば、サラは自滅する。


「それでは女王ゲームを開始致します」

やっとかよ。

村山英五は、大きく息を吸い込み、心の乱れを整えようとした。

こんなわけのわからないゲームは早く終わらせたい。そもそも、この首輪は何だよ。

それにしても、他の男たちが、さも当たり前のような顔で首輪をつけたのには驚いた。都知事の首輪姿はシュール過ぎて怖いぐらいだ。栗原に至っては、意気揚々と首輪をつけていた。

どいつもこいつも変態野郎だ。俺は違う。サラの奴隷なんかじゃない。絶対に勝つ。十億円の賞金をサラと山分けにしておさらばだ。

「各自、使用するトランプをテーブルに置いてください」

山本が執事服のポケットからトランプの箱を取り出した。カジノを舞台にした映画でよく見るトランプだ。しっかりとシールで封までしてある。

他の二人のトランプも何の変哲もないものだった。栗原のトランプは透明のプラスチックケース、岩橋征士朗のトランプはコンビニで売っているような、見るからに安物の品である。

どうやって、イカサマを仕掛けてくる？

英五は、サラから渡されていたトランプをテーブルに置いた。ボロボロになっている紙の箱に入った年代もののトランプだ。当然、このトランプにもイカサマがある。シンプルだが、見破ることはできない強力な仕掛けだと聞かされた。

「次にトランプを使う順番を決めます」山本が説明を続ける。

「どうやって決めるのよ」

園川律子が訊いた。緊張しているのか、組んだ足で貧乏揺すりをし、心なしか瞳孔が開いているようにも見える。

「自分のトランプをシャッフルして一番上のカードをめくり、大きな数を出したものから順にトランプを使用します」

「一番大きな数は何よ」

「Aです」

園川律子が手元の鎖をグイッと引き、栗原の首を絞めた。「絶対にAを出しなさいよ」

「か、かしこまりました」栗原が恍惚《こうこつ》とした表情で顔を歪める。

「全員、Aだったらどうするの」サラが山本に訊いた。イカサマありのトランプなら、その可能性も高い。

「絵柄の強さで決めます。♠、♥、♣、♦の順です」

「♠が一番強いのよ。わかった?」園川律子が、また鎖を強く引いて栗原の首を絞める。

栗原が潰された蛙みたいな声で呻く。「は、はい。♠のAを出します」

つまり、栗原は自由自在にカードを操れるってわけか。英五は、首を絞められて喜んでいる小肥りの男を観察した。

決して、器用なタイプには見えない。指も太くて短く、カードを扱いなれてはいないだろう。

女王ゲームがトランプを使うイカサマありの勝負なら、サラがなぜ、手品師やギャンブラーをパートナーに選ばなかったのか疑問だった。

サラは、ホテルのスイートルームで英五とイカサマの稽古をしているとき、何度も「女王ゲームは、信頼関係が勝負の明暗を分けるわ」と言っていた。

信頼関係……。これがその象徴なのかよ。

英五は自分の首輪を触った。たしかに、サラとは繋がっているが、屈辱以外の何物でもない。

「こっちはどうすればいいのだ」岩橋征士朗が、新庄ひまりの指示を仰ぐ。

「お爺ちゃんは、テキトーでいいよ」

「な、何だと？」

「別に無理して♠のAを出さなくてもいいってば。順番なんか関係ないし」

「ずいぶんと自信があるようね」

魚住清美が、初めて参加者に語りかけた。

「だって、今までトランプで負けたことないもん」

「ただのトランプじゃないわ。女王ゲームよ」

「ただのババ抜きじゃん」

新庄ひまりがクスクスと笑う。

この中学生は、何者なんだ？　さっきから、魚住清美という怪物を前にして、一向に臆する様子はない。

「では、順番を決めます」

山本が手元のトランプの封を切った。他の男たちもそれぞれのトランプのケースを開ける。

英五は、トランプをシャッフルしながら、三人の男を観察した。

山本は慣れた手つきの見事なトランプ捌きだ。手が大きく指が長い。魚住清美の連勝は、この男のテクニックによるものだろう。

岩橋征士朗のトランプの扱いかたも悪くはない。ギャンブル好きで、都知事になる前はラスベガスに通っていたという週刊誌の記事を読んだことがある。それに比べて、栗原の手つきは酷いものだった。ド素人丸出しで、何度もポロポロとカードを落とす始末である。

なぜ、園川律子はこの男を選んだ？　きっと何か大きな理由がある。栗原にしかない強力な武器があるはずだ。

「もっと、ちゃんとやりなさいよ！　私が負けてもいいの！」園川律子は、栗原がカードを落とすたびに、首輪の鎖をグイグイと引っ張っている。

「すいません！　すいません！」

「私が死んだらアンタも死になさいよ！」

「わかりました！　死にます！」

ダサい男だ。園川律子との関係は知らないが、どれだけ罵られようとヘラヘラとしている。

本当は死ねないくせに、何言ってんだよ。

英五は、口先だけの人間を嫌悪していた。憎んでいると言ってもいい。父親がそうだ。「死ぬ気で頑張る」と偽ってあらゆるところから借金をし、新しい商売に手を出しては母親や祖父に迷惑をかけてきた。

英五は子供心にいつも思っていた。父親は何も積み重ねていない、と。努力を継続せずに常に一発逆転を狙っている。

祖父は、英五の体の中に父親と同じ「勝負師の血が流れている」と言った。反吐《へど》が出そうだ。父親は勝負なんかしていない。さも勝負をしているように周りにアピールしたかっただけである。

本当の勝負に、見栄やプライドなど必要ではない。「死ぬ気で頑張る」というふざけた台詞が出るのは、負けたときの言い訳を用意しているに過ぎない。

四人の男がシャッフルを終える。誰もイカサマをした素振りはなかった。

「一番上のカードをめくってください」

全員が、同時にカードをひっくり返す。

山本と栗原が♠のA。英五は◆の9。岩橋征士朗は♥の3だった。

「それでいい。よくやった」

園川律子が鎖を引いて栗原を褒める。どちらにせよ、首は絞めるみたいだ。

魚住清美は、涼しい顔で何の言葉もかけない。山本が♠のAを出すのは当たり前という反応だ。

ちくしょう。目の前で堂々とイカサマが行なわれた。見破るチャンスだったのに、わからなかった。

「お爺ちゃん、ナイス。やればできるじゃん」新庄ひまりが、足をバタつかせて喜ぶ。

「狙い通りの順番だよ」

「それならいいのだが」岩橋征士朗が不安げに首を傾げた。

「これでアタシたちの勝ちは決定だよね。イエーイ」

強がりか。三回負けたら死が待っているゲームなのだ。言うまでもなく、先攻で自分のトランプを使えるほうが圧倒的に有利に決まっている。

ただ、サラも英五にイカサマを使うことを禁じていた。ホテルのスイートルームで、「まず一周目は様子を見て」と指示を受けた。

三連敗しない保証がどこにある？　英五は反論したが、「命を賭けているのは私よ」と頑として聞き入れてもらえなかった。

なので、英五が出した◆の9は偶然のカードである。岩橋征士朗の♥の3もそうだろう。

新庄ひまりもサラと同じ考えでイカサマを使わないつもりなのか。ただ、あのキャラなので判別がつかない。

まあ、いい。とにかく三番手はキープできた。最後よりはマシだ。

振り返りサラを確認すると、ニコリと軽く微笑んだ。

何、喜んでんだよ。しかし、奇妙な感情が英五の胸に込み上げる。

これは、充実感か？　模擬試験で全国一位を取ったときや東大に合格したときよりも嬉しく思えてしまう。

「二人とも♠のAの場合はどうすんのさ」園川律子が、ぞんざいな口調で訊いた。

「私と栗原さんとで、もう一度、カードをめくります」山本が答える。

「次の最強のカードは何だっけ」

「♥のAです」

「それを二人が出したらどうすんのさ」

「さらにカードを引きます」

「時間の無駄だよね。ジャンケンで決めたら？」新庄ひまりが横から口を挟む。

「ルールですから」

「ケチケチしないでよ。あんまり頭が固いとモテないよ、おじさん」

「これっ、ひまり。口を慎まんか」

岩橋征士朗が、魚住清美の顔色を窺いながら窘《たしな》める。

魚住清美が、鎖を指先で優しく引いた。

「山本、一番の座を園川さんにお譲りなさい」

「かしこまりました」山本が振り返らずに答える。「これで、トランプを使用する順番が決定しました。園川様、魚住様、松平様、新庄様の順です」

「よっ、太っ腹。さすが、大金持ち」新庄ひまりが、魚住清美をからかう。

「調子にのるんじゃないぞ。頼むから大人しく勝負に集中してくれ」岩橋征士朗が困り果てた顔になる。

「お爺ちゃん、ひとつ教えてあげる。勝負ごとはね、集中したらダメなんだよ。だから、お爺ちゃんはギャンブルが弱いの」

「何だと？」

「集中すればするほど周りが見えなくなるでしょ。野生動物に喩えたらわかりやすいかな。狩りに集中してばかりいると、自分が獲物になってることに気づかないんだよ」

新庄ひまりが、英五に向けてウインクをした。

まさか、この美少女はサラが魚住清美を狙っていることに勘づいたのか。

「山本、一回戦をはじめなさい」

魚住清美は、新庄ひまりの暴言をまったく意に介していない。

「園川様、Qのカードを一枚抜き、シャッフルしてお配りください」

いよいよ、女王ゲームの幕が切って落とされた。

栗原が相変わらずのもたついた手捌きで、カードを配っていく。前もって抜かれたのは♥のQだ。

五十二枚あるトランプから一枚引くがジョーカーを一枚使用するので結局は五十二枚となる。一人頭のカードは十三枚だ。

ジョーカーをどう使うかが、女王ゲームの肝となる。

「ルールの確認をします」

十三枚ずつカードが配られたあと、山本が言った。まだ、誰も手札は見ていない。

「基本はババ抜きです。手札の中にある同じ数字の二枚をテーブルに出しきったあと、時計回りで隣のカードを取り、また同じ数字が揃えばその二枚をテーブルに置いていき、手札がなくなった人から終了。必ず一枚余るQのカードを最後まで持っていたチームの負けとなります」

「そのチームの女王に点滴が打たれるんだよね。こわーい」そう言いながら、新庄ひまりは微塵《みじん》も怖がっていない。

山本が淡々と説明を続ける。

「三本目の点滴で意識は完全になくなります。つまり、三度の負けで女王ゲームからは敗退となります」

「ジョーカーの使い方を聞きたいな」岩橋征士朗が言った。

「ジョーカーを最後まで持っていた方のみ、奴隷交換の権利が発生します。次のゲームで自分の奴隷と他の女王の奴隷を交換し、もし、自分の奴隷がゲームに負けたとしても、その負けは交換先の女王の負けとなります」

「たとえば、わしと栗原君を交換したとする。その場合、一時的にわしは園川律子さんの奴隷となるわけだな。わしがわざと負けたとしても、ひまりでなく園川律子さんに点滴が打たれる」岩橋征士朗が、山本の説明を補足した。

「そのとおりです」

運任せの要素が強いババ抜きにおいて、わざと負けるのは不可能に近い。ここがイカサマの使い所である。また、他の女王の奴隷になるということは、自分の女王を守れなくなるリスクを伴う。

「ジョーカーが残っても、奴隷交換の権利を放棄して構わんのだな」

「はい。パスなさるのは自由です」

どのタイミングで奴隷交換の権利を使うかが勝利の鍵となるが、サラはスイートルームでの特訓で「ゲームの流れを見て決める」と言っていた。

「以上でルールの説明を終わります。各自、手札の確認をしてください」

心臓が高鳴る。全身の血が一気に沸騰するような興奮が、英五を襲う。肺一杯に息を吸い込み、大きく吐き出した。

俺は負けねえ。

店内の空気が一気に張り詰める。男たちが、数字の揃ったカードを次々に出していく。英五の手札に、Qもジョーカーもなかった。さらに、同じ数字が揃っているカードも多い。

これは、勝てる。英五は確信した。

十三枚あったカードが五枚にまで減った。

残りのカードは、♠のK、♥のJ、♥の7、♣の4、◆の10である。

英五は、背後のサラにもよく見えるように顔の横で手札を構えた。

さあ、魚住清美よ、どう出る？

これだけ、おおっぴらに手札を見せれば壁や天井に設置されている防犯カメラで手が筒抜けのはずだ。別室でモニターを見ている仲間が、魚住清美か山本に、英五の手を伝えることができる。

しかし、短髪の魚住清美の耳にはイヤホンらしきものはない。仲間が伝えるならば山本のほうだ。山本の耳は長髪に隠れていて見えない。

「山本」魚住清美が、また優しく鎖を引いた。「英五君があなたの耳を見たがってるわ。見せてあげなさい」

「かしこまりました」

山本がゴムを取り出して髪を束ねてうしろで括り、耳を剝き出しにした。イヤホンの類いは見当たらない。

おいおい、マジかよ。魚住清美に、完全に心を読まれた。

英五は、動揺を悟られぬよう必死で平静を装った。ただ、暑くもないのに腋の下から汗が噴き出す。

「落ち着きなさい」サラが、鎖を引いた。

英五の喉に首輪が食い込む。

「や、やめろよ」

「相手のペースに巻き込まれてるわよ。誰と戦ってると思ってるの」

そうだ。サラの母親を殺した化け物だ。一筋縄で勝てる敵じゃないだろうが。

「ゲームの親である園川様のチームから時計回りで隣のカードをお取りください」

「は、はい」

栗原が山本の指示に従い、左隣の山本の手札から一枚抜き取る。

「や、やった」

同じ数字を引き当てたようだ。

テーブルに♥と◆の8が出される。

これで栗原の手札は一枚減り、英五に迫る六枚となった。

山本の手札は六枚、岩橋征士朗は九枚残っている。

次は山本が無言で左隣の岩橋征士朗の手札から一枚抜く。揃わず。山本の手札は七枚になる。

「わしの番だな」

岩橋征士朗の右手が、英五の手札に伸びてきた。真ん中にあった♥の7が抜かれる。

「チッ」岩橋征士朗が、露骨に舌打ちをする。

「焦っちゃダメよ、お爺ちゃん」

新庄ひまりが、岩橋征士朗の首輪の鎖を縄跳びのようにクルクルと回した。

「やめんか、こらっ」

岩橋征士朗の手札は九枚となった。

四枚となった英五は、栗原の手札の一番右端を取った。♠の5。数字は揃わず、手札が五枚に戻る。

「ここで一気に差をつけるんだよ」園川が、ソファから長い脚を伸ばし、栗原の背中を蹴りつけた。

「了解です！」

栗原が勢いよく山本の手札を取り、ニンマリと笑う。

この野郎。また揃ったな。

テーブルに、♣と♦のQが置かれる。栗原の手札が残り四枚となり、トップに踊り出た。

「あっ、Qが出た」新庄ひまりが甲高い声をあげた。「へえ、栗原のおじさんが持ってたんだ」

これで間違いない。栗原はカードの背中を見ただけで数字がわかる。だが、それならなぜカードを配ったときにわざわざQを自分の手札に入れた？

素人の栗原はカードの数字が透けて見えるだけで、自由自在に配れるわけではないのか。となると、さっき、トランプを使う順番を決めるとき、何度もカードをポロポロと落としていたのは、♠のAを探していただけだったのだ。

「まだ気を抜くなよ、栗原。あんたが私を芸能界に返り咲かせるんだよ」園川律子が、ふたたび栗原の背中にハイヒールを食い込ませる。

「あ、ありがとうございます」

栗原が顔を上気させ、汗だらけになりながら喜びを爆発させる。現時点では栗原が圧倒的に有利だが、Qさえ残さなければ負けにはならない。

六枚の山本が、岩橋征士朗の手札を一枚抜いた。

♠と♣のAが揃う。山本の手札は五枚だ。

「お爺ちゃん、ヤバいじゃん。ぶっちぎりで負けてるよ」

「やかましい」岩橋征士朗が荒々しい鼻息を出しながら、英五の手札から一枚抜いた。

♦の10だ。

「やっとか」

岩橋征士朗が焦りの表情は崩さず、♦と♥の10をテーブルに置いた。残り、七枚だ。

「英五、一番右のカードよ」

栗原の手札を抜こうとした寸前、サラが言った。サラのことだから何か根拠があるのだろう。

「その札でいいんですか。ジョーカーかもしれませんよ」調子に乗った栗原が、生意気にも揺さぶりをかけてくる。

「いいから右端のカードを取りなさい」

英五は振り返り、サラの顔に人差し指を向けた。

「嫌だね、俺はあんたの言いなりにはなりたくない」

「早くも仲間割れかよ」

「私に従わないと負けるわ」

「負けねえよ。勝つためにここに来たんだ」

英五は指示に逆らい、一番左端のカードを抜いた。

「あーあ、やっちゃいましたね。奴隷は奴隷らしく、女王様の言いなりになっていればいいものを」

ジョーカーだった。

栗原が勝ち誇った顔で英五を見る。その表情から、サラの言うとおり右端を取れば、英五の手持ちのカードのどれかと同じ数字だったとわかる。

「救いようのない馬鹿ね」

背後からのサラの冷たい声が、英五の背中に突き刺さった。

右手のジョーカーが、英五を嘲笑《あざわら》っているように見えた。


五分後、あっけなく決着がついた。

生きていて、本当に良かった。

栗原祐は大げさでも何でもなく、心の底からそう感じた。自分にとって命よりも大切なソノリンの役に立てたのだ。

敗者はサラと英五のチームだ。打ちひしがれる英五の手元には、ジョーカーと♠のQが置かれている。

「あのガキのプライドはズタズタだよ」ソノリンが、ハイヒールで栗原の背中を優しく撫でる。「わかってるね。このまま一気に潰すんだよ」

「は、はい。そうします」

焦れったい。もっと強く踏みつけて欲しい。

昨夜、例のSM部屋で生ソノリンが現れたときは感動のあまり脳の血管が切れて卒倒するかと思った。その美しさに腰砕けになり、三角木馬にもたれかからないと立てなかったほどである。

そして、何よりも栗原を驚かせたのは、今まで謎のベールに包まれていたソノリンの素のキャラだった。栗原が知っている妖精の世界から飛び出してきた天真爛漫《てんしんらんまん》な魅力は一ミリもなく、田舎のヤンキーそのものだ。

ただ、栗原が失望したのは、ほんの一瞬であった。五反田の痴女系性感マッサージに通っているMっ気の強い栗原には、新しいソノリンの粗暴な言動が堪らなく大好物なのだった。

こんなに幸せでいいのだろうか。幸せ過ぎて怖い。

ソノリンのハイヒールが背中に食い込むたびに、栗原の体の中で小爆発が起こる。それは単なるエクスタシーのような安っぽいものではなく、もっと高尚で神秘的な奇跡の喜びだ。

「敗者に麻酔を与えてください」

山本の合図に、サラの隣に立っていた若い執事が頷き、点滴の栓を開いた。チューブの中を透明な液体が走り、サラの美しい腕にみるみる吸い込まれていく。

殺すには惜しい女だが、ソノリン復活のための犠牲と考えれば仕方がない。

「遺言を聞いておこうかしら」魚住清美が、サラに訊いた。

「まだ、死ぬと決まったわけじゃないわ」

「そう、あなたは死なない。私の前で美しいまま生き続けるのよ」

剝製のことだ。SM部屋でヤクザの雨宮から散々説明を受けた。「お前が気張らなければ、園川律子は殺される」と。そして、魚住清美を倒さなければ、ソノリンの復活はない、と。

「生き残るアタシが遺言を聞いておいてあげる」新庄ひまりが横から入る。

「恋人か旦那さんはいないの？」

「いない」サラが、ぶっきらぼうに答える。

「えー、意外。サラちゃん、モテそうなのに」

この美少女も謎だ。都知事を完全に手玉に取り、命が懸かっているこのゲームをお正月にする家族のトランプのように楽しんでいる。

「じゃあ、家族の誰に遺言を残したい？」新庄ひまりが、しつこく質問する。

「家族もいないわよ」

「両親は？」

「母親は死んだ」サラが、新庄ひまりではなく魚住清美を睨みながら答える。「父親とは二十年以上会ってない」

麻酔とやらが効いてきたのか、サラの顔色が青白くなる。これでもう麻酔が切れるまで歩くことはできない。

ちょっと、待てよ。

栗原は、重大なことに気がついた。ソノリンの下半身が動かなくなれば、ハイヒールで背中を踏んでもらえなくなるではないか。

一敗もできないのか……。

のしかかるプレッシャーに、栗原はげんなりとため息を洩らした。

しかし、雨宮が用意してくれたトランプさえ使えれば、絶対に負けることはない。何しろ、カードの数字がすべてわかるのだ。

ただし、代償も大きい。早くて三日後、栗原は両目の視力を失うことになる。


昨日のことである。

「園川律子のために、光を失う根性はあるか」

雨宮の言葉に、栗原は何のためらいもなく頷いた。

「よく考えて決めろ。一生、物が見えなくなるんだぞ」

「かまいません。ソノリンに命を捧げるつもりで来ましたから」

栗原は、雨宮に連れていかれた個人病院で目の手術を受けた。他に患者はおらず、病院の看板もなかった。正規の医者でないことは明らかだった。

手術は一時間もかからなかった。半日、両目に眼帯をつけられ、外したときは何が変わったのかわからなかったほどだ。

雨宮が持っていたトランプを見て、自分の目の異常に気づいた。カードの背に、数字が浮かんでいるではないか。

「色覚検査のテストを子供のころにやらされただろ。あれと同じ要領だ。正常な色覚の人間には、数字は見えない」

ババ抜きでこのトランプを使えたら無敵だ。負けるわけがない。練習もいらず、ド素人の栗原でもまったく問題はない。

休憩時に立ち寄ったコンビニで、ポカリスエットのラベルが黒っぽく見え、バナナが白く見えることがわかった。つまり、栗原は青色と黄色を失ったのだ。

関係ない。どうせ何も見えなくなるのだ。

「私のためにありがとうね」

ＳＭ部屋に戻った栗原を園川律子が出迎えてくれた。栗原は、号泣した。ソノリンのその言葉だけで、これまでのしょっぱかった人生がすべて報われた。

この世に生まれてきた意味はこれだったのだと、栗原は女王ゲームがおこなわれている薄暗い地下のレストランで実感した。初めて、自分を産んでくれた母親にお礼を言いたくなった。

「いいか、絶対に負けるんじゃねえぞ。私の復活はアンタに懸かってんだからな」

ソノリンに背後から荒々しく背中を蹴られた瞬間、栗原はズボンの下で射精をした。

10

サラの白い腕に、透明な液体がゆっくりと流れ込む。

敗北の代償……。これで、サラの下半身は動かなくなる。

英五は、今までの人生で経験したことのない重圧感に目眩を覚えた。指先が痺れて冷たくなってきた。

これが、真剣勝負かよ。

普通に生きているだけでは絶対に味わえない感覚である。いくら、テストで悪い点を取ろうが仕事で失敗しようが、命まで取られることはない。

「首筋に鳥肌が立ってるわよ」

「えっ？」

英五は反射的に首を押さえ、サラの顔を見た。たしかに、びっくりするほど毛穴が縮んでいる。

「ゾクゾクするでしょ」

ニタリと笑うサラが怖い。瞳孔が開き、あきらかに興奮状態だ。

「こ、怖くないのかよ」英五は、声を潜めて訊いた。

「何が怖いの？　人間、誰しもがいずれは死ぬわ。どうせ怖がるなら、生きることに怯えなさい」

「意味がわかんねえって」

「頭で理解しようとしないの。体は正直に反応してるんだから」

その変化には気づいていた。女王ゲームが始まってから、全身の体温が徐々に上昇しているのがわかる。

自分もサラのような昂《たかぶ》った表情をしているのだろうか。

「喉が渇いたぞ。酒はないのか」

岩橋征士朗が、激しい貧乏揺すりをしながら言った。

「ひと通り揃えていますわ。何でもおっしゃってくださいな」魚住清美が愛想笑いで対応する。

「モルトウイスキー……いや、バーボンソーダがいい。ブッカーズはあるか？　樽出しの誇り高きスモールバッチバーボンだぞ」

この緊迫した戦いの場で、己の我がままを通そうとするこの男もある種の天才なのかもしれない。

「もちろん、あるわよね」

テーブルの横に呼ばれたスタッフの執事が頷き、酒を取りに行った。

「もしかして、わしの好みを調べて用意してくれたのか」岩橋征士朗が満足げに太い両眉を上げる。

「女王ゲームを思う存分楽しめるように、ゲストの皆様に最高の環境を提供するのがホストの務めですから」

心にもないことをよく言うぜ。

英五は、足を組んでソファに深々と座る魚住清美を睨みつけた。

魚住清美は愛想よく笑ってはいるが、その顔はぎこちなく引き攣《つ》っている。顔の右半分が固まったように動かないのだ。

この怪物は、一体、どんなイカサマを用意しているのか。二十年間も不敗なのには必ず理由があるはずだ。

俺が、絶対に見破ってやる。

「お爺ちゃん、飲んじゃダメよ」

岩橋征士朗の背後から、新庄ひまりがピシャリと言った。

「一杯だけだ。酔ったりはせん」

「ダメって言ってるじゃん」

「頼むよお、ひまりちゃん。喉がカラカラなんだよう」

岩橋征士朗の太い眉毛がだらしなく下がり、子供のように駄々をこねる。

「トイレの水でも飲めば？」

「お、おい。わしは都知事だぞ」

「東京の水は綺麗なんでしょ」

「当たり前だ」

「じゃあ、それで充分じゃん。バーボンソーダなんて贅沢《ぜいたく》だし」

「ぐぬぬっ……」

中学生にいいように操られている都知事は滑稽だが、さすがに気の毒に見えてきた。

二人がやり取りしている間に、スタッフの執事がグラスに入ったバーボンソーダを運んで来る。

「どうします？　お飲みになります？」魚住清美が訊いた。

岩橋征士朗が喉を鳴らし、乞うような目で新庄ひまりを見る。まるで、お預けを食らっている従順な犬である。

「いらないって言ってんじゃん。オバサンが飲みなよ」

「魚住様に対して失礼な言葉は慎んでください」

山本が腰を浮かして、新庄ひまりに注意する。口調は柔らかいが、はらわたが煮えくり返っているはずだ。

「何でもいいからさ、次のゲームを始めようぜ」園川が鬱陶しそうに言った。「飲むなら一気に飲めよ」

「そ、そうですよ。せっかく、こっちがペースを摑みかけているのに。さあ、さあ、始めましょう」栗原が慌てて援護射撃をする。

「ちょうど、私も喉が渇いてたの」

魚住清美がスタッフの執事からグラスを受け取り、バーボンソーダをゴクゴクと豪快に飲み干した。

ただ、グラスを持った右腕の動きがやけにぎこちない。

……おかしい。緊張しているわけでもないだろうに。

英五は、注意深く、魚住清美の観察を続けた。

「オバサンのくせにいい飲みっぷりじゃん。オシッコしたくなっても知らないよ」新庄ひまりが、ケタケタと笑う。

見事な挑発だ。ルールでは、点滴を受けている女王たちは、ゲームが終わるまで勝負の席を離れることを許されていない。もし、魚住清美が尿意で集中力を削がれる事態になれば、それは新庄ひまりの策略どおりである。

「ベテランみたいな駆け引きをするガキね」

サラが珍しく他人を褒めた。

「元からああいう性格なんだろ」英五はムキになって言った。

「もし、計算じゃなければ、とんでもない天才だわ」

「買いかぶり過ぎだって」

サラが呆れた顔で溜め息をつく。「英五。奴隷が奴隷に嫉妬は必要ないわよ」

「だ、誰が奴隷だ」

鼓動が早まり、耳まで熱くなる。サラの言葉で、いちいち心を乱す自分が情けない。

「すべての運命を受け入れて喜びに変えなさい」

ふざけるなと言い返したいが、下半身が動かないはずなのに平然としているサラだけに説得力がある。

「早くやろうぜ」

痺れを切らした園川律子が怒鳴った。

「早くやりましょう。もう待てません」栗原も急かしにかかる。

「お待たせ。では、再開しようかしら」

魚住清美が空になったグラスをスタッフの執事に返す。

すかさず山本が立ち上がり、胸ポケットから取り出した白いハンカチで女主人の口元を拭った。

「見事な奴隷っぷりね。考える前に体が動いてるわ」

また、サラが他人を褒め、英五の心がざわつく。

俺もあそこまで尽くさないと勝てないのかよ。

言うまでもなく、女王ゲームはチームワークが勝敗の鍵を握っている。だが、山本だけでなく、岩橋征士朗や栗原の女王に対する心酔はまったく理解できない。

「崖から飛び降りるのよ」サラが、英五の思考を見透かす。「私を信じて身を投げ出せば、受け止めてあげるわ」

英五の背骨沿いを電流が走り抜けた。脳天と腰が同時にじんわりと痺れる。

何だよ、この感覚?

どれだけ抗おうとも、サラに支配されてしまうのか。恐怖が上回り、まだ崖を覗き込むので精一杯だ。その下は、深海の海溝にも似た深い闇で底は見ることができない。

二回戦が始まった。親は魚住清美と山本のチームである。

「次は、このトランプを使用します」

山本が自分のカードを取り出し、配り始めた。

園川律子と栗原のカードもそうだったが何の変哲もなく、イカサマが仕込まれているようには見えない。

「栗原、気合い入れろよ。ここで負けたらさっきの勝ちの意味がねえからな」

園川律子が奴隷に活を入れる。

「わ、わかっております」

栗原が、額に脂汗を浮かべて答える。先ほどまでとは一転、自信のなさが伝わってきた。

つまり、逆に言えば、自分のカードでだけは絶対に負けない確信があるというわけだ。認めるのは癪《しゃく》だが、ド素人であるはずの栗原のイカサマは完璧だった。早く仕掛けを見抜かないとヤバい。一敗を食らった今、サラと英五のチームが圧倒的に不利な状況にあるのは間違いない。

山本がマジシャンのような華麗な動きでカードを配り終えた。

奴隷たちが十三枚の手札を広げ、数字の揃ったカードを切っていく。

英五のカードは、一回戦と同じく五枚だった。しかし、Qとジョーカーが残っている。

「英五ちゃん、あまりいい手じゃないみたいね。顔色が真っ青だよ」

新庄ひまりがクスクスと笑いながら牽制球を投げてきた。

「まだまだ若いのう」岩橋征士朗も挑発に加勢する。「体は一人前でも中身が未熟な若造が多過ぎる。軟弱なくせにプライドだけがやたらと高いから始末に負えない。もし、今、戦争が始まったらどうする。自国の女が他国の野郎にレイプされるのを指を咥えて見ているのか。まず、茶髪や女みたいな長い髪をやめろ」

「うるさい」新庄ひまりが、吠《ほ》える犬を黙らせるみたいに鎖を強く引いた。

「ぐえっ」

首輪が岩橋征士朗の喉に食い込む。

「山本、始めなさい」

「かしこまりました。次は時計回りの逆でゲームを進めます」

山本が、栗原の手札に手を伸ばす。山本の手札は九枚だ。

……あれっ？

てっきり、一発で揃えてくるかと思ったが、山本の手札は十枚となった。

「そうきたか」

背後でサラが呟く。

「一周目はイカサマ使わないつもりなのかな」英五は小声で訊いた。

「それを見破るのがあんたの仕事でしょ」

「そうだけど……少しは協力してくれよ」

冷たく突き放されて、へこみそうになる。サラには足並みを揃える気はないようだ。

「目に見える情報に惑わされないことね」

「言われなくてもわかっている」

目の錯覚ほどやっかいなものはない。人間は、一旦、平静を失えば暗闇で揺れる柳を幽霊と簡単に見間違う。精神的負担を受けなくても、騙し絵のように脳の補正能力を利用した錯覚もある。

「でも、目で判断するしかないじゃん」新庄ひまりが横から割り込んできた。「ねえ、栗原ちゃん」

「な、な、何ですか」

いきなり振られた栗原が激しく動揺を見せた。ソワソワと体を揺らし、しきりに額の汗を拭いている。

「目は大切にしなきゃダメだよね」

新庄ひまりは、意味深な言葉を続けた。

「そ、そうですね」栗原が目を泳がせる。

英五は、素早く園川律子の表情を確認した。

薄ら笑いを浮かべてはいるが、腐っても女優なので信用できない。

まさかとは思うが、新庄ひまりは早くも栗原のイカサマを見破ったのか。

そんなわけがない。一度見ただけでわかってたまるものか。カマをかけて、栗原がボロを出すのを待っているだけだろう。

「カードを取らせてもらっていいですか」

栗原が、英五の手札に手を伸ばしてきた。小刻みに指が震えている。

「トランプが違うから数字が見えないでしょ」

新庄ひまりの質問に、小太りの体がビクリとなる。

図星なのか？

「ガンつけか」岩橋征士朗がニタリと笑った。「随分とうまいことカードに印を入れたものだな」

栗原は何も答えず、♠のQを抜いた。

「山本、今夜のゲストは手強いわね。嬉しいわ」

魚住清美が、うっとりと微笑む。

「ありがとうございます」

山本は相変わらず無表情だが、全身から喜びが滲み出ている。女主人に褒められるのが何よりも幸せなのだろう。

「気持ち悪いババアだな。若い執事を囲って毎晩ハメハメしてんだろ、どうせ。もしくはバター犬みたいにペロペロか」

園川律子が罵詈《ばり》雑言《ぞうごん》を浴びせ、床に唾を吐き捨てた。

「ソ、ソノリンさん、お、落ち着きましょう」

さすがの栗原も園川律子の暴言を止めようとする。

「おい、こらっ。デブ。どっちの味方なんだよ、この腐れマンコがあ。さらって埋めてやろうか、こらっ」

園川律子のヤクザ顔負けのキレっぷりに、岩橋征士朗はあんぐりと口を開け、新庄ひまりは「ウケる」と爆笑した。

「ど、どうしたんですか、急に」栗原は今にも泣き出しそうだ。

「禁断症状のようね。悪いお薬をやめられなかったのかしら」魚住清美が鼻を鳴らした。

「どう致しますか？ とはいえ、途中棄権は認められませんが」山本が女主人に伺う。

サラが、英五の首輪の鎖をクイッと引いた。

「英五、あんたの出番よ」

わかってるって。

「下手な演技はそこまでにしろよ」英五は、園川律子に向かって言った。

「え、演技？」栗原がキョトンとなる。

「大根芝居はやめろって」

園川律子がピタッとわめくのをやめた。

「誰が大根よ。一応、日本アカデミー賞の新人俳優賞を獲ったんだから」

「何年前の話をしてんだよ。どうせ、芸能事務所のゴリ押しだろ」

「言ってくれるじゃない」園川律子の額に青筋が浮かぶ。

「き、貴様、失礼だぞ！　ソノリンに謝れ！　ソノリンのデビュー作の『イルカと少女と王子様』を見た上での意見だろうな」

栗原はブチ切れながらも、園川律子の態度の変化に戸惑っているようだ。

「俺は騙されない。さっきの禁断症状は演技だ。イカサマがバレそうになったから誤魔《ごま》化《か》そうとしたんだろ」

「ふうん。中々、鋭いガキね」園川律子があっさりと認めた。「栗原の馬鹿が追い込まれてたから、助け舟を出しただけよ」

「墓穴を掘ったな」岩橋征士朗が太い眉を上げる。「これで、栗原のカードには印がつけられているのがハッキリしたわけだ。二周目が楽しみだぞ」

「見破ることができたらね。まあ、老眼には無理だと思うけど」

それでも園川律子は勢いを失っていない。さすが、芸能界の荒波に揉まれてきただけあって肝が据わっている。メンタル勝負なら、この中でも一番かもしれない。

「こんなもんで、どうだ」英五は振り返り、サラを見た。

「グッド」サラが無表情のまま、英五の頭をよしよしと撫でる。

「犬かよ……」

しかし、妙に嬉しい。思わずニヤけそうになる。

「勝負に集中しなさい」

「へいへい」

相変わらず、冷たい態度だ。この鉄のような女と心が通じ合える日は訪れるのだろうか。

次は英五が岩橋征士朗の手札を取る番である。

手を伸ばそうとした瞬間、肌に突き刺さるような殺気を感じた。

魚住清美、ひまり、山本が一斉に英五の顔を見ている。

「ようやく、英五のことを強敵と認知してくれたみたいね」

サラの言葉にゾクリと寒気が走る。今度は、首だけではなく、全身に鳥肌が立ったのが自分でもわかった。

「英五ちゃんとは長い付き合いになりそう。アタシのライバルになるのは十年早いけどね」

新庄ひまりが、新しい玩具を見つけた子供みたいに目を輝かせる。

「ひまりちゃん。今夜、ここで負ければ未来はないのよ」魚住清美がプレッシャーをかけた。

「負ける？　誰が？」

「まだ若いのに素晴らしい精神力ね。都知事、この子の才能をどうやって知ったの」

「六本木の裏カジノだ」岩橋征士朗が苦い顔になる。

「そこで勝ったのね」

「勝つどころか、一晩で裏カジノを潰した。わしもこれまでに色んな経験をしてきたが、あの夜ほど驚いたことはないな。この子は常識知らずだが、百年に一度現れるか否かのギャンブラーだぞ」

新庄ひまりはニンマリと笑い、英五に向けてウインクを飛ばした。

「天才でごめんね」

あ、ありえねえだろ。

何億円勝てば、カジノが潰れるのだ。それを一晩で成し遂げるなんて漫画の世界である。

「その裏カジノを運営していた森福会が激怒してな。彼らの面子《メンツ》を保つために、女王ゲームの賞金を丸々渡して裏カジノを再開させなければ、わしの政治生命が危うくなるのだ」

「裏カジノで勝った金はどこにいったのよ」園川律子が訊いた。

「そ、そうですよね。気になりますよね」栗原も頷く。

「動物愛護協会に、全部、寄付しちゃった」新庄ひまりがペロリと舌を出す。

……こいつには勝てないかもしれない。英五は頭を金属バットで殴られたみたいな衝撃を受けた。

劣等感とは無縁で生きてきた英五にとって、初めて抱いた感情である。

だが、それを上回る何かが、魂を激しく揺さぶろうとするのも事実だ。

この気持ちは海釣りのときと似ている。

船に揺られて釣り糸を垂らし、魚たちとの駆け引きを楽しむ、あの感覚だ。漁師の祖父の口癖は、「人間ごときが魚に勝てるわけがない。たとえ、魚が針にかかったとしても、それは魚のほうから釣られてやっただけの話だ」だった。

本物の怪物は、釣り糸の届かない海の底に潜んでいる。勝ちたければ、自らが海に飛び込み、対峙《たいじ》するしかないのだ。

潜ってやるぜ、どこまでも深く。たとえ、息が続かなくとも海面には逃げない。

「女王ゲームに戻ろうぜ」

英五は、武者震いを懸命に堪えながら、岩橋征士朗の手札を一枚抜いた。

11

「嫌な予感がする」

初芝今日子の隣を歩くブライアンが、独り言のように呟いた。足取りも妙に重たい。

「ちょっと、不吉なこと言わないでよ」今日子は、横目で睨みつけた。

「誰でもネガティブな感情に支配されるときはある。あの偉大なタイガー・ウッズですらネガティブに支配されたからこそ、セックス中毒になったのだろう」

どこからタイガー・ウッズが出てくんねん。

「私は絶対にネガティブにはならへん」今日子は、強く断言した。

「わかった。君は強い。少し黙っているよ」ブライアンが口をつぐむ。

二人は大通り沿いを歩いていた。女王ゲームが行われている廃ビルからはどんどん離れていく。かと言って、廃ビルの周りをあまりウロウロするのも魚住清美のボディガードに見つかる危険がある。

こんな時間だというのに、まだ道路工事をやっている。水道管の工事か何かだろうか？

懸命に工事をしている男たちも、すぐ側で命のやり取りをするゲームが開催されているなどとは夢にも思わないだろう。

黙っていると言ったのに、一分もしないうちにまたブライアンが口を開いた。

「今日子は、人生の中でネガティブになることはないのか」

「心の師匠がいるからね」

「シショウ？」

「マスターってことよ。『スター・ウォーズ』でいうところのヨーダね」

「なるほど」ブライアンが手を叩く。「君のヨーダは誰なんだい」

「松下幸之助」

「マツシタ？　彼は何者だ」

「ビジネスのゴッドよ。血の小便が出るまで働いたの」

ブライアンの顔が青ざめる。「それは……クレイジーだね」

「アメリカ育ちのあなたにはわからないわ。日本ではたとえ結果が伴わなくとも汗や血の小便を流したほうがリスペクトされるの」

「やっぱりそれは、忍者の伝統を受け継いでいるからなのか」

「忍者は関係ない。お国柄よ」

「わかった。少し黙っている」

ブライアンが、ふたたび、口を閉じる。

今度は沈黙が続き、今日子のほうが息苦しくなってきた。

「ちょっとだけなら嫌な予感を話してもいいよ」

「気になるのかい」

「まあね」今日子は肩をすくめた。

廃ビルから離れて、どこに向かって歩いているのかも訊いたが教えてくれないのだ。

「今まで三度、サラのピンチを予感した。一度目は十歳のとき、家族で湖のキャンプ場に出かけたとき、サラが溺れるビジョンが見えたんだ」

「本当に溺れたの？」

ブライアンが頷く。「近くにいた大人が助けてくれたけどね。二度目は十七歳のとき、サラが車の事故に遭う予感がした。パーティーに行かないでと説得したが無駄だった。帰りにサラの車は他人の家のガレージに突っ込んだ。奇跡的にかすり傷で済んだけどね」

「三度目は？」

「サラがＦＢＩ時代に銃で撃たれる気がして電話した。すでに肩を撃たれたあとで病院に運ばれていたよ」

「……超能力じゃん」

「そんな大したものではないよ。ただ嫌なビジョンが浮かぶだけさ」ブライアンの表情がさらに曇る。

サラのどんな姿が見えているのか、聞きたいが怖い。

大通り沿いに、ローソンの看板が見えてきた。

「あった。さすが日本だ。どこにでもコンビニがある」

ブライアンが小走りになり、自動ドアをくぐる。今日子も慌てて追いかけた。

「こんなときに何を買うのよ」

まさか、おにぎりやお菓子の類いとは思えない。

ブライアンは買い物カゴを片手に、商品棚を真剣な眼差しで物色している。

「ロープだ」

「たぶん、売ってないよ。ホームセンターならあると思うけど」

「じゃあ、なるべく頑丈なテープでもいい」

ブライアンが落ち着きなく、棚を漁る。異様な空気に、レジの店員も引いている。

「一体、何をするつもりなん」

今日子は、ブライアンの腕を掴んで言った。

「強硬手段だ。ボディガードの一人を拉致する」

「……嘘やろ」

「嘘は嫌いだ」

腰が抜けそうやわ。

店内に流れているBGMのJポップがやけに白々しく聞こえる。命を賭けたギャンブルといい、元ＦＢＩといい、ありえない世界に巻き込まれ、昨日までの現実がガラガラと音を立てて崩れていく。

ブライアンがガムテープと荷造り紐を見つけ、レジへと持って行った。

「ど、どうやって拉致るのよ」今日子は声をひそめて訊いた。

店内には今日子たちの他に仕事帰りのＯＬや若いカップルが買い物をしている。この人たちも道路工事の連中と同じく、まさか、近くで女王ゲームというとんでもない戦いが繰り広げられているとは想像もできないだろう。

「今日子の力が必要だ」

「ウ、ウチ？　嫌やって！」

つい、大声を出してしまった。レジを打つ女店員が怪訝《けげん》な顔をする。

「囮《おとり》になっておびき寄せてくれ。君の安全は保証する」

「いやいやいや、あかんって」

「大丈夫。僕を信じてくれ」

いきなり、ブライアンが今日子を抱きしめた。その体勢で女店員とバッチリ目が合い、相当、気まずくなる。

この人は彼氏じゃありません。もっと素敵な男とお付き合いさせて頂いています。

そう伝えたいのだが、男にモテそうなタイプでない女店員は、怒りと憎しみを込めてレジを打った。

会計を終えたブライアンは、今日子の手を引き、コンビニを出た。

「待ってや。拉致なんて出来るわけないやんか」

「任せてくれ」

このアメリカ人の根拠のない自信が怖い。

「どうやって、おびき寄せるのよ」

「やってくれるのか」ブライアンが少年のような笑顔を見せる。

「やるとはまだ言うてないやん。一応、聞いてみるだけ」

迂闊《うかつ》にもきゅんと来た。容赦無く母性をくすぐってきやがる。さっきのハグにしてもウットリとしかけたではないか。

あくまでも英五のために協力しているはずなのに、ブライアンを支えたくなってしまうのはなぜだ。

何を考えてんねん、私は！　いつから、そんなビッチになったんや！

尖ったものを持っていたら、正気を取り戻すために太ももに突き刺したい。

廃ビルに戻りながら、ブライアンが作戦の説明をする。

「今日子。アルコールに酔ったふりをして、エントランス前のボディガードに近づいてくれないか」

ブライアンが、コンビニの袋からワンカップの日本酒を取り出した。

「接近すんの？　て、いうか、いつの間にお酒なんか買ったんよ」

「ボディガードの一メートル手前でうずくまって欲しいんだ。あとから僕が駆けつけ、恋人のふりをして介抱《かいほう》する」

あまりにも幼稚な作戦に愕然《がくぜん》とする。優秀な弁護士の頭脳を駆使しているとはとても思えない。

「そこから、どうやってボディガードを拉致すんのよ」

「気絶させる」ブライアンがあっけらかんと言った。

「だから、どうやって？　何か格闘技でもやってるの？」

「今日子は終わるまで頭を下げていてくれればいい」

説明しない気だ。ブライアンは背が高いが細身である。よほどの格闘技の達人でない限り、筋肉隆々のボディガードには勝てるわけがない。

まさか、ヤケクソとちゃうやろね？

言うまでもないが、もし失敗すれば、今日子にも危害が及ぶ。大事な英五限定の嫁入り前の体に傷ひとつ付けるわけにはいかない。

「絶対に失敗しないって保証はあんの」

「今日子は、そんなものが人生にあると思っているのか」

「だって……」

言葉に詰まる。たしかに、ない。

「僕のプランどおりに動いてくれ。命懸けで今日子を守る」

出た。また歯が浮くような臭い台詞だ。しかし、ハリウッド級のイケメンにこれを言われるとその気になってしまう自分がいる。

これが、女の性《さが》なのか。それとも、単にウチが押しに弱い女なのか。

「だから、無理やって。そもそも、酔っ払いの演技ってどうすればいいのよ」今日子は、できる限りの抵抗を試みた。

「日本人の酔っ払いの気持ちはわからない。酒の飲み方も違い過ぎる」

「無責任やろ！」

廃ビルが徐々に近づいてきた。ヒリヒリとした焦りが募る。

ブライアンが立ち止まり、両手で今日子の手を取った。

「今日子を信じている」

そんなこと言われたら、頑張ってまうやんか！

「しゃあないな」

今日子は英五に罪悪感を覚えながらも気合いを入れた。

廃ビルの入口まで、十メートルを切っている。

ブライアンが今日子を促すようにコクリと頷き、手を離した。代わりに、ワンカップの日本酒を渡される。

さっさと行けってことやね。

爽《さわ》やかな顔をしているが要求は厳しい。これが欧米流のドライな人間関係か。

今日子は下唇を噛み締め、一人で歩き出した。

緊張で心臓が爆発しそうだ。一瞬で喉がカラカラに渇く。

演技に自信がないわけではない。英五を落とすために、様々なパターンの可愛い女を演じてきた。だが、それは充分な研究の期間や特訓の時間があっての話だ。しかも、未成年の今日子はぐでんぐでんに酔っ払った経験がないのである。

こうなれば、酔っ払った大人をイメージするしかない。

今日子は高速で頭を回転させるも、志村《しむら》けんしか思いつかなかった。彼の酔っ払いのコントは神の領域だ。素人が下手に真似ると大火傷をする。

そんなことを考えているうちに、廃ビルの入口はもう目の前に迫っていた。

歯を食い縛り、松下幸之助の言葉を思い出す。

『危機を突破すると必ず良い物が訪れる。人生は数々の困難に満ちあふれており、それを突破していくのは信念であり、困難を乗り越えた先には相応の幸福が待っている』

じゃあ、このピンチをクリア出来たら、英五と結婚できる。ロマンチックなプロポーズをされる。

今日子は、ほぼ自己催眠に近い思い込みで自分を励まし、ぐでんぐでんの演技を開始した。ワンカップを開けて口に含み、わざと服に零《こぼ》した。ツンとした刺激臭に胸焼けがして気持ち悪くなる。

ダイナミックな千鳥足。リズミカルかつ変則的に。呼吸を止めて顔を紅潮させるのも忘れない。髪を振り乱し、白目になって涎《よだれ》を垂らす。

酒の神、バッカスさえも騙せるほどの演技である。

そのまま、廃ビルへ突進した。警備員の制服を着たボディガードが二人、エントラ
スの前に立っているのが見える。

「うおっ」

「な、何だ？」

突然、ゾンビの如く現れた今日子に、警備員たちが仰天する。

「三軒目はここで飲むでえ。焼酎、ガンガン飲むでえ」

酔っ払いの台詞は、こんなものでいいのだろうか。淡路島の洲本のスナックでいい気
分になる漁師のオッサンの口癖を引用した。

警備員たちが怯《ひる》んでいる隙をついて、千鳥ステップで一気に距離を詰める。

「おい、ダメだ、ダメ」

「お嬢さん、ここに居酒屋はないぞ」

二人とも体がデカい。一人は百九十センチ近い身長で、もう一人は背がそこまで高く
ないが肩幅が異様に広く、丸太のような腕をしている。

まるで、バスケットボールとアメリカンフットボールの選手の門番である。

こんな奴らをどうやって倒すのよ。

しかし、ここまで来たら、後には引けない。ブライアンを信じるしかないのだ。

「さあ、帰った、帰った」

バスケの男が今日子の肩に触れようとした。

「気持ち悪い。吐きそう」

今日子は、大袈裟《おおげさ》に頰を膨《ふく》らませた。

「お、おい、やめろ。ここで吐くなよ」

河豚《ふぐ》のような顔で迫る今日子に、バスケの男が後退《あとずさ》る。

「うっ。酒臭いなあ、この子。どんだけ飲んだんだよ」

アメフトの男も今日子に触ろうとしない。ゲロを制服に付けられるのを警戒しているのだろう。

今日子は、ブライアンの指示どおり、二人の一メートル手前でうずくまった。

まず、第一段階はクリアだ。

「大丈夫かい、ハニー」

ようやく、ブライアンが現れ、小走りで駆け寄って来る。

外国人が現れて、ボディガードたちがさらに驚く。

「あんたの彼女か？　さっさと連れて帰ってくれ」

アメフトの男が怒った口調ながらもホッとして言った。

「気持ち悪いなら吐いてもいいんだよ、ハニー」

ブライアンが今日子の背中を摩《さす》りながら、ボディガードたちに接近する。

その体勢から倒せるの？

ブライアンは今日子と並んでしゃがんで、大男たちに見下ろされている。素人の今日子が見ても戦うには形勢が不利である。

でも、ここから先は、ブライアンに任せるしかない。緊張で本当に吐きそうになってきた。

「おい、こらっ、ふざけるな。絶対に吐かせるんじゃねえぞ」バスケの男がブライアンの肩を掴んだ。

「ソーリー」

ブライアンが流暢な英語で謝ったあと、いきなり、目の前にあるバスケの男の股間をアッパーカットで殴りつけた。

「が……あが……」

バスケの男が股間を押さえて倒れ、悶絶する。

「な、何やってんだ、てめえ！」

ブライアンがのそりと立ち上がって宣言した。

「魚住清美に復讐する」

えっ？　そこまで言わんでもええやん！

ブライアンの意図が読めない。せっかくの今日子の熱演が、水の泡になるではないか。

「舐めやがって、この野郎」

アメフトの男が、典型的な悪役みたいな台詞を吐き、腰から特殊警棒を抜いてシャキンと音を立てて伸ばした。

まさに、鬼に金棒状態である。それに対し、ブライアンはガムテープと荷造り紐の入ったコンビニの袋しか持っていない。

「魚住清美は許せない。母の仇を討つためにカリフォルニアからやってきたんだ」

だから、どこまで喋っとんねん！

立ち上がって、ブライアンの頭を叩きたい。どこまで、馬鹿正直にこちらの情報を伝える気だ。

「仇だと？」

外国人らしからぬ言葉に、アメフトの男は僅かに動揺を見せたが、すぐに職務を思い出し、特殊警棒を振り上げた。

ブライアンが咄嗟《とっさ》に頭をガードする。

フェイントだった。特殊警棒は軌道を変え、ブライアンの左膝に痛烈な打撃を与えた。

「シット！」

ブライアンが呆気なく倒される。反撃する気配も見えない。

まさか……終わり？

今日子は唖然となり、餌を貰えない鯉のように口をパクパクとさせた。

「おい、女。お前も仲間だな」

「は、はい」

この状況で、「違う」とは言えない。

「彼氏に肩を貸して起こせ」

「彼氏じゃありません」

それは、しっかりと否定させてもらう。

「いいから早くしろ。エレベーターに乗せるんだ」

「えっ、何で……」

「このまま、お前たちを帰すわけにはいかないんだよ。女王ゲームが終わるまで、このビルで監禁する」

バスケの男が苦悶の表情を浮かべ、股間を押えながら起き上がり、ブライアンの脇を蹴り上げた。

「女、頭をカチ割られたくなければ急げ」

アメフトの男の目が据わっている。ここで逆らうのは得策ではない。

「ブライアン、立って。立てる？」

今日子は、おんぶするような形で無理やりブライアンを引き起こした。

背中の後ろでブライアンが呻く。

「一体、この外人とどういう関係なんだ」アメフトの男が、特殊警棒を構えながら眉をひそめる。

ひと言で説明できないし、ブライアンとの出会いを話しても信じてくれないだろう。

「ただの友達よ」と答えた。

「どうせ、ナンパされてホイホイとついて行ったんだろうが」

「違います！」

今日子には英五という世界一素敵な彼氏がいるのだ。それだけでも説明したい。

「二階に連れて行くから見張ってろ」

アメフトの男がバスケの男に命令して、エレベーターのドアを開けた。

これから、どうなんのよ……。

最悪の事態だ。英五を助けるつもりが、逆に足を引っ張ることになる。今日子は、それが何よりも悔しくて泣きそうになった。

「乗れ」

アメフトの男に乱暴に押され、今日子とブライアンはエレベーターの壁に激突して重なりあって倒れ込んだ。

ブライアンが今日子の上に覆いかぶさり、キスしそうなほど顔が近づく。彫りが深く、甘いマスクに吸い込まれそうになる。この迷惑ハンサムは、どれだけ人を振り回せば気が済むのだろうか。

「グッジョブ」

今日子にしか聞こえない声でブライアンが囁き、ウインクをする。

えっ？……わざと捕まったの？

廃ビルに潜入することが当初の目的だった。ピンチに陥ったが、女王ゲームには近づいたのである。

この男、何者なん？

狡猾《こうかつ》で度胸のあるブライアンに頼もしさを覚えると同時に、今日子は、薄ら寒いものを感じた。

12

「このブタ野郎が！」

地下のレストランに、園川律子の怒号が響き渡る。

「す、すみません。すみません」

「苛つくんだよ！　役立たずが！」

ひたすら謝る栗原の背中を園川律子がハイヒールで何度も蹴りつける。

二回戦が終わった。敗者は栗原だった。イカサマを見破られそうになって動揺したのが影響したのか、英五が持っていた♠のQとジョーカーを立て続けに引いたのが直接的な敗因である。

「ゲーム中に何かわかった?」サラが英五の耳元で囁く。

ゾクリと鳥肌が立った。サラの声が脳天まで響く。

ムカつく女だが、この声で命令されたら、なぜか、従ってしまう自分がいる。

「たぶん、今回はイカサマを仕掛けて来なかったと思う」英五は、他の参加者に聞こえないように答えた。

二回戦は、ごく普通のババ抜きだった。カードには不自然な動きはなかったし、山本や魚住清美にも怪しい素振りは見られなかった。

「私たちと同じ作戦なのかしら」

「どうなんだろう……」

サラからは、「一周目はイカサマをせずに様子を見て」と指示が出ている。初めて参加する女王ゲームの流れを摑むためだ。

だが、戦い慣れているはずの山本は、なぜ、イカサマを使わなかった?

あまりにも不可解である。二十年間不敗なら、難攻不落のイカサマを持っているはずなのに。

それとも、すでにイカサマは発動されて、二周目の布石を打っているのか。

「さあ、園川さんに麻酔をあげて」

魚住清美の命令で、スタッフの執事が園川律子の腕に一本目の点滴を注入する。

これで、サラと同様、園川律子の下半身の感覚がなくなる。

「ああ……あああ」

栗原が点滴から流れ出る液体を見ながら、切なげな声を洩らした。

「ブタ野郎、泣くんじゃねえよ」園川律子が叱咤する。

「でも……でも……」栗原がべそをかく子供みたいに啜り泣く。

「大したことねえだろ。まだ、上半身は動くんだから」

「いつまで強気でいられるかしらね」

魚住清美がクスリと笑った。やはり、顔の右半分は動いていないが、早くも勝ち誇った表情である。

「ババアは引っ込んでろ。絶対にぶっ殺してやるからな」

「わかってないわね。山本、説明して差し上げなさい」

どれだけ園川律子に罵倒されようが、涼しい顔だ。

「かしこまりました」

山本は椅子から立ち上がり、スタッフの執事に目配せをした。

「アレを」

スタッフの執事が頷き、急ぎ足で退場する。

「今度は何が始まるのだ」岩橋征士朗がげんなりとした顔で言った。「もう少し、スムーズに進められぬものかね。わしの時間の価値が庶民とは違うのはわかっとるだろ。そもそも時代遅れのババ抜きで勝負を決めようというのがナンセンスだ」

「うるさい」

新庄ひまりが、また強く鎖を引いた。

「ぐえっ」

お約束のように岩橋征士朗の喉に首輪が食い込む。

「お似合いね、あの二人」サラがケタケタと笑った。

しかし、園川律子と栗原のチームに、他人を笑う余裕はない。ソノリンは額に青筋を浮かべて動かなくなった両脚を凝視しているし、栗原は涙と脂汗で顔中がベタベタである。

さっき退場したスタッフの執事が、プラスチック製の何かを持って戻ってきた。

一瞬、それが何の用途で使われるものかわからなかった。

「ご苦労様」

山本が受け取ったそれを確認して、魚住清美以外の全員がギョッとなった。

「尿瓶《しびん》なぞ持ってきて、どうする」岩橋征士朗が太い眉毛をヒクヒクさせる。

「あれって、オシッコ入れるやつだよね」新庄ひまりは興味津々だ。

「失礼します」

山本が、魚住清美の足下にしゃがみ込んだ。

「お、おい、何をするつもりだ。まさか……」

岩橋征士朗が腰を浮かして、身を乗り出す。

そのまさかだった。山本が何の躊躇もなしに、魚住清美のドレスの中に頭から潜ったのである。

魚住清美はまったく動じず、威風堂々とソファに腰掛けたままだ。

チョロチョロチョロチョロ……。

尿瓶が尿を受け止める音が、ドレスの下から聞こえてきた。

「へ、変態かよ」

さすがの園川律子も圧倒されている。

「尿瓶は皆様の分もありますからね。下半身の麻酔で尿意はコントロールできませんから遠慮せずに使ってください」

魚住清美が小便をしながら、他の女王たちを見回す。羞恥心は微塵もなく、むしろ、神々しさを感じた。

山本との間にある絶対的な信頼……いや、これは愛の域だ。女王ゲームで一番大切なのがチームワークだとすれば、魚住清美と山本の二人が最強ということになる。

「弱気にならないの。肩が落ちてるわよ」

サラが英五の首輪の鎖を引いた。

「だって……」

「何？　私の下の世話はしたくないの」

「したいわけねえだろ」

想像しただけで、心拍数が跳ね上がった。こめかみの血管が破裂しそうなほど脈打つ。

「わかってるわよ。漏らすことはないから安心して」

「でも、麻酔が……」

「大丈夫だから」

「いや、でも……」

「紙オムツをしてるのよ」サラの頬が少し赤くなる。

「なるほど」

負けたら麻酔を打たれるとわかっていたのだから、当然の準備ではある。しかし……。赤いドレスの下に紙オムツ。とんでもないギャップである。

「想像するんじゃない」

サラが鎖を引いて英五の首を締めた。

「それでは三回戦を始めましょう」

魚住清美のドレスから出てきた山本が尿瓶を片手に言った。尿瓶の中の黄金色の液体がスポットライトに照らされてキラキラと輝く。

異様な光景だ。微かにアンモニア臭がする。

尿瓶が下げられ、山本が着席した。胸を張り、背筋をピンと伸ばす。女王の世話ができることを誇らしく思っているのが伝わってくる。

「す、すごい」

栗原が尊敬の目で山本を見る。

「何がすごいんだよ、ブタ野郎」園川律子が栗原を睨む。「言っとくけど、私はあんなもの使わないからね。このソファに漏らしてやるから」

どうやら、園川律子は紙オムツを用意していないようだ。

「次は俺の番だよな」

英五が、自分のトランプを用意した。

「ちょっと、待って。その前に奴隷をチェンジするわ。ジョーカーの権利はこっちにあるんでしょ」園川律子が唐突に宣言した。

「そんなあ」栗原が泣きそうになる。

「だって、あんた、全然、使えないんだもん」

「すいません……」

栗原は絶望の底に突き落とされたような顔で背中を丸めた。

「では、どの奴隷と交換しますか」

園川律子は迷わず英五を見た。

「サラの奴隷をもらう」

「あらっ、ご指名よ。良かったわね。私と離れることができて」

サラにそう言われると複雑な気持ちになる。

英五がこの女王ゲームに参加したのは、サラに説得されたからだ。そのために学歴も捨てた。入学式をすっぽかしたことで親からも勘当されるかもしれない。

「では、首輪を外してください」

山本の合図で、スタッフの執事たちが英五と栗原を解放した。

解き放たれたはずなのに、どこか居心地が悪い。席を離れ、横目でサラを見たが無視された。

左隣の園川律子の前に座り、首輪をつけられる。

右隣の席に座った栗原に、サラは笑顔で挨拶《あいさつ》した。

「よろしくね」

「よ、よろしくお願いします」

栗原が、園川律子をチラチラと気にしながら頭を下げた。

「ブタ野郎、私の奴隷に戻りたければ、その席でしっかり負けるんだよ」

「かしこまりました！」

魚住清美と山本といい、この二人といい、歪んではいるが固い結束がある。

それに比べて、新庄ひまりはさっきから好き勝手にごねて、岩橋征士朗を困らせている。

「お腹空いたあ。ココイチのとんかつカレーが食べたいんですけど」

「少しぐらい我慢しなさい。勝負が終わったら最上級のステーキでもお寿司でも食べさせてやるから」

「そんなのいらない。ココイチとか吉牛《よしぎゅう》がいい。あとシュークリームも食べたい。キャラメルコーンも」

「わがままを言うな」

「栄養が足りないと脳みそが死ぬんだもん。負けちゃってもいいの？」

「それは困る」

「ガムか何か持ってないの」

「のど飴ならあるぞ」

「何味？」

「梅だ」

「じゃあ、いらない。オジン臭いし」

「ぐむう……」

岩橋征士朗が顔を真っ赤にして、ワナワナと震える。我慢も限界といったところだ。

「三回戦に入りましょう」山本が英五を見た。「カードを配ってください」

一周目はイカサマを使わない。

取り出したトランプを丁寧にシャッフルし、配り始めようとした瞬間、サラが言った。

「英五の本気を見せなさい」

本気？　つまり、イカサマを使えってことなのか。

サラに視線を送ると、コクリと頷いた。

プラン変更だ。二回戦で魚住清美と山本が何も仕掛けて来なかったのを考えてのことだろう。

心構えができていなかった分、緊張感が高まる。僅かに、指先が震えた。

ビビってんじゃねえよ。サラを守れるのは俺しかいねえんだぞ。

呼吸を整え、平常心に戻す。指の震えが止まった。

英五は手際よく、奴隷たちにカードを配り分けた。自分でも驚くほどスムーズに指が動く。

「美しい指をしてるわね」

さっきまで正面の位置にいた魚住清美が左隣から褒める。正面には新庄ひまり、右隣にはサラだ。

席が変わるだけで、かなりの違和感がある。集中を切らさないよう気を張っていかなければイカサマは失敗する。

カードがすべて配られた。奴隷たちは次々と揃ったカードを切っていく。

英五の手札の残りは七枚。♥のAと5とK、♠の4とJ、♣の7、♦の8である。決していい手とは言えないが、Qとジョーカーがないだけマシだ。

山本は残り五枚。岩橋征士朗は七枚、栗原も七枚残している。

「栗原さんに英五さん、新しい女王に手札をしっかりと見せてください」山本が指示を出す。「それが奴隷としての役割です」

つまり、園川律子は英五の手札を見て、栗原に伝えることができるわけである。

ただし、それが得策だとは言えない。英五が負けると麻酔を打たれるのは自分なのだ。

ましてや、すでに一本目を打たれている園川律子は狙い撃ちにされるだろう。

「どんなに頑張っても運だのみなんだから肩の力を抜きなさい。パワーをセーブするの」

サラが前のめりになっている英五に声をかけた。

「わかったよ」

英五は不貞腐《ふてくさ》れたふりをして答えながら、場の空気を確かめた。

大丈夫だ。イカサマはバレていない。勘の鋭い新庄ひまりや最強の女王、魚住清美も無反応だ。

サラは今、英五にサインを送った。

栗原の手札にはジョーカーがあり、Qはない。

カードを配る前に◆のQを抜いてある。♠と♥のQはテーブルに出されていた。

つまり、♣のQを山本か岩橋征士朗のどちらかが持っている。

「では、今回は時計回りで進めてください」山本が英五に言った。

英五が頷き、手を伸ばす。

♥の4を引き、手持ちの♠の4と合わせてテーブルに出す。

「ナイス！　あんた、なかなか使えるね」

園川律子が英五の首輪の鎖を引き、はしゃぐ。

栗原が歯軋りをしながら英五を睨みつけた。

山本が岩橋征士朗の手札を抜く。カードは揃わず、五枚になる。

テンポよく岩橋征士朗が栗原の手札を抜く。こっちも揃わず、手札は七枚のまま。

栗原が手を伸ばし、英五の手札の前でさまよう。

「どれを取っても同じだぜ」英五が挑発する。

「下手な挑発はしないの」サラが咎めた。

これもサインである。栗原の手にジョーカーはない。岩橋征士朗が持っている。

恵比寿のホテルで七時間かけて、このサインの練習をした。まだ完璧とは言えないが、今のところは順調だ。

サラの選んだイカサマは、麻雀のイカサマとして有名な〝通し〟である。隠語を使って情報を伝え合うのだ。

女王ゲームで通しを使う利点は、奴隷交換のルールを充分に生かせるからである。現に栗原の手の内は英五に筒抜けだ。

しかも、このカードには特殊な加工がしてあり、サラにだけ、Qとジョーカーの場所がわかるようになっている。恵比寿のホテルで、英五はカードに印が付いていないか何度も確認したが、まったくわからなかった。それなのに、サラはカードを捲《めく》らなくても百パーセントの確率でQとジョーカーを当てた。

ただ、どういう仕掛けでわかるのかと訊いても、サラは「英五は知らなくていい」と教えてくれなかった。

栗原が英五の手札から♥のAを抜いた。これも揃わない。

奴隷たちの手札は、英五が五枚、山本が五枚、岩橋征士朗が七枚、栗原が七枚だ。

「英五ちゃんは、どんなイカサマを使ってるのかなあ」新庄ひまりが、得意の牽制球を投げてきた。

「何か空気がぎこちないんだよねえ」

英五は動揺が出ないように、必死でポーカーフェイスを作った。

「サラちゃんも緊張してるみたいよ」

魚住清美も牽制に乗る。

早くも通しの弱点が露呈した。言葉でサインを出すために、どうしても敵に違和感を与えてしまうのだ。

そのため、敵にバレないようにサインを複雑にしなければならない。サラが英五を選んだ理由はここにあった。

たとえば、一発目のサインはサラが出した、『どんなに頑張っても運だのみなんだから肩の力を抜きなさい。パワーをセーブするの』だ。

ジョーカーの隠語は〝道化師〟の『ど』である。Qの隠語はギリシャ神話の女神を意味する〝パラス〟の『パ』を取った。

文の終わりが『い』なら、イエス。『の』ならノー。

だから、『〝ど〟んなに頑張っても運だのみなんだから肩の力を抜きなさ〝い〟。〝パ〟ワーをセーブする〝の〟』は解読すれば、『ジョーカーはある。Qはない』なのだ。

二発目のサインは英五から出した、『〝ど〟れを取っても同じだぜ』だ。サラが、『下手な挑発はしない〝の〟』と返したことによって、栗原の手にあったジョーカーが岩橋征士朗に渡ったと判断できるのである。

英五は新庄ひまりと魚住清美の挑発を無視した。だが、山本の手札には手を伸ばさず、サラのサインを待つ。

「早くしなさい。皆を待たせるな」サラがキツい口調で言った。

「はいはい」

英五がうんざりした顔で手を伸ばす。

もちろん、これもサインだ。

隠語の『パ』だけでは使える単語が限られるので『は』も同じ意味にした。

山本の手にQがある。さっきは、サラからサインが出なかったので、岩橋征士朗の手札から引いてきたのだろう。

当然、Qがどのカードなのか、プレイをしている英五にわからせる必要がある。そのために、サラが伝えたサインが、『皆を待たせるな』だ。文の頭の『み』が〝右から〟

という隠語で、最後の文字の〝な〟が、な行の一番目なので、Qの位置は、英五から見て、山本の手札の右から一番目にある。

サラが用意した通しは、このパターンを使って、様々な情報をやり取りできるように作られていた。これを使いこなすには複雑なサインを瞬時に理解し、かつ、咄嗟に隠語を組み込んだ文章を話すセンスが要求される。

さすがの英五も最初は手こずった。実戦で上手く使えるか不安だったが、怪しまれはしても見破られることはないだろう。勝負が長引いたことを想定して、さらに難解なサインまでサラは用意している。

英五は、わざとQを避けて他のカードを取った。わざと負けるためには、慌ててはいけない。Qが他の奴隷に流れては無意味だ。ギリギリのタイミングを見計らい、Qを取る。そのためには、今、岩橋征士朗の手にあるジョーカーが山本に流れるのを辛抱強く待つ。ジョーカーを手に入れれば、ペアのカードがないだけに、ゲームを上がるのを遅らせることができる。

ババ抜きでわざと負けるのは至難の業ではあるが、サラのサインを駆使すれば、成功する確率は高い。

「わかった！」

いきなり、新庄ひまりが素《す》っ頓狂《とんきょう》な声を出した。

「あいつらのイカサマをもう見破ったのか」岩橋征士朗が顔を輝かせる。

「お爺ちゃんだけに教えてあげる」

新庄ひまりが、嬉しそうに耳打ちした。

嘘だろ？　まだ数回しかサインは使ってないぞ。

英五はサラと目を合わせた。サラも強がってはいるが、表情が堅い。

「ふむふむ。そう来たか。麻雀でよく使う手だな」岩橋征士朗が悪代官のような笑みを浮かべる。

ヤバい。たぶん、通しだとバレた。

英五の全身から一気に嫌な汗が噴き出してくる。

俺はサラを守れるのか。

襲いかかる得体の知れない恐怖に、英五はあらためてここから逃げ出したくなった。

13

「おっ、サッチモだ」

ブライアンが店内に流れるＢＧＭに反応した。

「はっ？　何言ってんの？」

初芝今日子は、信じられないという目で、この能天気な外国人を見た。

「今、流れている曲だよ。聞いたことあるだろ」

「言われてみればなんとなく」

「ルイ・アームストロングの『この素晴らしき世界』だよ」

この状況で言われても……。

今日子は、ため息で返した。

二人は廃ビルの二階にあるジャズバーで監禁されていた。ソファに座らされ、皮肉にも自分たちが持ってきたガムテープと荷造り紐で両手両足を拘束されている。

ジャズバーと言っても、明らかに営業はしていない。

酒棚に並べられているのは、ウイスキーの瓶ではなく、十台以上はあるモニターだ。

監視カメラが捉えた、女王ゲームの様子が映し出されている。画質はさほど良くはなく、音声も切られているので、ソファから女王ゲームの様子を確認することはできない。

ジャズバーには、今日子とブライアンの他に、警備員姿のアメフトの男と執事の服装をした二人の男がいた。

何で執事やねん……。

魚住清美の趣向なのかは知らないが、二人とも執事姿がまったく似合っていない。キチンと髪はセットされているものの、顔つきや醸し出す雰囲気が完全にチンピラのそれである。

もしかするとアメフトの男よりも執事の二人を怒らせるほうがヤバいかもしれない。

ジャズを聞いて呑気にリズムを取っているブライアンとは対照的に、アメフトの男と執事たちはあからさまに苛ついていた。

「雨宮さん。こいつら、どうするんですか？　魚住さんに見つかったら俺たちだってタダじゃすまないですよ」

髪を茶色に染めたやたらと顎の長い執事がぼやく。

「だからと言って、放り出すわけにもいかんだろ。魚住さんに復讐しに来たとか抜かしてるんだぞ」

雨宮と呼ばれたもう一人の執事が舌打ち混じりで答える。

見るからに危険人物だ。薄い色のサングラスにポマードでベタベタの七三の髪。薄い眉毛にサングラスの下の目は死んだ魚みたいである。妙に整った細い口髭がインテリジエンスと凶暴さを醸し出していた。

「おい、こいつら二人以外に仲間はいないんだろうな」

雨宮が、威嚇《いかく》するような口調でアメフトの男に言った。

「た、たぶん、いなかったと思います」

「たぶんって何だよ。ちゃんと確認したのか」

「い、一応……」

体が執事たちより一回りはデカいアメフトの男が怯えている。

「森福会の連中だ」ブライアンが小声で言った。

「何、それ？」今日子がさらに小声で聞き返す。

「ジャパニーズ・マフィアだよ」とウインクする。
ヤ、ヤクザってこと？
それなのに余裕でジャズを楽しんでいるブライアンに驚く。

「馬鹿野郎。さっさと調べて来い」雨宮がアメフトの男を叱りつけた。「だからと言って、エレベーターの前を手薄にするんじゃねえぞ」

「は、はい」

アメフトの男が、逃げるようにしてジャズバーを出て行った。

「さてと」雨宮が大きく息を吐き、今日子たちを見た。「何から話してもらおうかな」

「どんな質問にも答えますよ。ちなみに、昨夜、食べたのは赤坂の寿司です」ブライアンがおどけて答えた。

「この外人、ムカつきますね。とりあえず一発殴っていいっすか」

顎長《あごなが》がツカツカと近づいてきた。

恐怖のあまり、声が出ない。淡路島では暴力とはまったく無縁の世界に生きてきた今日子はパニック状態に陥りそうになる。

「待て。殴ったところで埒が明かないだろう」

雨宮が、顎長を止めた。

「そうですよ。さきほど、エントランスの前で膝を殴られましたからもう充分です。だいぶ、痛みは引いてきましたがまだ腫れてますので慰謝料を払ってくださいね」ブライアンが、また余計なことを口走る。

お願いやから挑発せんとって！

今日子は怒りの形相で、ブライアンを睨みつけた。

「まずは二人とも名前から教えてくれ」雨宮が訊いた。

「僕がブラッド・ピットで、この可愛い子が吉永小百合《よしながさゆり》です」ブライアンが勝手に答える。

「いい度胸してるな、外人の兄ちゃん」

雨宮の頭の血管がブチンと切れたのが今日子にもわかった。

「あ、謝ったほうがええよ」

「ジョークが通用しなかったみたいだね」ブライアンは、まだヘラヘラと笑っている。

「おい、アイスピックがあったろ。持って来い」雨宮が、無表情で顎長に命令した。

顎長が無言で、カウンターに入る。

「ブライアンと、きょ、今日子です！」

今日子が代わりに答えたが、時すでに遅しだった。

顎長が持ってきたアイスピックを雨宮が受け取る。尖った刃の先が錆《さ》びてギザギザになっている。

「ブライアンと今日子です！」

今日子はもう一度、涙声で叫んだ。

「お嬢ちゃん、静かにしてくれないか。万が一、地下室まで聞こえたら困る」

「き、聞こえるわけないやん」

「おまえたちがどこまで知っているかは知らないが、この女王ゲームはうちの組にとっては重要なシノギなんだ。誰にも邪魔させるわけにはいかねえ」

やっぱり、ブライアンの言うとおりヤクザだった。でも、それがわかっていて、どうしてわざと捕まったのだろうか。

勝算があんの？

ブライアンはアイスピックを見ても爽やかな笑顔のままだ。

「もし、女王ゲームが中断にでもなったら、責任を取るのは俺たちだけでは済まない。うちの組ごと、あの化け物に潰される」

「魚住清美のこと？」思わず、訊き返してしまった。

雨宮と顎長の顔が一気に青ざめる。現役バリバリのヤクザが怯えているのだ。

そんな相手と英五は戦ってんの？

「女王ゲームのシノギで稼ぐ代金はいくらになるのかな」ブライアンがぶしつけに質問した。

「答えるわけねえだろ。バカか、てめえ」顎長が吠えた。

「うるさいぞ」雨宮が横目で睨み、顎長を制する。

「すみません……」

「ブライアンとかいったな。シノギの金を訊いてどうするつもりだ？」

「倍払う」

「はあ？」

雨宮と顎長、今日子までもがポカンと口を開けた。

ブライアンの顔から、笑顔が消える。「あんたたちが魚住清美からもらう金額の倍払うから、僕たちの仲間になって欲しい」

顎長が大袈裟に鼻で笑った。「無理に決まってんだろうが」

「無理じゃない」

「いくらかわかって言ってんのか？　とんでもない大金だぞ」

「いくらでも払える」ブライアンも引かない。

「三億だ」

雨宮が、アイスピックの先をブライアンの顔に近づけた。鼻から五センチほどしか離れていない。

それでも、ブライアンの顔色は変わらなかった。

「倍の六億を払う」

「どうやって？」

雨宮がアイスピックをブライアンの目に近づけた。その距離は約一センチだ。

さっさと謝りいや！　払えるわけないやろ！

このチンピラたちなら、ブライアンの眼球のひとつぐらい、たこ焼きのように刳《えぐ》り出しそうだ。

だが、ブライアンはさらに驚きの提案をした。

「僕の妹が地下室で戦っている。名前はサラだ。サラが勝てば魚住清美から十億円もらえるだろ。六億円を払ったとしても四億円は余るじゃないか」

雨宮がゴクリと喉を鳴らし、アイスピックをブライアンの顔から離した。

「勝つ自信はあるのか」

「イエス」

糖尿病のサラにインシュリンを打つために、こんな大博打を打つなんて無謀にもほどがある。だが、今日子はブライアンの妹を思う気持ちにちょっぴり感動しつつも、かなり怒っていた。

この兄妹のせいで、今日子と英五の未来あるカップルが巻き込まれた。英五に至っては、欠点がないのが欠点なほどのスーパー大学生になる予定だったのに、ギャンブラーとして裏街道を走ろうとしている。

「勝算は？」雨宮がしつこく訊いた。

「サラは百パーセント勝つ。だって、頼もしい味方がついてるから。ね、今日子」

ブライアンは、ふたたび笑顔に戻り、今日子にウインクした。

14

英五の手に、Qとジョーカーが残っている。

「よっしゃあ」

英五はテーブルに二枚のカードを叩きつけて、右拳でガッツポーズを取った。

「ふ、ふ、ふざけんな！　私の女優復活を邪魔しやがって！」園川律子が絶叫する。

「許さん。許さんぞ」

栗原がハラハラと泣きながら、鬼の形相で英五を睨む。

「悪い。俺も人生賭けてるんだ。負けられねえんだよ」

三回戦は、英五が狙いどおりに負けた。よって、園川律子に二本目の点滴が打たれ、上半身の自由が奪われる。

そう考えた途端、予想以上のダメージが英五の胸を抉《えぐ》った。

人殺し……。

園川律子があと一回負ければ、はらわたを抜かれ、剝製にされる。三敗のうちの一敗は、英五とサラのイカサマで取った。

勝負に勝った興奮と罪悪感とが、胸の中でドロドロに混ざり、吐きそうになる。

これで、いいのか？　俺はこんな狂った世界で一生生きていくのか？

武道館に置き去りにしてきた両親と祖父の顔がチラつく。

「英五ちゃん、強いじゃん」

新庄ひまりが、余裕の笑みで言った。

岩橋征士朗もスケベ丸出しの顔でニタついている。

本当に、通しがバレたのか？

サインを解読されたのなら、二周目は危険だ。逆に通しを利用されて返り討ちに合う可能性もあるのでむやみに使えない。

「園川律子さん、あなたの奴隷がジョーカーを持っています。交換の権利を使いますか」

「使うに決まってるじゃない。栗原を返してもらうわ」

「あ、ありがとうございます！」

感極まった栗原が、首輪を外されるやいなや号泣しつつ園川律子に駆け寄る。

「麻酔をあげてちょうだい」

魚住清美が、氷のように冷たい声で言った。

スタッフの執事たちが、容赦なく園川律子の腕に点滴を注入する。

「ううっ……あぐ……ぐうっ……」

栗原が、顔面を涙でグシャグシャにして嗚咽《おえつ》を漏らす。

英五は大の大人が泣きじゃくる姿を直視出来なかった。

「グッド」

サラが頭を撫でてくれても、一ミリも嬉しさが込み上げない。

「ブタ野郎、私を抱きしめろ」

園川律子が、栗原に命令した。

「へっ……？」栗原が涙を止めて顔を上げる。

「私の上半身の感覚がなくなる前に強く抱きしめるんだよ」

「い、いいのですか」

「早くしろよ、ブタ野郎！　腕が痺れてきたじゃねえか！」

「し、し、し、失礼します」

栗原が全身をガタガタと震わせながら両腕を広げ、すぐに壊れそうな脆《もろ》く大切なものを守るように、園川律子をそっと包んだ。

「力が弱いんだよ。骨が折れるほど抱き締めろ」

「はい……」

栗原が歯を食いしばり、全身全霊の力を込め、園川律子を抱いた。

「泣くなよ。そんな男に抱かれたくない」

「はい……」

園川律子の骨がギリギリと軋む音が、英五にも聞こえた気がした。

「まさか、この世で最期に抱かれる男が、お前みたいなブタ野郎になるとはね」

「す……すみません」

重なる二人の姿を見て、岩橋征士朗は目を赤くしていた。

「まだゲームは終わっとらんだろうが。諦めるのはまだ早いだろうが」

「終わったよ」新庄ひまりが悟り切った表情で言った。「可哀想だけど、次もあの二人が負ける。そういう流れになっちゃったもん」

「何の流れだ？」

「お爺ちゃんにはわからないよ」

「目上の人間を馬鹿にするんじゃない」

「オバサンはわかってるよね」新庄ひまりが、魚住清美に訊いた。

魚住清美がゆっくりと頷く。

「使い果たしたのよ」

「何を、だ？　わしにもわかるように説明してくれ」

「運でもなく才能でもなく、魂とも違う。ギャンブラーが生きていくために最も必要なもの」

「余計にわからんぞ」

「ギフトよ」サラが、代わりに答えた。「神から与えられた特別なプレゼント」

英五は、少しわかったような気がした。ここにいる魚住清美と新庄ひまり、そしてサラにはそれがある。

俺にはあるのか？　ギフトを持っているのか？

淡路島での十八年間は、退屈で退屈で死にそうだった。自分が望んで手に入らないものなど、本気でないと思っていた。

だが、それは表の世界の話だ。あのまま東大生となり、ある程度の努力を続ければ、人が羨む人生を手に入れることは出来たであろう。

こっちの世界では、そんなものは一晩で勝ち取れ、一瞬で失う。そして、金や名誉だけでは味わうことのできない体験が待っている。

「不思議だね。上半身は動かなくても首から上は動くんだ」園川律子が口を開いた。

「ブタ野郎。もういい。何も感じなくなった」

「はい……」

栗原が打ちひしがれた表情で体を離す。

「麻酔の量は随分と研究したのよ。自分の命が懸かったゲームは最後まで楽しみたいでしょ」

魚住清美が得意げに首を傾げる。

とんでもないサディストだ。死の恐怖をたっぷりと植えつけて楽しんだあと、剝製にするつもりなのだ。

「さっさと四回戦にいこうよ。疲れたから、そろそろ休みたいんだよね」

園川律子が力なく微笑んだ。

四回戦は、あっというまに決着が着いた。

新庄ひまりと岩橋征士朗のチームが親番のゲームだったが、イカサマを使わなくても栗原がQとジョーカーを残して負けた。

「お疲れさん。ありがとうな」

園川律子は、三本目の点滴を打たれながら目を閉じた。

「ソノリン！　後を追うから待っていてください！」

栗原がソファの前に跪《ひざまず》いて叫ぶ。

「ダメに決まってんだろ」園川律子は目を閉じたままだ。

「でも、ソノリンがいない世界で生きて行く自信がありません」

「お前は私の奴隷なんだよ」

「はい、そうです。だから……」

「私の最後の命令に従え。お前は生き残れ。そのブサイクな顔と体を愛してくれる女を見つけろ」

「無理です。それに、明後日には目が見えなくなります」

どういう意味だ？

英五はサラと目を合わせた。

病気で視力を失うのだろうか。いや、違う。この女王ゲームのイカサマのために、栗原は両目を犠牲にしたのだ。

「好都合じゃねえか……」

麻酔が効いてきたのか、園川律子の口調がしどろもどろになる。

「何も見えなければ……お前を愛してくれる女の容姿も……気にならないだろ……その女の……心を見てやれ」

「わかりました、女王様」

栗原がヨロヨロと立ち上がる。

園川律子が薄っすらと目を開け、最期の言葉を残した。

「胸を張って生きろよ……私の可愛いブタ野郎」

園川律子が完全に意識を失ったのを確認し、スタッフの執事たちが車椅子に乗せて運び出す。童話に出て来る姫のように美しい寝顔だった。

「栗原さんは二階で待機してください。すべてのゲームが終わるまで、このビルから出ることは許されません」

栗原は山本の説明に返事も出来ず、執事に案内されて車椅子の園川律子と一緒にエレベーターに乗った。

「ねえ、オバサン。ソノリンはどこに行くの」新庄ひまりが魚住清美に訊いた。

「敗者のボディが三体揃うまで三階で眠らされているわ。ゲームが終わったら素敵な場所に移動して剝製にするの」

何が素敵な場所だ、化け物め。

突き刺すような怒りが、英五の全身を駆け巡る。この女にだけは、勝たせるわけにはいかない。

「それでは、五回戦に移りましょう」

親番の山本が優雅な手つきでカードを配る。

「英五、熱くなっちゃ負けるわよ」

「うるせえ」

英五はテーブルに置かれたカードを乱暴に摑み取った。

その瞬間、急に目眩に襲われた。手札の数字が二重三重に見える。

な、何だ、こりゃ。

続いて腕が鉛のように重くなり、背中と脚の筋肉が徐々に硬直してくるのがわかった。

「ちょっと、どうしたの？」

カードを置いて両手をテーブルに突いた英五を見て、サラが訊いた。

「体が……ダルい」

吐き気と寒気も同時に襲ってくる。天井がグルグルと回り始めた。

「お爺ちゃん！　しっかりしてよ！」新庄ひまりが叫ぶ。

目を凝らすと、岩橋征士朗もテーブルに両手を突いて頭を振っていた。

毒を盛られた？　いや、ここに来てから何も口にはしていない。岩橋征士朗が注文したバーボンソーダも新庄ひまりが難癖をつけて魚住清美に飲ませていた。

今思えば、あれは毒を盛られるのを警戒しての行動だったのか。

「皆さん、いかがなさいました」山本は平然としている。「ご存知だとは思いますが、何があろうと女王ゲームは中断できませんよ」

……これが奴らのイカサマかよ。二十年間無敗の理由がわかった。

意識が遠くなる。この状態で戦いを続けるのは不可能だ。

イカサマを見破らない限り、勝てないどころか、自分の命も危ないのである。そして、見破ったところで、一度、体に入った毒をどうやって抜けばいいのか。

英五は、生まれて初めて、絶望という感覚を知った。

15

二十年前、魚住清美は女王ゲームの準備に明け暮れていた。

自分の屈折した欲望を満たすためだけに私財を抛《なげう》ち、〝ぬいぐるみ〟となる女たちと勝負をする。

負ければ十億円の損害になる。

清美にとって払えない額ではないが、負けること自体が許されなかった。

女王ゲームは勝ち続けるからこそ意味がある。そのためには圧倒的なイカサマが必要となる。

女王ゲームのルールを思いついたのは、十五歳の家出少年と出会ったからである。少年には山本と名付けた。

清美は、ひと目山本を見たときから、この少年はたとえ死ぬような辛い目に遭ったとしても、決して自分を裏切らないという確信を持てた。

ただの直感だが、直感こそがすべてだ。

「ねえ、山本。私のために死ねる？」

当時、無口だった少年は、キラキラと光る真っすぐな目で清美を見つめて頷いた。

「証明して欲しいの。あなたの人生から、私以外の人間を切り捨てることができるかしら」

山本は、もう一度、コクリと頷いた。

清美は興信所の人間を使い、山本の両親を探し出していた。千葉の高級住宅地に住む上流家庭で、山本とはずいぶん歳の離れた兄が二人いることがわかった。

「明日、千葉のお家に帰りなさい」

清美の意外な命令に、山本は顔を曇らせた。

「そして、家族全員でディナーを食べなさい」

山本は、下唇を噛みながら首を横に振った。他の命令は聞けても清美とは離れたくなかったのだ。

清美は、そんな山本を宥《なだ》めるかのように、目薬を渡した。

「これが何だかわかる？　中に入っているのは目薬じゃないの。ある植物から抽出した毒よ」

山本の目が見開いた。心の揺れをどう捉えていいのかわからず、目線が宙をさまよう。

「私が死ぬまでともに生きたいのなら、忠誠心を示して欲しいの。この毒で、自分の家族を殺せるかしら」

山本が頷くまで、かなりの時間がかかった。

「あなたの身内がいなくなれば、私は安心して暮らせる。あなたに戻る場所があると、不安で気が狂いそうになるのよ」

「家族を……殺します」

山本が擦《かす》れた声で宣言した。

「嬉しいわ」清美は、山本に目薬を握らせた。「でも、怪しまれちゃダメよ。あなたも毒の入ったディナーを食べるの」

さらに、山本は困惑した。ようやく、試されているのだと自覚した顔つきになる。

「この毒はすぐに死なないわ。家族と一緒に苦しみ、あなただけが生き残りなさい。私に仕えたいという気持ちが強ければ乗り越えられるはずよ」

翌日、山本は千葉の実家へと戻り、両親と二人の兄を毒殺した。

家族全員が死ぬのを見守ったあと、自力でタクシーに乗り、東京の魚住清美の家まで戻ってきた。

山本が助かった原因は、ディナーの前に牛乳を飲んで胃に膜を張り、コンビニで買ったおにぎりやパンを食べられるだけ食べたことだ。それでも、床をのたうち回るほど苦しみ、ゲロをぶちまけながら、家族が息を引き取るのを待った。

「ありがとう。あなたの忠誠心は見せてもらったわ。あなたは私のものよ」

だが、地獄の始まりはここからだった。

「毎晩、あの毒を少しずつ食べなさい」

生還した山本にとってはあまりにも理不尽な命令だった。

「ど、どうしてなのですか」

「毒に慣れてもらうためよ」

「慣れる？」

「女王ゲームというトランプを使ったギャンブルを考えたの。私がどうしても欲しいコレクションのためにね。美しい〝ぬいぐるみ〟がなければ、鏡の中の醜い私は消えてくれないのよ」

「女王ゲームに毒を使うのですか」

「そう。トランプに塗り込むの。そのトランプに触った人間は皮膚や爪の間から徐々に毒を体内へと吸収するの。相手は死にはしなくとも、瀕死の状態でゲームを続けることができない。絶対に勝てるわ」

山本は、覚悟を決めた表情で深く頷いた。

「わかりました。毒に強い人間になります」

この優秀な奴隷は、女王の意図をすぐに汲み取ってくれる。

その日から、山本の特訓は始まった。毎晩、少量の毒を食事に混ぜ、食べる。いっそ、死んだほうがマシだと思えるような苦しみを味わい続けた。

一回目の女王ゲームが、過去の中で一番際どい戦いだった。まだ、そこまで毒の耐性がない山本は他の奴隷たちのように苦しみながら、辛くも精神力で勝ち切った。毎晩の特訓があったからこそ、耐えることができた。

四年後の二回目の女王ゲームからは、清美と山本のペアは無敵となった。

毎晩、毒を食べ続けた成果で、山本の体は耐性が高まり、トランプに塗り込んである毒の量ではまったく体調に変化をきたさなくなったのである。

清美の連勝街道は続いた。山本がいるからこそ、作ったルールだ。女王たちが、どんな奴隷を連れて来ようが負けるわけがない。

ただ、体に蓄積されている毒のせいで、彼の寿命が縮まっているのはたしかだ。もしかすると、今回が最後の女王ゲームになるかもしれない。


「き、貴様ら……どこまで卑劣な手を使うのだ」

岩橋征士朗が目を充血させながら、魚住清美と山本を見た。

「何のことかしら」

「とぼけないでよね。アタシたちの奴隷に毒を盛ったんでしょ。狡《ずる》い！　狡過ぎる！」

新庄ひまりがキャンキャンと吠える。

「証拠はあるの？　ここに来て、何も食べてないし、何も飲んでないわよね。あなたたちの奴隷の体調管理が甘いだけじゃなくて？」

違う。これは絶対に毒物だ。

英五は、目眩と吐き気と戦いながらも何とか冷静さを保とうとした。

「まさか、こんな手があったとはね」サラが、諦めたような口調になる。

「ねえ、アタシがお爺ちゃんと交代したらダメなの」

「認めません。ルールは最初に説明したはずです。カードに触れるのは奴隷のみ。女王はソファから動くことはできません」

「なるほどね。女王ゲームの特殊なルールはこのイカサマのために作られたのね」サラが、またボヤく。

「か……感心してる場合かよ。何とかしてくれ」英五は、サラに助けを求めた。

「無理よ。私にはどうしようもないわ。英五自身が根性で乗り切りなさい」

「マジ……かよ」

巧妙なのは、〝ババ抜き〟程度なら何とかできそうな苦しさなのだ。

「さあ、始めましょう。今回は時計回りですよ」

栗原が抜けた分、配られるカードの枚数が多くなっているが、枚数を数えられる状態ではない。岩橋征士朗などは握力が弱まり、ボロボロとカードをテーブルに撒き散らす始末だ。あれでは、まともな戦いにならない。

一刻も早く、毒の仕掛けを見破れ。

考えられるのはカードだ。山本が用意したカードに触れた奴隷たちだけが、体調を崩している。サラや新庄ひまりに異変はない。

でも、カードに触れているのは山本も同じだ。奴だけ、前もって解毒剤を飲んでいるのか？

直感だが、そんな単純な仕掛けではないような気がする。一回きりの勝負ならまだしも、二十年間不敗を重ねてきたのだ。魚住清美なら、解毒剤が存在しない毒で挑んで来るのではなかろうか。なぜなら、毒の情報が事前に洩れて、敵も解毒剤を飲めば、このイカサマはまったく通用しなくなるからだ。

やっぱり、山本だけに毒が効かない仕掛けがあるはずである。

山本が、岩橋征士朗のカードを抜いた。

「あっ。今、二枚抜いた」新庄ひまりが鋭い声を出す。

「言いがかりをつけないでくれるかしら」魚住清美が反論した。

「何言ってんのよ。丸わかりだったじゃん。ねえ、サラちゃん？」

「ごめんなさい。英五が気になって見てなかった」

「そんな……」

「英五君はどうかしら」魚住清美が、早くも勝ち誇った声で訊いた。「二枚抜いたのが見えた？　見えたのなら、どのカードとどのカードか教えてくれる？」

「……見えな……かった」

視点が定まらず、山本の手もまともに見えなかった。

「ひまりちゃん、これで納得してくれました？」

「わかったよ」新庄ひまりもここは引くしかない。

情けねえ。俺が足を引っ張っている。せめて、岩橋征士朗には勝たなければ。

十分後、新庄ひまりと岩橋征士朗のチームは初黒星を付けた。

英五も相当危なかったが、年齢の差が出た。年老いた岩橋征士朗は、まるでゾンビみたいになり、カードをまともに持つことすらできなかった。

これで、サラと英五のチームに一敗同士で並んだ。魚住清美と山本のチームはまだ無傷である。

不思議なことに、山本が自分のカードを回収すると少し体調が回復した。岩橋征士朗も「勝っても負けても、お前らを訴えてやる」とまで言えるようになった。

これで、カードに毒の仕掛けがあるのは間違いない。次の山本の親番までに対策を練らなければ、今回も魚住清美が真の女王として君臨するだろう。

16

二階のジャズバーは静まり返っていた。

BGMは、サッチモのしわがれ声ながらも優しく温かいボーカルから、ガラス細工のように繊細で冷たいピアノ・トリオに変わっている。

ブライアンが「六億を払う」という大胆不敵にもほどがある提案をしたあと、雨宮と顎長のヤクザ二人は二十分以上はジャズバーの外でヒソヒソと話し合っていた。二人が店に戻って来てからも誰も口を開こうとしない。

信じてくれるわけないやんか。

今、今日子にできるのは、これ以上ブライアンが余計なことを口走らないように祈ることだけである。ヤクザ二人が廊下にいる間にこっちもヒソヒソと作戦会議をしたかったのだが、ガムテープで口を塞がれて鼻で呼吸するしかできなかった。

長い沈黙の後、雨宮が鋭い目つきで床に転がるブライアンに訊いた。

「おい、外人。本当にお前の妹は女王ゲームで勝てるのか。もう一度訊くぞ。確率で言えば何パーセントだ」

顎長がブライアンの口のガムテープを剝がす。

「限りなく百に近いね。信じるか信じないかはユーたち次第だけど」

ブライアンが両手と両足を拘束されたまま胸を張る。

……その自信はどこからくるんよ。

今日子はなるべく不安な表情にならぬよう、顔面の筋肉を硬直させた。ブライアンの駆け引きを邪魔するわけにはいかない。

「魚住清美はまだ一敗もしてないんだぞ」

「勝つためにサラは入念な準備をしてきた」

「お前がここに監禁されたのも計算通りだってか」

「オフコース」ブライアンは一歩も引かない。

「苦し紛れのハッタリっすよ。この白人野郎は俺たちを騙す気なんですってば。惑わされちゃダメっすよ」

雨宮の隣に立っている顎長が、苛つきを隠さず言った。

「ハッタリじゃなければどうすんだよ？　六億のシノギをみすみす見過ごすことになるんだぞ」

「魚住清美を裏切るんっすか」

その名前を聞いて、強気だった雨宮の顔が曇る。小さく息を吐いたあと天井を見上げ、自分を奮い立たせるかのように両手で頬を叩いた。

「あのババアにいつまで媚びるつもりだ。俺たちは人に頭を下げたくないから今の稼業を選んだんだろうが」

「そうっすけど……」

「三億の倍の金が手に入るのならば魚住清美がどうなっても組は文句を言わねえはずだ。むしろ喜んでくれる」

「まさか、魚住清美を」顎長が絶句する。

「ああ。今夜消えてもらう」

こんなキナ臭い話を堂々とウチらの前でするなんて……。

つまり、今日子たちも始末すると言っているようなものである。

嫌な汗が今日子の全身から噴き出す。呼吸が浅くなり、ジャズバーの酸素が急に薄くなったような気がした。

「サラに勝って欲しければユーたちに協力してもらわなければならないよ」

ブライアンはまだ強気な態度を続けている。渾身のハッタリなのか状況をいまいち把握できていないのかのどちらかだろう。

「どんな協力だ」雨宮が慎重な声で訊いた。

「サラは糖尿病だから定期的にインシュリンの注射を打たなければいけないね」

ブライアンの口調が今日子といるときよりも片言になっている。ヤクザたちを油断させる作戦なのか。

ちゃんと、喋ったほうがええんちゃうの。

今日子からすれば余計に怪しく感じる。〝酔っ払い作戦〟からブライアンの行動がどうも信用できない。

「注射器はどこにあるんだ」

「革ジャンのポケットに入っている」

「嘘つくんじゃねえ。さっきボディチェックしたときそんなもの入ってなかったぞ」顎長が横から嚙みつくように言った。

「シャープペンシルがあったろ」ブライアンが得意げにウインクをした。「注射器をそのまま持ってくるわけないよね」

調子に乗り過ぎやって！　挑発してどうすんの！

今日子は奥歯を嚙み締めて怒鳴りつけたい衝動を懸命に押さえ込んだ。ガムテープを口に貼られていてよかった。

に、疫病神の如くピンチを招き、謙虚の心を一ミリも持ち合わせていないこのアメリカ人とてつもなく大きな仕事ができるものだ』という金言で懇々と諭してやりたい。松下幸之助の『すべての人を自分より偉いと思って仕事をすれば必ずうまくいくし、

しかし、雨宮はブライアンの挑発には乗らず、感心したふうに眉を上げた。

「ほう。やるじゃねぇか。たしかに用意周到だな」

「でも、誰がサラに注射を打つんっすか。こいつらは地下のレストランには行けないっすよ」

顎長はビクビクと落ち着きがない。何度も瞬きをしたり、しきりに頭を掻いたりとアウトローとしての経験値が低いのが丸わかりである。

「俺かお前のどっちかだろうな。ジャンケンで決めるか」

「勘弁してくださいよ。バレたら殺されますって」顎長が泣きそうになる。

「なら二人で行くぞ。片方が気を逸らした隙にもう片方がサラに素早くインシュリンを打てばいい」

「俺、昔は個人的に注射器を使ってましたけどシャーペンの形をしたやつを扱う自信はないっすよ」

「じゃあ、気を逸らす係をやれ」

「それはもっと自信がないっす」顎長がますます泣きそうになった。「何をすればいいかわからねえし……」

「演技をするんだよ。わざと水を零《こぼ》すとかすっ転ぶとか方法は色々あるだろ。ちょっとは考えろ、馬鹿野郎」

「絶対に無理っす。幼稚園のお遊戯会で桃太郎役を失敗してからトラウマなんすよ。園長先生がやった鬼があまりにもリアルで猿と犬とキジのうしろに隠れて小便を洩らしちゃったんすよ」

「知らねえよ」

キレた雨宮が顎長の頭を平手で叩いた。

「ん！　ん！」

今日子は苦しげに体を捩《よじ》り、口のガムテープを外せと目で訴えた。

雨宮が、眉間に皺を寄せて今日子を見る。

「何か言いたいことでもあるのか」

今日子は頷いた。

「叫んだら、首を折るぞ」

二回、頷き返す。

「おい、外してやれ」雨宮が顎長に命令する。

「何なんだよ、ったく……大人しくしやがれ」顎長がぼやきつつ、今日子のガムテープを外した。

今日子は、ジャズバーの埃臭《ほこりくさ》い空気を大きく吸い込み口を開いた。

「ウチが行く。ウチがサラちゃんに注射する」

咄嗟に声が出た。しかも、演劇部顔負けの腹式呼吸での発声である。

な、何を言い出すつもりなんよ、ウチは……。

自分でもわけがわからない。本当は「ウチも協力するから真剣に考えてや」と言うつもりだったのだ。

今日子は血の気が失せていくのを感じながらも言葉を続けた。

「ウチなら怪しまれずサラちゃんに近づけると思う」

「はあ?」

今日子の立候補に、ヤクザたちだけではなくブライアンまでが目を丸くした。

「何言ってんだよ。ガキは引っ込んでろ」顎長が額に血管を浮かべる。今にもブチ切れそうだ。

「ウチに任せてや。必ずやり遂げるから」

「今日子、クールダウンしてくれ。いくらなんでもインポッシブルだ」ブライアンが慌てて今日子を止めようとする。

「あんたは黙ってて。それに呼び捨てはやめてや」

もし、今後、馴れ馴れしく呼び捨てにされているのを英五に目撃されたら最悪である。

せっかく助けに来たのに変な誤解は招きたくない。

ヤクザ二人がチラリと顔を見合わせたあと、雨宮のほうが今日子に訊いた。

「お嬢ちゃんは何者だ」

「村山英五の彼女です」

今日子は毅然とした態度で答えた。頭の中は完全にパニック状態である。でも、英五を助けるには、こんなチンピラに頼るわけにはいかない。

「この白人野郎の恋人じゃねえのかよ」顎長が口を挟む。

「違う。この人とは今日会ったばっかりやし。それにこの人は白人じゃなくてハーフやから」

「サンキュー。訂正してくれて」ブライアンが呆れた顔で肩を竦める。

ブライアンの計画を狂わせてしまったのはわかっている。でも、どうにも止められなかった。

「お前たちがここまでやって来たいきさつを聞かせてもらおうか」

雨宮がアイスピックを再び手に取り、錆びた刃を今日子の鼻先に向けた。

今日子は簡潔ながらも、二日前の朝、淡路島で英五をサラに拉致されたところから正直に話をした。

話が進むにつれてヤクザ二人の眉間の皺が深くなり、今日子が酔っ払いのふりを試みたくだりで雨宮に話を遮《さえぎ》られた。

「わかった。これ以上聞く必要はない」

「そんな馬鹿げた話を俺たちに信じろってか」

さっそく、顎長が難癖をつける。

「この期に及んで嘘はつかへん。ウチはどうなってもいいから英五を助けたいねん」

「いい度胸じゃねえか。ならば、ここで俺たちに犯されても文句はないわけだな」雨宮が据わった目で今日子の全身を眺める。

「それは……困る」

雨宮が鼻で嗤《わら》った。「馬鹿正直なガキだな」

「この子の意見は聞かないでくれ。せっかくサラが勝てるのに台無しにされたくない」

ブライアンが流暢な口調に戻って言った。

そんな言い方せんでもええやんか。

自分が後先考えずに暴言を放ったのは謝るが、英五とサラのチームを思ってのことである。ヤクザ二人がインシュリンの注射に協力してくれなければ、サラは死んでしまうのだ。

「インシュリンの注射を打たなければどうなる」雨宮が訊いた。

「サラが死に、あんたたちは六億円を逃すだけだ」

「タイムリミットは？」

「あと一時間もない」

……その割りには余裕があり過ぎるやろ。

今日子はますますブライアンがわからなくなってきた。本当に妹を愛しているのか疑問だ。もしくは大金が欲しいだけなのかもしれない。

雨宮が目を細めてモニターを覗く。

「サラは死にそうには見えないぞ」

顎長はカウンターの中に入ってさらにモニターに近づいた。

「ちくしょう、いい女だな。これでポックリ逝ったらもったいないぜ」

ブライアンが深い溜め息とともに言った。

「サラは今、魚住清美に悟られないように必死で戦っている。意識が朦朧《もうろう》としているだろうし、吐き気もあると思う」

「おかしいな」雨宮が首を傾げた。「そんな決定的な弱点をあの魚住清美が知らないわけがないんだがな」

「そうっすよ。金にものを言わせて半端じゃねえ情報網を持ってるんだし、耳に入ってないなんてありえないっすよ」顎長の鼻息も荒い。

「たぶん、魚住清美はサラの病気を知っている。だからこそ、油断しているはずだ。その隙をつく。すべては今夜のために準備してきた」

「その中でこのお嬢ちゃんの登場だけはイレギュラーだったたってわけか」

雨宮の質問にブライアンが素直に頷いた。

邪魔者扱いされたみたいでなんだか気分が悪い。たしかに、この三日間の今日子は行き当たりばったりかつ破れかぶれの行動を取ってはいるが、本来はサラと同じく用意周到な女なのである。難攻不落のイケメンと言われた英五を落とすためにどれほどの努力を重ねたことか。

「約束する。サラが勝利すれば六億円は君たちのものだ」

「約束ねえ」雨宮がまた大げさに鼻で嗤った。「そんなものを信じてたら俺たちの稼業は成り立たねえのはわかるよな。ドゥー・ユー・アンダスタン？」

「ではどうすればいい？」

「担保がいるんだよ。もしも、サラが負けたときの責任をお前がどう取るかによるな」

「つまり……」

「さっきの俺たちの話は聞いてたよな。うちの組にとって魚住清美は目の上のたんこぶなんだよ」雨宮が執事のジャケットの懐から銃を出した。「てめえが魚住清美を消せよ」

17

「だめだ……喉が焼けるように熱い。何か飲んでもいいか」

岩橋征士朗が砂漠の遭難者みたいな目で新庄ひまりを見た。

「水道水ならいいよ」新庄ひまりがむっとした表情で答える。

「無慈悲だぞ……もっと……年寄りを労《いたわ》らんか」

「何が年寄りよ。週に三回は高級鉄板焼き屋で分厚いステーキを食べて、若い愛人が五人もいるくせに」

「ぐぬう……」

地下のレストランでは、岩橋征士朗の体調悪化で女王ゲームは中断したままだった。

英五はまだ若いからか、かなり回復していた。ただ、軽い目眩と吐き気は残っている。

刻々と無駄な時間だけが過ぎていく。

なんで、体が摂取したはずの毒が薄まる？

やはりカードに仕掛けがあると見ていいのだろう。だが、山本はさっきから悠然と自分のトランプを切っている。

ちくしょう。余裕綽々《しゃくしゃく》かよ……。

山本をぶん殴ってやりたいが、思いもつかなかったイカサマを仕掛けられた英五は吐き気と動揺を抑えるだけで精一杯だった。

「都知事、水道水なんて飲まなくても冷えたミネラルウォーターがありますわ」魚住清美が嫌みたらしい猫撫で声を出す。

「おお……ありがたい。すぐに持ってきてくれ」

「いらない」新庄ひまりがピシャリと断った。「水道水でいいって言ってるでしょう」

「いい加減に……しろ。わしは……死にそうなんだ」

「バカ。ミネラルウォーターにも毒が入ってるかもしれないでしょ」

事実、盛られた方法はわからないが英五と岩橋征士朗は毒に侵されているのである。

魚住清美側が出すものに口をつけないほうがいい。

「だ、誰が、バカだ」

「お爺ちゃんに決まってるじゃん。この中ではぶっちぎりでバカだよ」

岩橋征士朗がわなわなと震え、怒りで顔を青紫色に染める。歯ぎしりの音が英五の耳まで聞こえてきた。

「スタッフに水道水を持ってこさせましょうか」山本が表情を変えず、岩橋征士朗に訊いた。

「氷は入れないで。あと、わかってると思うけどグラスは二つ用意してよね」新庄ひまりが間髪入れず、代わりに答える。

「かしこまりました」

山本が他のスタッフの執事に指示を出している隙を見て、英五はサラに「毒はヤバいよ」とアイコンタクトを送った。

サラは軽く肩を竦めて「大丈夫。死にはしないわ」と返してきた。あれだけ、犬猿の仲だったのに喋らずとも意思の疎通ができるまでになっている。

他人事だと思って……。毒で苦しんでいるのはこっちだぞ。

「ひまりちゃん、また私に飲ませるつもりなの。用心深いわね」魚住清美が鼻で嗤う。

また顔面の右半分は動かない。これで、ハッキリした。魚住清美の右半身は何らかの理由で麻痺しているのだ。

「当たり前じゃん。そっちが毒を使ったのは間違いないんだから」

「何のことかしら？　証拠もないのに変な言いがかりはやめてちょうだいね」

「卑怯者。アタシに負けるのが怖いからズルしてるんでしょ」

「何度も言いますが、ルールとしてイカサマは認められています」山本が横から口を挟み、主人を庇《かば》う。

「アタシは何もしてないもん。正々堂々と勝負してるもん」

とうとう、新庄ひまりが涙ぐんだ。さっきまで魚住清美さえも圧倒していたオーラは消えて、普通の中学生の少女に戻っている。

ありえないだろう。イカサマなしで女王ゲームに挑むつもりだったのかよ。

いくら新庄ひまりが一晩で裏カジノを潰した天才といえども、何の対策もなしで二十年間無敗の魚住清美に勝てるわけがない。

「若いって素晴らしいわね。ひまりちゃんを早く〝ぬいぐるみ〟にしたいわ」

ぬいぐるみ？

「剝製のことよ」

眉をひそめる英五にサラが言った。

殺した女たちをぬいぐるみ呼ばわりしてるのかよ。

英五は、魚住清美のすべてを凌駕するような狂気に吐き気さえも忘れた。目の前にいる女王の年齢を超えた美しさは、数々の美女の屍《しかばね》から精気を吸い取った証《あかし》なのかもしれない。

「お待たせしました」

スタッフの執事が水の入った二つのグラスをトレーに載せて運んでくる。

「お爺ちゃん、飲んでいいわよ」新庄ひまりが鼻をすすりながら言った。

「なぜ……わしが水道水なんぞ……」

「私も飲むわ。山本、飲ませなさい」

岩橋征士朗がぶつくさ言いながら、グラスの水を一気に飲み干した。

「かしこまりました」

山本が立ち上がり、スタッフの執事の持つグラスに手を伸ばす。

「飲まなくていいよ」新庄ひまりがそれを制する。「代わりに英五ちゃんにあげて」

「あらっ。証明しなくてもいいのかしら」

「英五ちゃんが可哀想だもん」

「いらねえよ」

英五は擦れた声で拒否した。吐き気が蘇り、何も胃に入れたくない。

「遠慮せずに飲みなさい」サラが英五に命令する。

「飲みたくないんだよ」

「飲みなさい。少しでも毒を薄めるのよ」

有無を言わせない口調に気圧《けお》され、英五は渋々グラスを山本から受け取った。手が震えて水をこぼしそうになる。

それを見た山本が唇の端を歪めて笑みを浮かべた。

「大丈夫ですか」

「うるせえ」

温い水は決して美味いとは言い難かった。毒で舌が痺れて麻痺しているせいか、微妙に苦い味がする。吐き出さないように何とか我慢して半分まで飲み、グラスを執事に返す。

「さあ、ゲームに戻るわよ。英五、次は必ず勝ちなさい」

いつもはクールなサラが、珍しく気合いを前面に押し出した。

ようやく、女王ゲームが再開された。カードは英五が配り、時計回りの逆で始まる。

この回は絶対に落とせない。

英五は下腹に力を込めて気合いを入れた。サラと新庄ひまりが、一本ずつ麻酔の点滴を打たれている。できるなら魚住清美を狙い撃ちにしたいところだ。

いや……そうじゃないだろ。

英五は横目で新庄ひまりの様子を窺った。もう泣いてはいないが、目を赤く腫《は》らしての字口で俯《うつむ》き、精神的ダメージを受けているのは明らかである。

狙うなら新庄ひまりが先だ。このギャンブルの天才少女は、おそらくサラと英五のイカサマを見抜いている。長期戦になればなるほど、こちらが不利になるではないか。

「制限時間はありませんが、そろそろカードを取ってもらえませんか」山本が英五を急かす。

「ちょっと、待って」新庄ひまりが顔を上げた。「奴隷をチェンジしたいんだけど。さっきのゲームでジョーカーを最後まで持っていたのはお爺ちゃんでしょ。山本と代わってよ」

「お、おう……」

岩橋征士朗が虚ろな目でフラフラと頭を動かし頷いた。額から大量の汗を噴き出し、今にもテーブルの上に突っ伏しそうになる。

おいおい、死にそうだぞ。

見ている英五も全身が熱くなり、息苦しくなる。

「じゃあ、奴隷チェンジの権利はアタシたちにあるのよね」

「そうですが、ゲームが始まる前に宣言していただかないと無効になります」

「無効なんて聞いてないし！ ちゃんと説明してもらってないし！」

新庄ひまりが駄々っ子のように上半身をくねらせた。

「ルールはルールです」

「やだ！ チェンジしてくんなきゃやだ！」

ガキそのものだ。興奮して我を忘れている。今の新庄ひまりには負ける気がしない。

でも……本当にそれでいいのかよ。

英五は自分自身に問いかけた。三本の点滴を打たれてマネキンのように動かなくなった園川律子の姿が脳裏に焼き付いている。

サラが勝てば、まだ中学生の少女を殺すことになる。助ける方法はただひとつ。新庄ひまりがあと二敗する前に魚住清美を倒すしかないが、サラが負けてしまっては元も子もない。敵に情けをかけながら勝てるほど女王ゲームは甘くないのはわかっている。

「奴隷のチェンジを認めてあげなさい」

根負けをした魚住清美が山本に言った。

「しかし……」

「何も問題ないわ」

「かしこまりました」

山本は表情を変えないが、目は怒りに満ちている。岩橋征士朗と席を交代するときにジロリと新庄ひまりを睨みつけた。

「よろしくね」

新庄ひまりの笑顔を無視した山本が席に着く。

「わしがくたばる前に……とっとと始めてくれ」

岩橋征士朗が十枚のカードを両手で持った。顔だけではなく、全身が汗だくになっている。

英五の手持ちは九枚でQもジョーカーもない。山本は七枚だ。

「〝ど〟うしたのよ、悩まずにカードを取りなさ〝い〟」

サラからの通しのサインが出た。山本はジョーカーを持っている。Qのサインは出ていないが、持っていないと判断してよさそうだ。サラは新庄ひまりの読解力を警戒して通しを控え目にしているのだろう。

ジョーカーならば引いても問題はない。英五は、山本の手から真ん中のカードを抜いた。

♣の4だった。手持ちの♠の4と揃えてテーブルに捨てる。

「幸先《さいさき》がいいわね、英五君」

魚住清美が早くも勝利を確信したのか、ご機嫌になっている。

「まだ勝負はこれからだ」英五は肩で息をしながら言い返した。

おかしい。体の芯が熱くなり、こめかみがドクドクと脈打つ。また毒が効いてきたのかもしれない。

「伸びしろが大きそうな奴隷を捕まえたわね。将来が楽しみだわ」魚住清美が羨ましそうな目でサラを見た。

奴隷の伸びしろって何だよ。

怒鳴ってやろうと思ったが、頭に血が上ると余計に体が熱くなる。首から胸にかけてぐっしょりと汗で濡れてきた。

「英五には日本一の奴隷になれるセンスがあるわ」サラが自慢げに言った。

「まさに神様から与えられたプレゼントね」

「アタシも英五ちゃんを調教したい。絶対、お爺ちゃんよりもよっぽど優秀な奴隷になるよ」

新庄ひまりまで英五を褒めはじめた。だが、全くもって嬉しくない。

「俺は誰の奴隷にもならない」

英五は朦朧とする意識を振り絞り、強い口調で宣言した。

「またまたあ」

新庄ひまりがケタケタと笑い、岩橋征士朗や山本までもがニヤける。

「何がおかしいんだ」

「若者よ……認めろ」岩橋征士朗が汗だくながらもふてぶてしさを取り戻す。「人間は毅然として……現実の運命に耐えていくべきだ。そこに……一切の真理が潜んでいる」

「はあ？　意味がわかんねえよ」

「ヴィンセント・ヴァン・ゴッホの言葉よ」サラが教師口調になって言った。

「どこからゴッホが出てくるんだよ」

「彼が生前はほとんど評価されなかったにも拘らず、八百点以上もの油絵を描き続けたのはなぜだと思う？」サラが質問を続けた。

そんなもの本人に訊かない限りわかるわけない。英五は長引かせたくないので適当に答えた。

「絵が好きだったからだろ」

「それだけじゃないわ。画家として生まれた運命に逆らうことができなかったのよ」

興味がないので美術の知識はないが、ゴッホが耳を切った男だとは知っている。

サラは、英五がこの女王ゲームに参加したのも運命だと言いたいのか。

英五は、サラだけでなく、ここにいる全員に宣言した。

「たとえ、どんな運命が降り掛かろうと自分の力で変えてみせる」

「じゃあ、今すぐここから立ち去りなさい」サラが間髪入れずに返す。「女王ゲームを最後まで戦えば結果はどうであれ英五は奴隷になるわ。私が死んだとしてもね」

「誰の奴隷になるんだよ」

サラが深い溜め息をつき、憐れむような目で英五を見た。

「まだわからないの」

「わからないから訊いてるんだろ」

「いい加減わからないふりはやめたらどうですか？　薄々は感じ取っているはずです」

山本が横から口を出す。

どいつも、こいつも……何が女王ゲームだ。勝手に命の取り合いをしてろよ、変態どもが。

英五は決心した。今夜の結果がどうであれ、大学に戻り、普通の人生を歩む。こんな狂った世界に一生は付き合ってられない。

「ゲームに戻れよ」

「かしこまりました」

山本が岩橋征士朗の手から一枚抜く。カードは揃わない。

続いて、岩橋征士朗が英五のカード、♥の10を取った。♠の10と揃い、岩橋征士朗の手持ちは八枚となる。

「英五、熱くならないの。深呼吸しなさい」

サラから新しいサインが出た。

サラが「深呼吸」という単語を使えば、通しのサインを変えるという約束になっている。

このタイミングでかよ……。

まさか、こんなに早く使うとは思ってもみなかった。

英五は毒の影響で鈍る頭を必死で回転させ、サラとの特訓を思い出した。保険として、通しのサインは二種類用意してある。英五の記憶力をもってすれば使いこなせないわけではないが、いかんせん体調が最悪だ。動悸が激しく、汗の量が尋常ではない。正面に座っている岩橋征士朗も頭からバケツの水を被ったようにふやけている。

「英五、悔しくないの？　ずっと、やられっぱなしだし」

サラがサインを続ける。「悔しく」の〝く〟がクイーンを表し、「ないの？」の〝の〟はノーの意味だが疑問形にすることでイエスとなる。つまり、岩橋征士朗が持っていたQが山本に流れているわけだ。

そして、「やられっぱなしだし」で、頭に〝やら〟とあ段の音が二つ続くのは右という意味だ。理由はシンプルで〝みぎ〟は二語だからである。文章の頭にあ段の音が三つ続けば左の意味である。「やられっぱなしだし」の〝し〟が、さ行の二番目なので、山本が持っているQは英五から見て右から二枚目だ。

英五とサラは二種類の通しサインを使い分けることによって敵に見抜かれないように特訓をした。

「なんか怪しい」新庄ひまりが目を細めて英五とサラを交互に見た。「微妙に空気が変わったもん」

クソッ。どれだけ勘が鋭いんだよ。

英五は思わず目が泳ぎそうになった。泣きべそをかいていたはずの新庄ひまりが早くも復活しようとしている。

「新しいイカサマを仕掛けたのかしら。それとも私たちを混乱させるのが狙い？」

魚住清美が不自然な笑みを浮かべる。まるで顔の右半分の筋肉が冷凍されているみたいだ。

ヤバい。二対一になってるぞ……。

本来なら、イカサマのカードを使っている英五が圧倒的に有利なはずなのに、二人の女王のプレッシャーに潰されそうになる。

落ち着け。英五は瀬戸内の静かな海を思い浮かべ、何とか平静を保とうとした。

『この世には想像もつかへん化け物が隠れとる』

祖父の声が耳の奥で響く。今、その化け物が二人も目の前にいるのだ。

英五は、手を伸ばして山本の手から左端のカードを抜いた。絶対にQは引かない。ギリギリまで我慢し、最後に岩橋征士朗か山本に引かせてやる。

◆の7と♥の7が揃い、英五の手持ちが六枚となった。

そこからはテンポよくゲームが続いた。三人ともわりあい順調にカードが揃い、英五と山本が残り三枚、岩橋征士朗が四枚となった。

Qは山本が持ったままで、ジョーカーはサラの通しでは岩橋征士朗まで回った。ここはジョーカーは気にせずにQだけを警戒すればいい。

「さあ、どのカードが欲しいですか」

山本が手持ちの三枚のカードを入念に切ったあと、英五の顔の前で挑発的に広げた。

三分の一の確率でQを引いてしまう。ここは慎重にならなければいけない。

「深呼吸して余計なことは考えないで」サラがまた通しのサインのチェンジを伝えた。

「見ることだけに集中すればいいわ」

前のサインに戻ったので「見る」の〝み〟と「いいわ」の〝わ〟がキーとなる。

山本が持つ右端のカードが、Qだ。

「三枚しか残ってないのなら、上か下か真ん中で選ぶのは駄目なの」

英五が手を伸ばしかけた途端、山本の背後にいる若き女王が言った。

「どういう意味だ」

「山本、もう一度トランプをしっかりまぜまぜして」新庄ひまりが命令した。

「かしこまりました」

「そのままカードを三枚重ねてテーブルに置いてみて」

山本が、言われるがままに従った。

テーブルの上にカードがピッタリと重ねられ、一番上のものしか見えない。

「なんだよこれ、ルール違反じゃないのか」

「だって、残り三枚なんだからこれでいいじゃん。絶対に、手で持たなきゃいけないっていうルールはないよね」

新庄ひまりが魚住清美と山本に確認した。

「確かに、そういうルールはありませんが……」

珍しく、山本が口ごもる。

「ほらね。英五ちゃん、早く選びなさいよ。上か真ん中か下の三択しかないんだからさ」

英五は、どうしていいかわからず、振り返ってサラに助けを求めようか迷った。

ダメだ。決して、動揺は見せるな。そんなことをすれば、サラがカードの背でQの場所がわかるとばれてしまう。

信じろ。サラなら、この局面も何とか乗り越えてくれるはずだ。

だが、この予想外の展開に対する通しのサインは用意していない。たとえ、一番上のカードがQだとしてもサラは英五に伝えることができないのである。

数秒ほど待ってはみたが、サラは何も言葉を発しない。つまり、一番上のカードはQではないということだろうか。それならば、そのカードを取れば問題はない。

「どうしたのよ。時間がもったいないじゃん」新庄ひまりが急かす。

サラが手を打つまで時間を稼げ……いや、違うだろ。ここは一人で乗り切るんだ。俺は奴隷なんかじゃない。

「これが認められるならば、俺は次のゲームからはカードを持たないぞ。それでもいいのか」

英五は、渾身の眼力で山本を睨みつけた。

十中八九、魚住清美と山本のイカサマカードには毒の仕掛けがある。ならば、英五がカードに触らずにゲームを続けると向こうは困るはずだ。

しかし、魚住清美と山本は顔色ひとつ変えようとしない。

……毒？

このとき、英五は自分の体に起きている更なる異変に気づいた。

吐き気が治まっている。手の痺れもない。大量の汗をかいたせいで、毒が抜けたのだろうか。

さっきと比べて驚くぐらい視界がクリアになり、気のせいか全身がシャキッとして力がみなぎってきた。

横目で岩橋征士朗の様子を確認すると、まだ、ゼイゼイ言いながら苦しそうにはしているものの汗はかいていない。

英五と同じだ。不自然なほど一気に汗が噴き出し、ピタリと汗が引いた。

何が起きている？　その正体はわからないが、英五の直感が働いた。

ここは、岩橋征士朗に合わせろ。

英五はさりげなく顔を歪め、わざと呼吸を荒くした。魚住清美と山本に、毒が体内に残っていると思わせるためだ。

岩橋征士朗も毒が抜けているのかは表情だけでは判断できない。ただ、職業柄、嘘は得意なはずだ。

「たしかに、テーブルにカードを並べるのは美しくないわね」魚住清美が英五の質問に答える。「女王ゲームを滞《とどこお》りなく進めるためにもプレイヤーは手でカードを持つべきだわ」

決定的だ。やはり、毒は山本のカードに仕掛けられている。

「女王のお二方は異存はないかしら」

「もちろん」サラが即答する。

「ひまりちゃんは？」

「何だか納得いかないけど……まあ、いいや。カードを手に持っていいよ」

「かしこまりました」

山本が、重ねていた三枚のカードを取って広げる。

よかった。これで、サラがQの位置を把握できる。

「深呼吸して。あなたの番だわ」

さっそく、サラが通しのサインを送る。文の頭の〝あなた〟と文末の〝わ〟。Qは、左端にある。

英五は右端の♥のJを抜き、手元の♣のJと合わせて捨てた。

残り二枚。♦の5と♠のA。英五は限りなく勝ちに近づいた。ただ、山本の手持ちも二枚になっている。

頼む。外してくれ。

ここで、山本が岩橋征士朗の四枚のカードから、当たりを引いたら一巻の終わりだ。

残り一枚はQとなり、必然的にそのQは英五に回ってくる。

岩橋征士朗の手にはジョーカーがある。確率でいえば四分の一だ。

山本がゆっくりと手を伸ばし、岩橋征士朗のカードを一枚抜き取った。

揃うな！

英五の念が通じた。山本が無表情で取ったカードを手に収める。紙一重だった。女王ゲームはイカサマを使おうがギリギリの勝負になる。

「グッド。これで勝ったわ」

サラが確信に満ちた声で言った。

数分後、決着がついた。

負けたプレイヤーは山本。新庄ひまりが二本目の点滴を打たれることになる。ジョーカーは岩橋征士朗が持ったまま終わった。

「ぐぬぬ……若造め……どこまで貧弱な運なのだ」岩橋征士朗が顔を歪めて山本を睨みつける。

「あーあ、負けちゃった」

新庄ひまりが、呑気な声で言った。まるで、テレビゲームでもやっているような態度である。

「ひまりちゃん、死ぬのが怖くないの」魚住清美が訊いた。

「怖いに決まってるじゃん」

「じゃあ、どうして怖がらないのかしら」

「アタシの勝手でしょ」

「負けたら血液をすべて抜かれて内臓も引きずり出されて剝製にされるのよ」魚住清美

がわざとらしくプレッシャーをかける。

「やめろ。ひまりちゃんは未成年だぞ」岩橋征士朗がぼやく。

「関係ないわ。こっちは十億円もの大金を支払うんだもの。それぐらいのリスクを背負うのは当然よ」

「ぐぬう……」

「じゃあ、十億円はいらない」新庄ひまりがあっけらかんと言った。

「それはマズいぞ。非常にマズい」岩橋征士朗が激しく呟き込む。「ひまりちゃん……余計な口は利くんじゃない」

「その代わり、オバサンも負けたら剝製になってよ」

「何ですって？」

「そのほうがフェアじゃない？　だって、オバサンの財産からすれば十億円なんてはした金じゃんか。それとも、あと一回しか負けられないアタシと真剣勝負をするのが怖い？」

「挑発が下手ね。窮地に追い込まれたからってヤケクソは駄目よ、ひまりちゃん。それだと私に何のメリットもないわよね」

「へえ、女王様の口からメリットなんて言葉が出るとは思わなかった。なんだかカッコ悪いなあ」

いつのまにか、新庄ひまりがプレッシャーをかける側に回っている。

「小娘、口を慎め」

山本が立ち上がり、新庄ひまりに詰め寄る。

「口が動くんだから何を言ってもアタシの自由だよね」

「そうだ。黙らせたければ……もう一度我々に勝て」

岩橋征士朗が、苦しそうにしながらも援護射撃する。

山本が歯を食いしばり、怒りに震え出した。珍しく冷静さを失いつつある。

よほど、魚住清美を愛しているんだな。

いや、二人の間に愛など存在するのだろうか。年齢差と雰囲気から察するに肉体関係があるとも思えない。かといって、母と息子のような関係ともまた違う。

愛がなければ他に何がある？

「ルールの変更は許されない。魚住様が剝製になるなど言語道断だ」

英五の目には、山本が怯えているように見えた。主人である魚住清美を失うことを何より恐れている。

「アタシが負けたら剝製になるし、十億円を払うよ。これならどう？」新庄ひまりが、しつこく挑発を続けた。

「残念ね。ひまりちゃんに支払う能力はないでしょ」魚住清美がクールに返す。

「アタシが払うんじゃないもん。お爺ちゃんが払うんだもん」

「おい、ふざけるな。そんな金が……どこにあるのだ」岩橋征士朗が、目玉が飛び出しそうな顔になる。

「天下の東京都知事なんだからそれぐらいの金額は集められるでしょ」

「集められないから、こうやって……女王ゲームに参加しているのだろうが」

「ダサい」新庄ひまりが、汚いものを見るような目で岩橋征士朗に一瞥をくれた。「もう、お爺ちゃんは奴隷をクビにするから」

「そ、それは……困る」

岩橋征士朗があたふたする。今にもひっくり返って泡でも吹きそうだ。

「アタシの言うことを聞いてくれなきゃ本気出さないよ。お金が必要なんでしょ」

「ぐぬ……わかった」岩橋征士朗が、苦虫を十匹まとめて嚙み潰したような顔になる。

「魚住さん……わしが十億円を払うと約束するから……ひまりちゃんとの勝負を受けてくれ」

都知事ともあろう者が、身も心も完全に中学生の少女に支配されている。

あの爺さんは中学生に何を求めているのか。たとえ、ロリコンだとしても爺さんの権力をもってすれば、もう少しマシな少女が手に入るだろうに。ある意味、魚住清美と山本よりも謎な関係である。

「お断りしますわ」

魚住清美は最後まで挑発に乗らなかった。山本が小さく息をもらして胸をなで下ろす。

「わーい。うれしー。やったよ、お爺ちゃん」

突然、新庄ひまりが玩具を買ってもらった子供みたいに喜びはじめる。

「お、おい、どうしたんだ？」

「今、流れが大きく傾いたの。オバサンが初めて弱気になったんだよ」

「へっ？」岩橋征士朗が間抜けな顔で訊き返した。

「ギャンブラーなのにそんなことも知らないの。基本じゃん。ギャンブルは弱気になったほうが絶対に負けるんだからね」

そんなことを知ってる中学生のほうがおかしい。

「あらっ？　いつ私が弱気になったの。どちらかというと今回の女王ゲームはあっけなく終わりそうだからがっかりしているのに」魚住清美が平然と言ってのけた。

「ごまかしたって無駄だよ、オバサン」新庄ひまりがウインクした。「アタシの提案にビビったくせにさ。死ぬのがそんなに怖いんだ」

「死ぬのは怖くないわ。私の恐怖は別にあるのよ」魚住清美の顔から笑みが消えた。

「山本、ひまりちゃんに二本目の点滴を打ってあげて」

「かしこまりました」

山本の指示により、スタッフの執事が新庄ひまりの腕に透明の液体を流し込む。

死に近づいているはずの新庄ひまりが微笑み、勝利を確信しているはずの魚住清美が真顔なのが不思議な光景だった。

「つけいる隙ができたかも」サラが、英五にしか聞こえない小声で囁く。

「本当にあれで流れが変わるのか」

そう簡単に信じることができない。事実、新庄ひまりの駆け引きは失敗に終わり、彼女の要求は通らなかった。

「よく見て。女王の顔つきが変わったわ」

「ひまりにムカついてるだけだろ」

ただでさえ、魚住清美の表情は不自然で感情がわかりにくい。

「流れは理屈じゃないのよ。女王もそれを感じているわ」

馬鹿にされているようで腹が立ってきた。

英五は感覚の勝負なら誰にも負けずにここまで生きてきた。祖父との海釣りで養われた第六感があるからこそ、人並み以下の努力で東京大学に現役合格したのである。たとえば、数学の問題は数式を眺めただけでだいたい答えがわかる。他の教科もそうだ。感覚を研ぎ澄ませば、テストを作った人間の気持ちが透けて見えるのだ。

新庄ひまりは、英五とは次元が違う世界に到達しているとでも言いたいのか。だからこそ、度胸と図太さで政界を渡り歩いてきた岩橋征士朗をも支配できるのか。

英五の胸に澱《おり》のように溜まる気持ちが劣等感なのかどうかもわからない。

つくづく、女王ゲームには驚かされる。

今晩だけで、英五が経験してきた人生が根底から覆された。もし、サラと出会わなければ、何も知らないまま一生を終えていただろう。

知らないほうが、幸せだったのかもしれない。

本当なら東大を卒業してエリート街道を歩み、普通に結婚して子供を作り、円満な家庭を築いていたはずだ。その隣にいるのは、今付き合っている今日子の可能性も高いだろう。

だけど、淡路島にいた英五はそんな幸せを約束された未来にどこか不安を抱いていた。誰もが羨む勝利と自由を手に出来るはずなのに、ずっと終身刑を宣告された囚人のような気分だった。

きっと、生きている実感が欲しかったのだと思う。

幼いころ、一度、海で溺れて死にかけたことがある。すぐさま祖父に助けられてことなきを得たが、強烈な何かが英五の心を支配したのを覚えている。

その正体は、未だにわからない。無意識に探し続けていた。そして、その答えが女王ゲームを終えたときに見つかるような気がする。

やっぱり、女王ゲームが終わったら、人並みの人生に戻ろう。

二本目の点滴が終わり、新庄ひまりの首から下の自由が奪われた。

「ウケる。本当に動かないし」

まるで遊園地のアトラクションを楽しんでいるような新庄ひまりの姿に、英五は唖然とするしかなかった。

18

その昔、魚住清美は可憐な少女だった。

横浜の山手にある洋風の屋敷に母親と二人で暮らしていた。庭に薔薇の花が植えてある素敵な我が家だった。

母親は、一番の親友でもあった。

清美が中学校に通い出してから、母親は自分のことを聖子《せいこ》と名前で呼ぶように娘に命じた。

「まだ、いい女でいたいからね」

清美にとって、聖子の美しさは誇らしかった。聖子は、十代で清美を産んだ。

清美がこの世に誕生する前、聖子は、ある資産家のメイドを務めていた。

「旦那様に恋はしていなかったわ。ある晩、力ずくで襲われたの。抵抗したけど、所詮は女の力じゃ勝てないのよね」

聖子は酒に酔うたびに、幼い清美に父親の話をした。

「ほぼ毎晩、私の寝室に旦那様は忍び込んできたわ。吐き気がするほど嫌だったけれど、あの頃の私は貧しかったから、せっかく手に入れた仕事を失うのが怖かったの」

聖子はベッドの上で清美を後ろから抱きしめて話を続けた。

清美は聖子の酒臭い息と、会ったこともない父親の話が嫌いだったが、頭を撫でられるのは好きだった。それと聖子のぬくもりも。

「お仕事は旦那様に仕えるメイドだったけれど、寝室では違ったのよ。清美、女はその気になれば男をどうにでも支配できるの。覚えておきなさい」

聖子が屋敷を手に入れたのは、旦那様の遺言に「メイドの魚住聖子に譲渡する」と書かれていたからだ。親族たちはスキャンダルを怖れて、遺言に素直に従った。

旦那様は聖子の寝室で死んだ。いわゆる腹上死だ。そのとき聖子は、妊娠三ヶ月だった。

「他人を支配する方法を教えるから今のうちから練習しておきなさい。その相手を信頼することよ」

「支配するのに?」

まだ少女の清美には話の半分も理解できなかった。

「絶対的な信頼関係を築くの。何があっても裏切っては駄目なの。裏切りがないからこそ、相手はあなたに身を委ねるのよ」

「どうすれば築けるのかわからない」

「まずは支配したい相手に清美のすべてを差し出すことから始めなさい。そして、自分を信じてくれた相手のことは絶対に疑わないよう心に誓いなさい」

「会ったばかりの人でも?」

「そうよ。運命に素直であれば、きっとそういう相手に巡り合えるわ」

「頑張る。私も聖子みたいにいい女になりたいもの」

「ただし、気をつけなければいけないのは、支配しようとする相手を少しでも疑えば痛いしっぺ返しが待ってるってこと。奴隷の復讐ほど恐ろしいものはないんだから」

数年後、清美は、聖子が自分を愛していたのではなく、支配していたのだと気づく。

十六歳の春。清美は聖子に頭からガソリンをかけてマッチで火をつけた。

聖子は火だるまになりながら絶叫し、清美に抱きついた。そのときの後遺症が、清美の右半身に残っている。

当時の警察は、聖子が娘との無理心中をはかった焼身自殺だと判断を下した。まさか、病院で泣きじゃくる少女が母親を殺したとは誰も思わなかったのである。

この真相は誰も知らない。山本を除いては。

山本には、出会った日に「母親を殺したの。私をしっかりと支配してくれなかったから」と告白した。

清美は、聖子の教えどおりに過去も罪もすべてを差し出した。山本を一秒でも疑ったことはない。

だから、山本からの復讐はないと心から信じている。

女王ゲームの七回戦が終わった。

勝者は新庄ひまり。敗者は清美だった。

前回のゲームでジョーカーを持っていた魚住清美は、奴隷チェンジの権利を使い、山本を取り戻した。すると新庄ひまりの元に戻った岩橋征士朗が神懸かった引きを連発したのである。

「やっぱり、アタシの言ったとおりになったでしょ?」

新庄ひまりが、得意げに眉を上げた。

「まだ流れはどっちに傾いているかわからないわよ。一度、勝ったぐらいで調子に乗らないでね、ひまりちゃん」

一本目の点滴が、清美の腕に打たれる。血管を流れる冷たさは嫌いではない。

ただ、胸の奥がざわついて仕方がない。こんな感覚は、この二十年間の女王ゲームで初めて味わうものだ。

しかも、新庄ひまりの奴隷の岩橋征士朗は毒に侵されてくたばる寸前なのだ。ついさっきまでは汗だくになりながら悶え、今は何度も咳き込んでは虚ろな目で天井を仰いでいる。

村山英五も大汗をかいたあとは一時的に回復したように見えたが、すぐまた呼吸が荒くなり、ぐったりとテーブルに両肘をついてゲームを続けた。

間違いなく毒は効いているはずなのに……。

過去の女王ゲームに参加した奴隷たちと比べても二人とも大げさなほど苦しんでいる。

まさか、演技なの？

清美は、もう一度、じっくりと二人の奴隷を観察した。解毒剤を飲んだ可能性はあるのかしら。

抜け目のない新庄ひまりやサラならば、毒を盛られることを想定していてもおかしくはない。実際、新庄ひまりはこちらが出す飲み物を警戒して奴隷に水道水を飲ませた。

山本は、このことに気づいているのだろうか。もし、気づいていないのならそれが油断となり敗北にもつながりかねない。

今夜、私は負けるのか。負ける運命なのか。そもそも、新庄ひまりは本当にイカサマを使っていないのか。

一切のイカサマを使わずに女王ゲームを勝ち抜けるわけがない。もし、そんな人間が存在するのなら、その女が真の女王にふさわしい。

「魚住様、大丈夫ですか」山本が心配そうに訊いた。

「問題ないわ。お子様の相手に疲れただけ」

強がってはみたものの、山本には全部伝わっている。この素晴らしき奴隷とは一心同体なのだ。

「もっと悔しい顔してくんなきゃつまんないなあ」新庄ひまりが頬を膨らませて拗ねて

みせた。

「次も負けたらしてあげるわ」

顔の右半分の筋肉が麻痺して動かないから、表情に出ないだけなのかもしれない。もしくは、悔しいという感情をこの二十年間で忘れてしまったのかしら。

それにしても、新庄ひまりは誰に育てられて、こんな化け物になったのか。山本が用意した資料では、ごく普通の家庭で育ったとある。

そんなわけがない。その資料は、岩橋征士朗が裏に手を回して捏造《ねつぞう》したものだろう。

突然変異……。

無敵を誇っていた恐竜が滅びたように思いもよらない新種が迫ってきているのか。サラや村山英五もその類《たぐい》なのか。

清美は長い間負けることなど考えてこなかった。もし、今夜、敗北すれば、どんな感情に襲われるのか想像もできない。

泣きはしない。でも、新しいぬいぐるみを手に入れられないのは死ぬほど辛い。だから、必ず勝つ。

「お子様に負けたからイライラしているのね」サラまでもが挑発に加わる。

楽しくなってきたわね。

この二人の娘は、ひときわ美しいぬいぐるみになるに違いない。早く、全身の血を抜き内臓を引きずり出し、自分のものにしたい。ぬいぐるみになった二人を見ながら飲むワインは、きっと格別の味がするはずだ。

そのためには、一刻も早く新庄ひまりのイカサマを見抜かなければならない。

さっきのゲームは、岩橋征士朗の圧勝だった。新庄ひまりは「流れがきた」などと、もっともらしいことを言ってごまかしていたが、騙されてなるものか。

まぐれではなく、必ず秘密がある。

「では、次のゲームにいきましょう」

山本が、自分のカードを配り始めた。平静を装ってはいても、清美には山本の怒りが手に取るようにわかった。

「その前に頼む……もう一杯……水道水をくれ」岩橋征士朗がゾンビのような顔で訴えた。

「俺も欲しいな」村山英五までが要求する。

さっきは不味《まず》そうに飲んでいたくせに……。

過去の奴隷たちは、そこまで喉の渇きを訴えなかった。なぜ、この二人の奴隷はこれほどまでに水分を補給したがるのか。

「英五君だけでもミネラルウォーターにしたら？　私が一緒に飲むなら問題はないでしょ」

清美はカマをかけて様子を見た。

「水道水でいい。毒を盛られるのはもうごめんだからな」

英五の目がわずかに泳いだのを見逃さない。利き腕も急に触り出した。

「水道水じゃなきゃいけない理由があるの？」

「そんなわけねえだろ。俺だって冷たく冷えたミネラルウォーター飲みたいよ」

嘘をついているわね。

清美のアンテナが反応した。この能力があったからこそ、一代で莫大な財産を築けたのである。

「グラス三つ用意してちょうだい。私も水道水を飲みたいわ」清美は山本に命じた。

「し、しかし……」

「いいから持ってくるのよ」

「かしこまりました」

瞬時に、岩橋征士朗と新庄ひまりの反応を窺う。

新庄ひまりは相変わらず飄々《ひょうひょう》としているが、岩橋征士朗は猫背から反射的に胸を張った。

嘘をついているときほど堂々と振る舞う。政治家にありがちな反応である。

人間は絶対に嘘を隠すことができない。それは必ずストレスとして表情や仕草に表れる。稀《まれ》に嘘をついても全く表に出ない人間がいるが、それは嘘をついている自覚がない妄想癖のある者か、己の感情を完璧にコントロールできる者だ。

言うまでもなく、新庄ひまりとサラは後者である。

すぐに、スタッフの執事が三つのグラスを運んできた。

まず、清美が受け取り、グラスに口をつける。水道水など飲むのは何年ぶりだろうか。

これは……。

どれだけ久しぶりでも、水道水の味ぐらいはわかる。

「驚いたわ」清美は、新庄ひまりを見た。「水道水に解毒剤を混ぜたのね」

「バレちゃった？」

新庄ひまりが、ペロリと舌を出して素直に認めた。

「この味からして漢方じゃないかしら。発汗を促して毒を体内から出したのね」

「すごい！　そこまでわかるんだ！」

どうりで、岩橋征士朗と村山英五が尋常ではないほどの汗をかいていたわけだ。

「都知事、もう演技は結構ですわよ」

「さすがは魚住清美だな」

岩橋征士朗が、脱水症状を起こした犬のような顔から、普段の威厳のある顔に戻る。

「素晴らしい発想だわ。当然、ひまりちゃんのアイディアね」

「ダイナミックな嘘ほど気づかれないからね。まあ、お爺ちゃんの権力があるからこそだけど。外で水道管の工事をしているのに気づいた？　あの人たちはお爺ちゃんの部下なの」

ふと村山英五を見ると、口を開いて惚《ほう》けていた。新庄ひまりのスケールの大きさに度肝を抜かれたのだろう。

「まさか、カード以外にイカサマを仕掛けてくるとはね」

「ルール違反じゃないでしょ」新庄ひまりがウインクをする。

「どうします？　水道水を飲ませますか」

スタッフの執事がおずおずと訊いた。

「愚問よ」清美は鋭い目で睨みつけた。「飲んでいただきなさい」

ここで、水道水を飲ませないのは清美のプライドが許さない。こっちのイカサマは毒だけではないのだ。

山本に言われ、スタッフの執事は渋々と岩橋征士朗と村山英五にグラスを渡した。

「英五は、いつ気付いていたの」サラが自分の奴隷に質問した。

「体調がみるみる回復したからすぐにわかったよ」

「下手な演技をしてたのは、それが理由だったのね」

「下手で悪かったな」

あっちの二人もいいコンビネーションね。サラは奴隷に絶大なる信頼を置いている。あとは村山英五次第で、このコンビは大化けするだろう。

覚醒する前に叩き潰さねば。

「盛り上がってきたわね、これこそ女王ゲームよ」

清美は満面の笑みを浮かべた。右の顔の筋肉は突っ張って動かないが、今夜の勝利で心の奥底に沈んでいた重石がようやく消える気がする。

新庄ひまりとサラのぬいぐるみを早く抱きしめたい。


「ソノリン……死んでるの」

初芝今日子は、目の前の簡易ベッドに横たわる園川律子をぼう然と眺めていた。

今日子とブライアン、そして雨宮と顎長はビルの三階にある店舗跡に来ている。どうやら以前は整体院だったらしく、簡易ベッドが三つ残っていた。ベッドの数が三つなのは、魚住清美以外の三人の女王を寝かせるためだろう。

「死んではいない。まだ眠っているだけだ」雨宮が、今日子の問いに面倒臭そうに答える。

「この人は……」

今日子は、園川律子に寄り添い、幽霊みたいに青ざめた顔で途方に暮れている小肥りの男を指した。目が真っ赤に腫れあがり、ウルウルと涙を浮かべていて今にも泣き崩れそうである。

「ソノリンの奴隷だよ」顎長が嘲笑い、小肥りの男の腹を突いた。「女王様がマネキンになるのはどんな気分だ、おい」

「やめろ」ブライアンが止めた。

「あん？　何、かっこつけてんだお前」顎長が、荒々しくブライアンの胸ぐらに摑み掛かる。

「最期の別れをしているんだ。そっとしておいてやれ」

「俺に命令できる立場じゃねえだろ」

「敗者をいたわる気持ちを持てと言ってるんだ」

ブライアンは、きっと母親のことを思い出しているのだろう。赤の他人の今日子まで胸が痛くなってきた。

「敗者から奪い取るのが俺達の仕事だよ」

「この人を馬鹿にするのは僕が許さない」

台詞までイケメンだ。それに比べて、顎長は絵に描いたようなチンピラである。

「あ、ありがとうございます……」

小肥りの男が、両眼から滝のような涙を溢れさせた。

「男が泣いてんじゃねえぞ」

顎長がブライアンから手を離し、床に唾を吐く。うしろからその背中を蹴り飛ばしてやりたい。

「負けたら、ほ、ほんまに殺されるの」

声が震える。英五が心配でしかたがない。

「それがルールだ。勝てば十億円だからな」

ありえへんやろ。

こんな漫画みたいな世界が現実に存在しているなんて信じろというほうが無理である。だけど、信じるしかない。世界で一番愛している恋人が、その狂ったゲームに巻き込まれているのだ。

「今まで十億円をもらった人は本当におらんの?」

「噂ではそうらしい。俺も今回が二回目の参加だからな」雨宮が言った。

「ちなみに俺は一回目だぜ」顎長が訊いてもいないのに答える。

じゃあ、もらえる保証はないやんか……。

しかも、ビル内の要所要所をヤクザが見張っているのだ。この店舗にも今日子たちが来るまでは、屈強な三人組の執事がいた。彼らは雨宮たちと入れ替わりで二階のジャズバーに移動してモニターを監視している。

もし、サラちゃんが勝ったら英五の取り分はいくらになるんやろ。

不謹慎な考えが頭を過《よぎ》る。ヤクザたちに六億円を払うとしても、残りの四億円からの配分が気になるところである。まさか、ゼロではあるまい。

最低でも一億円。

悪くない。結婚資金としては充分だ。新婚旅行もどこにだって行ける。

ベタやけど、ローマでベスパに乗って、石の彫刻の《真実の口》に手を突っ込んで、スペイン広場でジェラートを食べたい。ネットで調べたら、現在のスペイン広場ではジェラート禁止らしいが構うものか。

……お金が欲しい。

神様、この願望は不純ですか。いや、神様に訊いても仕方が無い。

松下幸之助師匠、大金を望むことは不幸の始まりですか。

欧米などで莫大な額の宝くじが当たった人たちは、かなりの高確率で不幸になると聞いたことがある。

一億円――もしくは、サラちゃんが半分に山分けしてくれたら二億円――そんなお金を手にしたら英五の性格は変わるかも知れない。

一番の恐怖は、英五に捨てられることだ。英五のルックスと知能に大金が加われば、鬼に金棒どころか史上最強の鬼イケメンになってしまう。

そこに、ウチの居場所はあるんやろか。

当然、英五には勝って欲しいが、複雑な気持ちになってきた。

「ソノリン……ソノリン……」

小肥りの男が、園川律子の手を握りながらオイオイと泣き続けている。

「天下のアイドルも落ちぶれたら終わりだな」顎長がニヤけながら呟く。

テレビで何度も観たことのある芸能人が、目の前で眠っているのは変な感覚だった。

もちろん、ソノリンが不祥事を起こして芸能界を干されたのは知っている。復活するために、女王ゲームに参加したのか。

栄光はいつまでも続かない。若い今日子には想像しにくいが、いずれ英五のようなパーフェクトな人間にも回避できない不幸が訪れるのだろうか。

「やめてください」小肥りの男が顔を上げて顎長を睨みつけた。「僕に罵詈雑言をいくら浴びせても構わないけど、ソノリンの悪口は慎んで下さい。それに、ソノリンはアイドルではなく超一流の女優です」

「超一流ねえ」顎長がさらに馬鹿にするように笑った。

「日本アカデミー賞を獲ったんですよ」

「はいはい、わかった、わかった」

顎長が手をひらひらさせてあしらった。こいつの口にコンクリートを流し込んで黙らせてやりたい。

「では、作戦の続きを話し合おうか」雨宮が手を叩く。

「作戦?」小肥りの男が眉をひそめた。

「その前に眠ってもらえ」

「うぃっす」

顎長が素早く小肥りの男の背後に回り込み、銃のグリップで首の付け根を殴りつけた。

鈍い音がして小肥りの男が床にぶっ倒れる。白目を剝《む》き、舌がだらりと口からはみ出していた。

「相変わらず失神させるのが上手いな」

「これで何人も拉致ってますから」顎長が、雨宮に褒められて照れる。

「な、何してんのよ」

「見りゃわかるだろ。作戦を聞かれたら困るから眠ってもらったんだ」

「だからって、いきなり殴らんでもええやんか」

今日子は、またパニックに陥った。心臓がバクバクして痛いほどだ。

今夜はどれだけ暴力を目撃せなあかんのよ。

一刻も早く英五との平穏な日々に戻りたい。玉葱畑で誰にも邪魔されずにキスしたい。

「今日子、落ち着いて。今は作戦に集中しよう」

ブライアンが後ろから両肩に手を優しく置いてきた。それでも今日子は引き下がれなかった。

「もう暴力は使わへんと約束してや」

「眠たいこと言ってんじゃねえぞ。暴力を使わないヤクザなんて、苺《いちご》の入っていない苺大福みたいなもんだぞ」顎長が唾を撒き散らして吠える。

「それはただの大福やんか。全然、おもんないねん」

「別に笑わせるつもりで言ったんじゃねえし」

「もっとユーモアのセンスを勉強しろや」

「殴られてえのか。俺は女でも手加減しないぞ」

「何よ、卑怯もの」

もっと罵《ののし》りたかったがやめた。銃のグリップで殴られて気絶して、英五に会えないのは嫌だ。

「お前がこちらの作戦通りに動けば暴力を使わないで済む」雨宮が据わった目で今日子に言った。

「プ、プレッシャーかけんとってや」

「彼氏を無事に返して欲しければ上手くやることだな。もし、失敗すれば彼氏がどうなるかは保証できない」

「英五に手を出したらウチが許さへんで」

今日子は怖かったが勇気を振り絞って雨宮に詰め寄った。

「おー、怖い怖い」顎長が、横からからかう。

「じゃあ、さっそく服を脱いでくれないか」雨宮は、睨みつける今日子をあしらうようにさらりと言った。

「はあ？　何でそんなことせなあかんのよ」

「ソノリンのドレスと交換するからだ」

「……意味不明やねんけど」

「お前がソノリンとなってビルをうろつけば警備の連中はパニックになると思わないか。その隙にサラにインシュリンを注射できるだろ」

「無理やって。ウチとソノリンは、顔も髪型もスタイルも全然似てへんやんか」

全盛期は過ぎたとはいえ、全国的なスターである。簡易ベッドに横たわる姿は、悪い魔女に魔法をかけられた眠り姫のように美しい。

「別にそこまで似てなくても構わない。照明が暗いところを歩き、防犯カメラに映ればいい」

「この部屋に防犯カメラはないの？」

生着替えショーをやるつもりはない。そんな姿を見せていいのは英五だけである。

「ここに来る前にジャズバーのモニターに細工してきたから大丈夫だ。お前とソノリンが入れ替わる様子は隠さないとな」

「急げよ。ぐだぐだしてる暇はねえぞ」顎長が急かす。

今日子は困り果ててブライアンを見た。ブライアンが唇を噛み締め、コクリと頷く。

ちょっと……頷かんとってや。

もう溜め息すら出ない。好きな男のために、ここまでしなければいけないのか。

障害のある恋は燃えるというが、あまりにも難易度が高過ぎるだろう。

「全員、壁を向いてや」

今日子は、覚悟を決めた。今夜、何度目かわからない。

「処女じゃねえんだからケチケチすんなよ」顎長が下衆《げす》な笑みを浮かべる。

だが、雨宮は何も言わず、壁を向いて目を閉じた。意外と紳士的な一面を持ち合わせているようだ。

「つまんねえ女だぜ」顎長も諦めて壁を向く。

「ブライアン、脱がすのを手伝って」

こんな恥ずかしい台詞を口にするなんて、英五に聞かれたら自爆してしまう。

「何だよ、それ。やっぱりお前らできてるんじゃねえか」顎長がクレームをつける。

「違うわ。一人でソノリンのドレスを脱がすのができないからやん」

「なら、俺たちが手伝ったほうが早いぞ」

「いいから動かんとって」今日子は強い口調で言った。

この野蛮な男たちにソノリンの体を触らせたくない。別に今日子はソノリンのファンでも何でもないが、剥製にされるソノリンを思うと胸が締め付けられるようだった。

ブライアンの手を借り、何とかドレスを着ることができた。ブライアンは、今日子の下着姿をなるべく見ないように顔を背けてくれていた。

緊張とは別のドキドキで心臓が破裂するかと思った。

「着替え終わったよ」

今日子が脱いだ服は、ソノリンの体を隠すようにかけた。

「ほう。なかなか似合っているじゃないか」

雨宮が真顔で感心する。ドレスのサイズは少しきついが動けないほどでもない。

「馬子にも衣装ってやつだな」

からかう顎長に、「アホのくせにようそんな難しい言葉知ってたな」と言い返してやりたいのをぐっと堪えた。

「次はお前が服を脱げ」雨宮が顎長に命令する。

「マジッすか」

「この外人に執事になってもらうんだよ」

「バレバレじゃないですか。うちの組にこんな彫りの深い顔の奴はいないっしょ」

「じゃあ、お前がサラに注射を打つか」

「それは……厳しいっす」

「あくまでも俺たちは今回の件に関与していないと思わせないといけない。裏切りが発覚すれば今夜中にぶっ殺されるぞ」

今日子がソノリンのふりをして騒ぎを起こし、ブライアンがその混乱に乗じて地下のレストランに降り、サラにインシュリンを打つ。

頭の中でどれだけ都合よくシミュレーションしても、とてもうまくいくとは思えない。しかし、他に方法はないのだ。

「わかりましたよ……」

雨宮が、顎長から受け取った銃を今日子の顔に向けた。

「俺を恨むなよ。恨むなら自分の運の悪さを恨め」

19

村山英五は地下室のレストランで全身の痺れと吐き気を懸命に堪えていた。

胃液がせり上がり、口の中が酸っぱくなる。

それでも、最初に毒に侵されたときよりはマシだ。解毒剤入りの水道水を飲んでいるおかげで、何とか戦えている。

英五と岩橋征士朗は濡れ鼠のように汗だくだった。額から流れ落ちる汗がテーブルにいくつもの染みを作っている。

どんな薬だよ……。

魚住清美は漢方だと言っていたが本当だろうか。ひと口飲んだだけでわかるのも凄いが、解毒剤を水道水に混ぜようと考えた新庄ひまりには心底驚かされた。

毒を盛られるのを警戒するまではできても、ほとんどの人間はダイナミックな対策法まで思いつかないだろう。英五に至っては、毒なんて想像もしていなかった。

何のために東大をやめたんだ。

自分の甘さが腹だたしい。こんな甘ちゃんで、裏の世界で生き抜くつもりでいた自分がなさけない。

戻るぞ。明日からは一般市民に戻ってやる。

英五は呪文を唱えるかの如く、自分に言い聞かせた。とりあえずは、目の前の勝負に集中するしかない。

女王ゲームは、山本が親の八回戦で佳境を迎えていた。全員が残り二枚ずつのデッドヒートである。

英五の手持ちのカードは♣の2と♥の8だ。Qとジョーカーの在処《ありか》はわからない。

次は英五が岩橋征士朗のカードを取る順番だった。

「どうした、若造。早くせんか」

岩橋征士朗が苛つきながら、二枚のカードを英五に突きつけた。

「黙ってて。ここが正念場なのよ」

英五の代わりにサラが言い返す。

「何度も言わせるな。お前たち愚民とわしの時間は同じ価値ではないのだぞ」

「お爺ちゃん、その台詞は聞き飽きたってば。次に言ったら絶交だからね」新庄ひまりが、目を吊り上げる。

「ひまりちゃんが死んじゃったら絶交も何もないだろうが」岩橋征士朗が太い眉毛を八の字に下げた。

「アタシが負けるわけないじゃん」

この少女が言うと強がりには聞こえない。いとも簡単に奇跡を起こしそうな気がする。

「そろそろ決断していただけますか」山本が冷たい眼差しを英五に向ける。

「山本、Qの場所を教えてあげなさい」

唐突に魚住清美が命令を出した。

「かしこまりました」

「お、おい、やめろ。ルール違反だろ」岩橋征士朗が顔を真っ赤にして抵抗する。

「あらっ、何も違反してませんわよ。山本が当てずっぽうで教えるわけですから」

「教える必要はないだろうが」

「これも駆け引きのひとつですわ。英五君も、手にはQがないのだから都知事か山本が持っていると思っていますわよ」

待てよ。なぜ、俺がQを持っていないとわかるんだ？

英五は唾を飲み込み、ポーカーフェイスを作った。自然と呼吸が浅くなる。

魚住清美のイカサマは毒だけではないのか。もし、サラのようにカードの数字が見えているとしたら……。

負けた栗原はカードの数字が見えていることがバレバレだった。もしかすると、魚住清美は見えているイカサマを隠すために、毒でカモフラージュしていたのかもしれない。

「ハッタリよ。考え過ぎないで」サラが英五を落ち着かせる。

「山本の勘は鋭いのよ。都知事の持っているQは右か左かどっち？」魚住清美が強引に選択を迫る。

「やめろと言っているだろうが。それ以上続けるならわしは降りるぞ」

「左がQです」山本が無視して断言した。

「ぐぬう……」岩橋征士朗が鼻の穴を広げて黙り込む。

当たったのか？　二分の一の確率だから、偶然、当たってもおかしくはないが、それだけでは英五がQを持っていないとわかった説明がつかない。

「惑わされないで、英五。自分の直感を信じるのよ」

そうしたいが、山本の声のトーンや岩橋征士朗の表情などの余計な情報が邪魔をする。もし、山本の言うとおり左がQだったら、このカードには毒以外のイカサマが仕掛けられていると判断してもいいだろう。

「そうだよ。左がQだよ」新庄ひまりがあっけらかんと言った。

「おい、ひまりちゃん！　やめんか！」

岩橋征士朗のリアクションは大げさで演技にも見えるが、テレビで観る限り元から言動が無駄に芝居がかった胡散臭《うさんくさ》い男だった。

ちくしょう。こうなりゃ、ヤケクソだ。

「サラはどっちだと思う？」

「私は右だと思う」

「じゃあ、左を取るぞ」

「それが英五の直感ならね」

その直感が働かないから困ってるんだろ。ここはサラの勘に頼るしかない。

英五は手を伸ばし、左のカードを摑んだ。

「英五ちゃん、後悔しても知らないよ」新庄ひまりが急に真顔になる。

「俺はサラを信じる」

英五は、勢いよく左のカードを引き抜いた。♥のQだった。

嘘だろ……。

ショックのあまり、英五の目に映る世界が灰色に変わった。

「あーあ、だから言ったじゃん。アタシの意見を聞いてればQを引かずに済んだのにさ」新庄ひまりが頰を膨らませる。

サラの勘が外れた。サラが負ける……。

「山本の勝ちね」魚住清美が満足気に頷く。

英五は、足元にポッカリと大きな穴が空いた錯覚に陥った。その深い穴に落ちてしまえば、二度と這い上がれないだろう。

しかも、山本はカードの数字を透視できるのである。

「そう言えば、テーブルにカードを置いてゲームを続けちゃいけないんだったわね」

英五は、六回戦でひまりの「カードを重ねてよ」の要求を認めなかった。

それが墓穴を掘ることになるなんて……。

「気にしないで」

サラが英五を慰めたが、その声に精気は感じられなかった。

「目を覚まして暴れられたらマズい。デブを縛り上げろ」

「う、ういっす」

顎長は、ジャズバーから持ってきたガムテープと荷造り紐で栗原の両手両足をグルグル巻きにしはじめた。雨宮とブライアンも手伝う。

冷静に見ると妙な光景である。

「ここからは俺一人でやるから、お前たちは着替えろ」

ブライアンと顎長が、テキパキと服を脱ぎ、互いの服を交換しはじめた。ブライアンのほうが体が大きく、明らかに服のサイズが違うが強引に着ている。

大丈夫。愛は奇跡を起こす。大丈夫ったら大丈夫。

今日子は爪を噛みながらウロウロとベッドの間を動き回り、何度も自分に言い聞かせた。

きっと、英五はもっとしんどい目に遭っているはずだ。淡路島に置いてきたと思っている可愛い恋人のことを思っているはずだ。

三分もかからないうちに二人が着替え終えた。ブライアンの執事の服の袖と裾が滑稽なほど短い。昔、NHKで観た『Mr.ビーン』みたいである。

「インシュリンの注射を忘れるなよ」雨宮が、ブライアンにシャーペンを渡した。

「ウチはどこ歩けばええの？」

「慌てるな。俺が案内する。明るい場所で防犯カメラに映るんじゃねえぞ」

今日子は力強く頷いた。体が震え、歯がカチカチと鳴る。こんな緊張は、英五との初キッス以来だ。

まだ死にたくない。でも、ウチが頑張らないと英五が負ける。

それだけは絶対に嫌だ。今日子が側にいる限り、英五はどんな強敵にも勝ち続ける永遠のヒーローでいて欲しい。

ウチが愛した男やねんから、ウチが守らなあかんねん。

今日子は、恐怖を無理やり意識の奥底へと葬り去った。

「行くぞ」

雨宮について行こうとしたとき、ブライアンに手首を摑まれた。

「グッド・ラック」

力強くハグされ、今日子の目から少し涙が零《こぼ》れた。

女王ゲームの八回戦が終わった。英五の手にQとジョーカーが残っている。

また負けた……。

同じ相手に二度負けたのは人生初の経験だ。ショックを通り越して悔しさすら湧き上がってこない。

あと一敗で、サラは死ぬ。俺のせいで。

英五は、二本目の点滴を打たれるサラを直視できずにいた。

「ありゃりゃ。英五ちゃんが壊れちゃったね」

新庄ひまりの声もどこか遠く、英五には関係のない話のように聞こえる。

「若造にしてはよく頑張ったほうだ」岩橋征士朗が鼻を鳴らす。「ひまりちゃんが参加していなければ、いいところまで行ったろうに」

「それでも私には勝てないわ。奴隷としてあまりに無能過ぎる」

魚住清美の言葉が氷の矢となり、英五の胸に突き刺さる。

……無能。

英五は、自分以外の人間をそう思っていた。恋人の今日子でさえも。

他人ができないことを英五は何の苦労もせずにクリアすることができた。他人の努力は、英五から見ればままごとにしか見えなかった。

自分が神様から特別な才能をプレゼントされた人間だとわかっていた。選ばれた人間だと思っていた。

だけど女王ゲームでは、英五は誰よりも役立たずだった。先に負けていった栗原のほうが、よほどマシだ。ソノリンを心から信頼し、全身全霊で戦っていた。

ここに何しに来たんだ？　勝つためだろ？

英五はポロポロと泣いた。幼少のとき以来の人前で見せる涙だ。

「奴隷が泣くんじゃねえ!」新庄ひまりが叫ぶ。「ここには、女王と奴隷しかいちゃいけないんだよ!」

「戦意喪失みたいね。どうする? 英五君がこの状態だったら、サラちゃんは必ず負けるわよ」

「構わないわ。勝負を続けましょう」

首から下が動かなくなったサラが、臆することなく堂々と言った。

ごめんよ……サラ……。

英五はまるで空気の抜けた風船のように自分が縮まり、最後はこの世から消えてなくなりたいとさえ思った。

「次は英五ちゃんが親なんだから早くしてよね」

新庄ひまりが怒っている。奴隷になりきれなかった英五を責めているのだ。

英五は機械的にカードを配った。サラの通しのサインも耳には入ってこなかった。

いつのまにか、ゲームは終わっていた。

「グッド」サラが優しい声で言った。

「グッドじゃねえだろ……」

英五の完敗だった。魚住清美と新庄ひまりは容赦なく英五に牙を剝き、山本と岩橋征士朗は奴隷として誠実に働いた。

三本目の点滴がサラに打たれる。

「これでお別れね。短い間だったけれど楽しかったわ」

「サラ……」

「謝らないで。女王ゲームが始まる前にあげたライターを大切にしてね。タバコを吸うたびに私のことを思い出して」

「サラ……」

もう、涙は出なかった。人生で初めて味わう絶望に浸るのが精一杯だった。

麻酔が効いてきたサラの言葉が途切れ途切れになる。

「最後に……お願いを……聞いて」

「何でもするよ」

「キス……して」

「わかった」

英五は唇をサラに重ねようとした。

「そこじゃ……ない」

「えっ？」

「私の……靴に……キスしなさい」

「靴？」

英五はサラの要求の意図がわからず、困惑した。

「何でもするんだろ。早くしろよ、グズ！」新庄ひまりが怒鳴る。

英五は言われるがままに両膝を床につき、ソファに座るサラのハイヒールの爪先に唇を寄せた。

「覚醒なさい」

サラの最後の言葉が、英五だけに聞こえた。

唇がハイヒールに触れた瞬間、英五の体内にある変化が起きた。

海だ。海が心の中に広がっている。それも静かな海じゃない。すべてを飲み込むような巨大な潮が渦巻いている。英五は、その潮に捕まり、海の底へと引きずり込まれた。息ができない。深く、深く沈んでいく。そして、光の届かない深海の闇の底に辿り着いたとき、英五は生まれ変わったことを自覚した。

俺は運命の奴隷だ。どんな過酷で理不尽な運命でさえも、快感に打ち震え、涎《よだれ》を垂らしながら乗り越えてみせる。

「あらっ。今ごろ奴隷の顔になっても遅いわよ」

魚住清美が早くも英五の変身に気づいた。

遅くはない。勝負はこれからだ。英五はタバコを吸わない。サラは英五に渡したライターにメッセージを残している。

そうだろ、女王様。

英五は、彫刻のように美しく目を閉じるサラに微笑みかけたあと、魚住清美を見た。

「その右半身の傷はまだ癒えてないのか」

「……………」

魚住清美は、無表情のまま何も答えない。

「過去に大きな事故に遭い、右半身に重傷を負ったはずだ」

「余計な口を利くな！」山本が、取り乱したかのように叫ぶ。

「よくわかったわね」魚住清美が、顔面の左部分だけ動かして笑った。「幼いころに火傷したの。女王ゲームは、その傷を治すための治療なのよ」

きっと、トラウマになった事件のはずだ。そこに、女王ゲームを始めたヒントがあるに違いない。

英五の直感が、そう告げる。

「魚住様、緊急事態です」

突然、スタッフの執事がエレベーターホールから駆け寄ってきた。

「何事なの。まだ勝負の途中よ」

執事が大袈裟なほど目を見開く。

「ソノリンが……園川律子が蘇りました」

20

何よ、これ……。

二階のジャズバーのカウンターの中に隠れていた初芝今日子は、自分の真後ろにあるモニターを見て、金縛りにあったように動けずにいた。

それは、あまりにもショッキングな光景だった。

愛しのダーリン……英五が、他の女にキスしているではないか。しかも、キスの相手がサラではないか。これだけでも計り知れない衝撃なのに、英五が唇を当てているのが、とんでもない場所なのだ。

サラの唇ではなく、ハイヒールの爪先なのである。英五は跪き、まるで従順な奴隷みたいに靴にキスしているではないか。

何をやっとんねん！　こらっ！

今日子は、タイガースが負けているときの阪神甲子園球場のライトスタンドのトラキチのように怒鳴りつけたくなった。もし、今、森福会の構成員たちに追われていなければ、確実にモニターを破壊していたであろう。

一体、どういう展開になれば、靴にキスすることになるのだ？　そもそも、このモニターの男は、本当に英五なのか？

怒りのあまり、脳の毛細血管がすべて切れたような気がして目眩がする。いっそのこと、失神して何があってもふて寝を決め込んでやろうかと思った。

「おい、見るな」

付き添っている雨宮が言った。雨宮も今日子と一緒に、カウンターの中で、しゃがんでいる。

「もう見てもうたし」

今日子は、早くも泣きそうになった。いや、泣いていた。いくら我慢しようとしてもポロポロと涙が零《こぼ》れてしまう。

二人は、ビルの三階にある整体院の店舗跡からここまで移動した。雨宮は、監視カメラの死角を進み、今日子は、わざとゆっくりと歩いて監視カメラに映り込んだ。うつむき加減で、顔ははっきりと監視カメラから見えないように角度を考えた。これで横切れば、白いドレスを着たソノリンに見えると信じて、途方もないリスクを背負って一か八かの勝負に打って出た。

それなのに……。

今日子の命を懸けた努力は、すべて英五のためである。もとい、将来、英五と結婚するためである。

「泣くんじゃねえ。これは女王ゲームだ。ああいう事態も充分にありえる」雨宮が、今日子を慰める。

はっきりいって、埃臭いカウンターの下で、こんな胡散臭いチンピラに慰められても余計に悲しくなるだけだ。

「おかしいやんか。何がどうなったら靴にキスすんのよ。意味不明やんか。変態のど真ん中やんか」今日子は、小声ながらもヒステリックになった。

「俺に訊くな。あそこで戦っている連中は、俺たちと違ってどこかおかしいんだ。理解できるほうがおかしいんだよ」

「気分が悪くなってきた……」

「おい、大丈夫か。吐いてもいいけどドレスは汚すなよ」

今日子は、胃液が喉元まで迫り上がってくるのを感じながら、松下幸之助師匠の名言を思い出した。

『いくつになってもわからないものが人生というものである。わからない人生を、わかったようなつもりで歩む人生ほど危険なことはない』

ウチは、村山英五の何を知ってたんやろ……ウチが見てたのは、英五の表面的な部分だけで、彼の心の中を少しでも覗こうとしたやろか……。

この傷は、いくら神様の名言でも癒せない。というか、今まで、松下幸之助の名言を己の恋に強引に当てはめていただけではなかろうか。

今日子は、ここに来て、我に返ってしまった。

松下幸之助と恋は関係ない。たまたま、上手くいってると自分が思い込んでいただけだ。

英五は、今日子のことを微塵も愛してはいなかったのである。

「ウチ……帰る」

「ど、どこにだよ？」雨宮が、サングラスの下の目を引ん剝いた。

「淡路島」

「馬鹿野郎。お前の相棒の白人野郎は、地下一階で待機してるんだぞ。もうあとには引けないんだよ」

「ブライアンは相棒ちゃうし。他人やし」

今日子は、完全にヤケクソになっていた。淡路島に帰ってまずすることは、自分の部屋の天井に貼ってある松下幸之助のポスターを剝がして丸めて捨てることだ。

完全に目が覚めた。普通の女に戻って、普通の男と普通の恋をして普通の結婚をして、普通の人生を歩む。あんな変態男なんて、こっちから願い下げだ。

「しっかりしろ」

雨宮が、今日子の肩を摑んで激しく揺さぶった。今日子の頭が揺れ、唇と唇が当たりそうになる。

「顔を近づけんとってや。キスしたらどうすんのよ」

「キスってなんだよ」雨宮が、キレそうになるのを堪《こら》える。「頭を冷やせ。お前は、ソノリンとしてビルを警備する連中に目撃されたんだ。ほら見ろ。女王ゲームの会場も大騒ぎになっているだろ」

モニターで見る限り、ゲームは中断して、執事の格好をした男たちが、主催者である魚住清美を囲んでいる。

「勝手にやっとけばいいねん。ウチには関係ないもん」今日子は、吐き捨てるように言った。

「そうは行かねえぞ。いいか、肝に銘じろよ。この勝負は、お前にかかってるんだ。俺たちは運命共同体なんだよ」

「嫌や。キモい」

ヤクザと運命をともにしても嬉しくも何ともない。

「キモくても何でもいいから、来い！」

雨宮が強引に今日子の手を摑み、カウンターから引っぱり出した。

「やめてや！」

「静かにしろ。廊下に出るぞ」雨宮が鋭く言い放ち、音を立てないように神経を配りながら、ジャズバーのドアをあける。

手のひらが汗ばんでいて正直気持ちが悪い。加齢臭も気になる。どうして、こんなチンピラと手を繋がなければならないのか。

今日子は、半ば現実逃避で、英五との大切な思い出に浸った。

今日子が処女を失った日——。

真夜中、英五と手を繋いで、淡路島の大浜海水浴場の砂浜を歩いた。夜空には満天の夏の星座が輝き、大人の階段を登った今日子を祝福しているようだった。

今日子の服装は、お気に入りの花柄のワンピース（少女っぽくなりすぎないように、デザインはモードである）、英五は白いTシャツにデニムの短パンである。

他には誰もいない。波の音しか聞こえない二人だけの世界。

正しくは、大通りからヤンキーのバイクの音が聞こえたが、今日子はラブラブなバリアーでシャットアウトした。

「あんまり、遠くへ行かんとってな……」

幸せ過ぎて怖くなってきた今日子は、つい〝重い女〟になってしまった。

ヤバい……。男にとって、この手の台詞は禁句だと、あれだけ女性誌の『捨てられない女になるためのQ＆A』で予習してきたのに。

とくに、『射精後の男は賢者モードに入り、やりたくて一生懸命に愛してくれるときとの落差を覚悟せよ』と書いてあった。

「遠くってどこ？」

英五が、星空を見上げながら言った。その姿の絵になること！　もし、ここに芸能事務所のスカウトが何人かいたら、血を見るほどの英五の争奪戦となるだろう。

「ううん。何でもない。変なこと言ってゴメンね」今日子は、動揺を悟られないように軽いトーンで誤魔化した。

英五が足を止めて、今日子の顔を覗き込む。

「逃げないで、本当の気持ちを教えてくれよ」

ぐうの音も出ないほどカッコいい。本来なら、キモさ全開のはずの標準語も許せてしまうから恐ろしい。

こんないい男と一生過ごせんの?

処女を捧げ、目的の第一段階を突破したにも拘らず、今日子の胸は不安でいっぱいだった。たとえ、野望どおり結婚できたとしても、こんなスペシャルな男を世間の女たちが放っておくわけがない。中には、今日子より遥かに美しい容貌を持ち、遥かに頭のキレる策士もいるだろう。

もし、英五を他の女に奪われたら……。

想像するだけで胸が張り裂け、切り干し大根みたいに細く、ズタズタになってしまう。たった一回の肉体関係でこうなるのなら、絶対にこの先の長い時間が耐えられるわけがない。

ここは、本音でぶつかる。相撲でたとえるなら、猫だましのような奇襲で攻めるのではなく、がっぷり四つに組むのだ。

今日子は大きく息を吸い、月明かりに照らされる英五の顔を、まっすぐに見つめて言った。

「ウチ、怖いんよ」

「怖い？　何が？」

「英五を失うんが」

英五が目を細め、これ以上ないぐらい優しく微笑む。

「俺はどこにも行かないよ。たとえ、住む場所や戦う場所が変わっても、俺はずっと俺のままだし」

「……ほんま？」

「約束する」

「嘘ついたら？」

「針を千本でも一万本でも飲むよ」

そんなことをされても全然、嬉しくないが、今日子は満面の笑みで返した。

「めっちゃ嬉しい」

約束するなら、破らないという保証が欲しい。いや、口約束なんて何の当てにもならないから、今すぐ、婚姻届に判子を押してはくれないだろうか。

念のため。あくまでも念のためだが、今日子は、いつ何時、何があってもいいように婚姻届と《村山》と《初芝》の印鑑を封筒に入れて、肌身離さず持ち歩いている。そんなものをいきなり出されたら、ドン引きされるのはわかっていても、どうしても備えてしまう自分が悲しい。

「今日子。目を閉じて」

キスだ。よしっ。このキスで気持ちを切り替える。

せっかくの夏なんだから。それも、世界中のカップルが羨むぐらいの完璧な夏だ。

この瞬間の村山英五は、初芝今日子のものである。起こるかどうかわからない未来の不幸を嘆くなんてアホだ。勿体ないにもほどがある。

今を全力で楽しめばいいんですよね、師匠。松下幸之助も夏の星座の間から見守ってくれているだろう。

英五が唇を重ね、どんな高級なスイーツよりも甘く、とろけるようなキスを味わった。

ごっつあんです。ウチは宇宙一の幸せ者です。

英五が唇を離した瞬間、今日子の体が浮いた。念願のお姫様抱っこである。

しかし、問題は、英五が今日子を抱えたまま海へと突入したことだ。

「きゃあ、やめてぇ。何するんよぉ」

あくまでもぶりっ子に抵抗した。「ワンピースがどんだけ高かったと思ってんのよ！まだ一回しか着てへんのに！」などと、死んでも本音を出してはいけない。

「泳ごうぜ。それ！」

しょうがない。ワンピースは必要経費だ。この思い出が、英五の心に深く刻み付けば本望だ。

今日子は、宙に投げ飛ばされながら、プラス思考に切り替えた。

「ここからは一人だ」

ジャズバーを出た二階の廊下の隅で、雨宮が今日子の背中を押した。

「えっ？　何よ、それ？」

今日子はテンパり、雨宮の腕を摑む。こんな危険なミッションを一人でやり遂げる自信は言うまでもなくゼロパーセントだ。

「俺がいつまでもついていたらおかしいだろ。ソノリンが一人で逃げるからインパクトがあるんじゃねえか」

「監視カメラの死角におってくれたらいいやんか」

「これ以上は限界だ。そろそろ、ここにも警備員たちが現れるだろうしな。俺はジャズバーに戻ってやり過ごす」

「自分だけ安全地帯に隠れるなんてセコいわ」

「馬鹿野郎。白人野郎が、サラにシャーペンの注射を打つのを確認しなきゃなんねえだろ。成功すれば一斉に監視カメラを切るから、段取り通り屋上に隠れるんだぞ」

「無理やって……」

「その言葉、俺は納豆の次に嫌いなんだよ。ほら、気合いを入れろ」雨宮が、今日子の背中をもう一度強く押した。

「ちょ、ちょっと、やめてや」

「突き当たりまで走り抜けろ」

「そ、そこからどうすんのよ」

「左手にエレベーターがある」

「ほ、ほんま?」

「それに乗って最上階に行き、非常階段で屋上まで上って隠れろ」

「屋上のどこに隠れんのよ」

「適当だ」

ありえへん!

今日子は脇目も振らずに走り出した。いつまでも雨宮とやりあってる場合じゃない。ソノリンとして捕まるのはこっちなのだ。

しかも、サイズのあっていないヒールと慣れないドレス姿だから走り辛い。淡路島の大自然で鍛えた足腰なのに、本来のスピードの半分以下である。

今日子は、ヒールを脱ぎ捨て、裸足で走ることを選択した。ただ、スピードはあがるが、尖ったものを踏んだら最悪のことになる。ビル全体は薄暗く、床に何が落ちてるか走りながら注意するのは不可能だ。

ここは、運に任せるしかない。足の裏を怪我したら、そのときに対処を考える。とにかく、執事の格好をしたスタッフや警備員に捕まったら何をされるかわからないのだから。

英五と別れるつもりやのに、何でこんなにも頑張ってるんやろ……。

今日子は、走りながらまた泣きそうになった。早く淡路島に帰って、自分の部屋で松下幸之助のポスターをビリビリに破りながら号泣したい。

て、いうか、エレベーターはどこなんよ？

廊下の突き当たりまできたが、雨宮の言っていたエレベーターらしきものが見当たらない。左手にはイタリアンの店舗があるだけだ。ドアの横にイタリアの国旗がまだ飾ってある。

廊下を振り返っても雨宮の姿はなかった。とっくの昔にジャズバーに避難している。代わりに、体のゴツい警備員が二人、猛然と今日子に向かって走ってくるではないか。

今日子は、愕然とした。膝がカクカクと震えて力が入らない。

あの野郎！　嘘つきやがって！　金属バットであのサングラスを叩き折ってやりたい！

淡路島の大自然で鍛えた野性の勘が、今日子の体を本能的に突き動かす。

咄嗟にイタリアンの店舗に逃げ込み、目を細めて店内を確認した。明かりは、外からのネオンしかない。

テーブルや椅子などはなく、ピザを焼く大きな石釜が存在感たっぷりで中央にかまえるキッチンへと入った。

あれか？　一応、エレベーターらしきものを発見した。

キッチンの奥に、料理用のエレベーターがあった。小柄な今日子ならギリギリ乗れるかもしれない。

雨宮め……このことを言うてたんか。

説明不足なのは腹立たしいが奴の判断は正しい面もある。もし、最初から、「料理用のエレベーターで逃げろ」なんて無理難題を言われたら、足がすくんで動けなかっただろう。

今日子は恐る恐る、体を折って乗り込んだ。狭い。犬小屋に詰め込まれた気分になる。

そして、生ゴミ臭い。

これ、料理用ちゃうやん！　ゴミ用やん！

どうやら、すべてのフロアにこの小型エレベーターが繋がっているらしい。これなら最上階からでも階段や来客用のエレベーターを使わずにゴミを出せる。

臭いは我慢して、行くしかない。強引にカバーを開けて腕を伸ばせば、昇降ボタンに手が届きそうだ。

けど……ウチの体重で大丈夫なんやろか。

ゴミ用のエレベーターで死んだら、化けて出て、雨宮を呪い続けてやる。

21

地下一階の女王ゲームの会場では、依然としてゲームは中断されたままだった。

英五は意識を失ったサラに寄り添い、緊迫する会場を見渡していた。まるで、ゴキブリみたいに、どこから出てきたのかわからない執事やスタッフや、警備員がいる。その数は約二十名といったところか。

山本が中心となり、こちらに聞こえないようヒソヒソ声で緊急の作戦会議をしているところだ。

「ねえ、ねえ、ゲームはどうすんのよ。せっかくいいとこなのにさぁ。もう、プンプンだよ」

新庄ひまりが、大げさに頬を膨らませる。首から上しか体が動かない状態なのに、まだ余裕のある態度を貫いている。

「トラブルの原因がはっきりとわかり、皆様の安全が確認されるまでは女王ゲームを中断します」

山本が、有無を言わせない表情と口調で宣言した。

「そのトラブルは何かをキチンと説明せんか」岩橋征士朗が、ここぞとばかりに突っかかる。「主催者には、その義務があるぞ。お前ではなしに、魚住清美本人の言葉が聞きたいんだよ、こっちは」

だが、山本に説得されたのか、魚住清美は無表情で黙ったままである。

「おい！　それでも、女王か！　もっと威厳を見せんか！　人に毒を盛っておいて、少しばかりのトラブルで中断など、どう考えても理不尽だとは思わんのか！」

岩橋征士朗の大声の挑発にも、魚住清美は眉ひとつ動かさない。目を閉じれば眠っているのではと勘違いしそうなほど気配を消している。

サラ、どうする？　予想もしない展開になってきたぜ。

英五は、静かに寝息を立てるサラの肩に手を置き、心の中で語りかけた。この混乱が収まらなければ、次の作戦には移れない。

剝製にされた、サラの母親の奪還——。

女王ゲームには勝てなかったが、真の目的はそれである。たとえ、サラが殺されることになったとしても、サラの母親だけは英五が取り返さなければならない。

それが、サラとの約束だ。

この予想外のトラブルは……どうも臭い。何か違和感がある。

さっきから英五の第六感が敏感に反応している。それだけではなく、全身の感覚のすべてがチューンナップしたみたいに感度が上がっていた。

やけに視界が広く、慌ただしく動いているスタッフたちの表情までもがくっきりとわかる。汗や香水の匂い、レストランに染み付いたタバコや香辛料の香り……。こんなにも自分の嗅覚が鋭くなったのかと戸惑いを覚えるほどだ。

聴覚は、もっとヤバい。サラや自分の息づかいが立体的な音となって鼓膜に飛び込んでくる……まるで超高性能のヘッドフォンを付けている感覚だ。山本たちの話す内容は聞こえなくとも、声のトーンは手に取るようにわかる。

味覚や触覚も確実に変わっているはずだ。試したいが、異次元の世界に連れて行かれそうで何だか怖い。

どうして、英五がこうなったのか。

理由は一つしかない。認めたくはないが、サラのハイヒールにキスしたことで、心の奥底に隠れていた真の自分が引きずり出されたのである。

……ん？

英五の全身が、わずかな空気の乱れを感じ取った。妙だ。このフロアに異物が紛れ込んでいる感じがするのは気のせいか。

「ここから一時避難していただけませんか」

山本の興奮した声が聞こえた。魚住清美を説得している。

「私は動かない」

魚住清美の声は毅然としていた。まさに、梃子《てこ》でも動かない雰囲気だ。

「お願いします」

「動いたら女王じゃなくなるわ」

「しかし……」

「女王でなければ、死んだほうがマシだわ」魚住清美が、いきなりフロア中の人間に聞こえるように声を張った。「山本。今すぐ私を殺しなさい」

「……できません」山本が気の毒なぐらいうなだれる。

それを聞いた新庄ひまりが、首から上だけで挑発をした。

「おばあちゃんもいいこと言うじゃん。もう老いぼれて人生が長くないから、自分のしたいことだけをしたいんだよね」

この暴言に、フロアにいる全員が新庄ひまりを睨みつける。

「ひまりちゃん……お口にチャックをしようか」

さすがの岩橋征士朗も新庄ひまりの口を塞ごうとした。

「さっきも教えてあげたけどさあ。弱気になればなるほど運が逃げちゃうよぉ。山本も奴隷なら、それぐらいわかりなよぉ」

「まずはご主人様を守るのが奴隷の務めですから」山本が、額に無数の血管を浮かべて怒りを堪えている。

「でも、おばあちゃんはご機嫌斜めじゃん」新庄ひまりが、勝ち誇った顔でクスリと笑う。「奴隷失格じゃん。ダサいね」

この少女は、どれだけメンタルが強いんだ。

英五は、新庄ひまりを思わず尊敬の眼差しで眺めた。ここまでくれば、敵ながらあっぱれとしか言いようがない。

もし、俺が同じ立場なら、平常心を保てるだろうか。首から下が動かないのに、勝負に集中できるだろうか。

……絶対に無理だ。きっと、パニックに陥ってしまう。

サラのせいで、奴隷として覚醒したからこそわかる。とてもじゃないが、こんな怪物がいる世界では生きていけない。

英五は、この場で群を抜いて歳下なのに、悠然と凶悪な大人たちに立ち向かう新庄ひまりの姿を見て、強く心に誓った。

今夜が終われば、普通の世界に戻る。東大にも行かない。命を懸けて戦うのはもう懲《こ》り懲《ご》りだ。

淡路島に戻り、祖父の漁師の仕事を継いで、細々と生きていけばいい。

「奴隷の分際で私に命令しないで。私の居場所はここなのよ」魚住清美が、山本を叱咤する。

「お願いします。私たちが魚住様をお運びしますので、どうか静かにお待ちください」

それでも、山本は頭を深く下げて退かなかった。この男も頑《かたく》なだ。女王を守ることに命を懸けている。

「奴隷をクビになってもいいのかい」

「魚住様が無事ならば、何をされてもかまいません」

「……好きにしなさい」

とうとう、魚住清美が根負けをした。それなのに、どこか嬉しそうな彼女の気配を英五は感じ取った。

山本には、揺るぎない忠誠心がある。それは、どんな愛も霞むぐらい、強固で揺るぎないものなのだ。

山本と執事の格好をしたスタッフが、魚住清美をソファごと運ぼうとしたとき、一人のスタッフが英五に近づいた。

「失礼します。ゲームに負けたプレイヤーは移動してもらいます」

「今かよ」英五は、スタッフの若い男を観察した。

「それが規則ですので」

ハーフか？　他のスタッフとは明らかに身に纏《まと》っている雰囲気が違う。胸のポケットに無造作にシャープペンシルが差してあるのも気になる。

サラもハーフだ。これは偶然なのか……。

膀胱《ぼうこう》がキュッと締まるような感覚がした。冷たい汗が首筋を流れる。

「わかったよ。車椅子は？」

「今、他の者が運んできますので、村山様は先にエレベーター前で待ってもらえますでしょうか」

英五は、渋々とサラの元から離れ、ゆっくりとした足取りでエレベーターのほうへと向かった。

ハーフの男が英五を避け、そのまま自然とサラに近づく。

自然過ぎる。意識を失った人間と対峙した反応が薄い。

「お前、偽物だろ」

英五は足を止めて、ハーフの男の背中に言い放った。

「はい？」ハーフの男も立ち止まり、振り返る。

「スタッフじゃねえな。どこかからの侵入者だ」

「……何をおっしゃるんですか」

「スーツのサイズがおかしいんだよ。他のスタッフを見てみろよ。きちんと採寸してあるだろ。なのに、お前だけが丈が短くてちんちくりんだ」

「たまたまです」ハーフの男が誤魔化そうとする。「支給されたスーツを忘れてしまって、余っているのを借りました」

「嘘が苦しいぜ」

嘘が、はっきりとわかる。自分でも不思議だ。

たぶん、人間が嘘をついたときの表情や仕草の反射的な違和感を意識せずとも捉えることができるのだろう。

これが、真の奴隷の能力なのか？　サラは、俺のこの才能を高校時代から見抜いていたというのか？

怖いのは、まだ英五の引き出しが残っているような感覚があることである。一体、どこまで進化するのかわからない。

「山本！　この男の顔を知ってるか！」英五は、大声で訊いた。

レストラン中がしんと静まり返り、山本が怪訝そうな顔を向ける。他のスタッフたちも英五の向こうにいるハーフの男に注目した。

ハーフの男が諦めたような笑みを浮かべた。表情がガラリと変わり、スタッフを装っていた義務的な雰囲気が掻き消される。

今、目の前にいる男は、肝が据わり、目的のためなら手段を選ばない、芯の強い人間だと英五は感じ取った。

「どこから入ってきた？　目的はなんだ？」

英五はジリジリとハーフの男に接近した。爪先で歩き、反撃が来ても瞬時に動けるように神経を昂らせる。

「可愛い妹を助けにきた」ハーフの男が真顔で答えた。

「妹？」

「そうだ。ここにいる」

わかる。筋肉の微妙な動きで、ハーフの男の次の行動が予想できる。胸ポケットに差してあるシャープペンシルを手に取るつもりだ。

それで、何をする？　武器にするつもりか？　武器として使うなら、誰を襲うのだ？

わずか、〇・五秒の間で、英五は高速で脳を回転させて判断した。

サラだ。だからこそ、この至近距離まできたのだ。

次の瞬間、ハーフの男が素早い動きでシャープペンシルを抜き、サラの太腿めがけて振り下ろした。

しかし、その手首を英五がガッチリと摑んだ。

自分でも信じられない動きだった。まったくのロスがなく、体が反応した。この感覚には覚えがある。バスケットの試合で何度も練習したシュートを無意識で打てたときと同じだ。

不思議なもので、調子がいいとシュートを打っただけで入るかどうかがわかった。今回もそうだ。思い描いたビジョンどおり、ハーフの男が動いた。

な……何だ？　この能力は？

英五は驚くほかなかった。サラのハイヒールにたった一回キスしただけで、こんな特殊能力を身につけてしまった。

ならば、これ以上、奴隷を極めたら、一体、どこまで成長するのだろうか。

「よくわかったな」

ハーフの男が力任せに、英五の手をふり払おうとするが、ピクリとも動かない。力ではハーフの男に負けるはずなのに、手首を少し捻るだけで、いとも簡単に制圧できる。相手が力の入らない関節の角度がなぜかわかるのだった。

「やめろ！　ここは神聖な場だぞ！」

山本が、鬼の形相で駆け寄りながら怒鳴る。他のスタッフたちもダッシュで向かってきた。

ハーフの男が、何も持っていない左手で、英五の顔面を殴ろうとした。

パンチが来るのがわかったが、英五は体を捻った状態で右手を使ってハーフの男の右手を押えているのでうまくガードを取ることができない。

下がるな。体を引いたところで、リーチのあるこの男のパンチは避けることができない。

英五はあえて、前のめりになり、体重をハーフの男に預けた。もたれかかられたハーフの男がバランスを崩し、英五の顔面を狙った拳が虚しく空を切る。

そのままの勢いを利用し、ハーフの男の胸を両手で突いた。倒されまいとするハーフの男が半歩さがって足を踏ん張るのが読める。

自分でも格闘技の達人レベルまで、喧嘩が強くなっているのがわかった。呼吸や心拍数の乱れもまったくない。

これが、俺かよ……。

適当にジャンプして、適当に飛び蹴りをした。カンフー映画のアクションの見よう見まねである。

バスケットで培《つちか》った筋力がフルに活きたのか、英五の即席のキックがハーフの男の顎に見事ヒットした。

ハーフの男は、車に撥《は》ねられたみたいに吹っ飛び、新庄ひまりのソファにぶつかって転倒する。すぐに起き上がろうとしたが、顎に打撃を受けて脳が揺れているのか、ノックダウン寸前のボクサーみたいにグニャグニャだ。

「ちょっと！　何、すんのよ！　キモいんですけど！」

ハーフ男が、倒れまいと新庄ひまりに抱きついた。

「こらっ！　ひまりちゃんから、離れんか！」

誰よりも早く岩橋征士朗がハーフの男に飛びかかり、年季の入った背負い投げを決めた。床に叩き付けられたハーフの男に他のスタッフたちが群がる。

「どうやら、侵入者が見つかったみたいね。ありがとう、英五」

魚住清美が、馴れ馴れしく呼び捨てにした。だが、ムカつくどころか、英五の研ぎ澄まされた奴隷の本能がビンビンに反応してしまう。

さっきまでは、感じ取ることのできなかった魚住清美の女王の魅力が、今の英五には乾いたスポンジが水を吸うように伝わってきた。

魚住清美は、温かい海だ。南国の海みたいに人を解放してくれる。無理に泳ぐ必要はなく、その広く温かい海に身を任せていれば必ず幸せになれる。

「シット……」

執事たちに押さえつけられたハーフの男が悔しそうに呟く。

「あなたがサラの兄のブライアンね」魚住清美が憐れむように言った。「もしかして、サラのインシュリンの注射を打ちに来たのかしら？」

「……注射？　どういうことだよ」

サラは糖尿病だったのか？　ならば、定期的にインシュリンを摂取しなければならない。このハーフの男は、妹の窮地を助けるために侵入してきたのだ。

なぜ、サラは病気のことを教えてくれなかったんだよ……。

英五はひどく混乱し、目眩がするほどショックを受けた。奴隷として、信用されてなかったのだ。

「私があなたの新しい女王になってあげるわよ」

やめろ！　俺を惑わすな！

英五は、魚住清美を見ないようにして、サラを乗せた車椅子とともにエレベーターへと向かった。

しかし、女王の甘い誘惑が後ろ髪を掴み、放してくれようとしない。

この奴隷の覚醒は、いつまで続くのだろうか。一生、このままだと、英五の人生には破滅が待っている。

普通の男に戻るにはどうしたらいいんだよ……。

女王を振り切り、エレベーターに乗った英五は、絶望感に打ち拉《ひし》がれながら、眠っているサラの手を握った。

22

最上階。初芝今日子はへっぴり腰の忍び足で歩いていた。

真っ暗やんか……。

ここが何の店かはわからない。手に触れた大きなテーブルが丸かったから中華料理屋だろうか。窓がないのか目張りをしているのか、光がまったく入ってこないのである。

さっきから、足下でカサカサと何かが這い回る音がしないでもないが、ゴキブリを世の中のすべてのものより憎悪している今日子は、よくわからない鼻唄を口ずさみ、聞こえないふりをしていた。

鼻唄は、なぜか、クイーンである。好きでもなんでもない。有名な『ウィー・アー・ザ・チャンピオン』の曲をサビしか知らないのにリピートしていた。

それにしても、頭が割れるように痛い。

最上階に到着したとき、ゴミ用のエレベーターが急停止し、初芝今日子は天井にしたたか頭を打ち付けた。目の奥で火花が散り、意識が朦朧として一瞬、自分がどこにいるのかがわからなくなった。

「ファック！」

英五の前で散々演じていた、おしとやかな今日子はもういない。だからといって、卑猥なスラングを叫ぶキャラでもなかったが、今日子の心は瀬戸内海の渦潮の如く、荒れに荒れていた。

もう嫌だ。今すぐお風呂に入りたい。生ゴミの臭いが体に移った気がしてならない。とにかく一秒でも早く、箱みたいなエレベーターから飛び降りたかったが、安全確認が先だ。臭いを嗅がなくていいように口呼吸をしながら、エレベーターの中で数分ほど待機した。実際は、一分も経過していないかもしれないが。

人の気配がないことを充分に確認したあと、恐る恐るエレベーターから降りたら真っ暗闇で、恐怖のあまり、ユーチューブで観たクイーンのフレディ・マーキュリーを思い浮かべたのである。

自分でもよくわからないが、変なタンクトップの衣装を着たフレディ・マーキュリーは、恐怖から一番遠い位置にいる気がする。この際、心の師匠を松下幸之助からフレディ・マーキュリーに乗り換えてやろうか。

いや、もう誰にも頼らない。そう決めたのだ。自分の人生は自分で切り開く。

まずは、この事態をどうクリアするか？

わざわざ、屋上に出なくてもここで身を潜めていれば安全な気もしないではない。ただ、追っ手に見つかったときに、暗くて咄嗟にゴミ用のエレベーターには乗れないだろうから逃げ場がないのと、床を這うカサカサを耐え切る自信がなかった。

やはり、雨宮の指示に従うべきか……。

ただ、あの男はどうも信用できない。なぜなら、今日子の役割はもう終わっているからである。ブライアンがサラにインシュリンの注射を打ちやすくするために、混乱を招きさえすれば今日子は用なしだ。

ブライアンは成功したんかな……。

今日子がここまで危険な目に遭っているのだから、成功してくれなきゃ困る。だが、サラと英五のチームが勝って大金を手にしたところで、何も嬉しくはない。

あの二人の関係は何なん？

忘れようとしても、あのモニターの二人の姿がチラついて仕方がない。

恋人同士には見えなかった。まさに、女王様と奴隷の絵面だった。

男性経験の少ない今日子は、当然、ＳＭの世界に疎かった。縛り上げられたＭの男が、女王様に鞭で叩かれるぐらいの乏しい知識しか持ち合わせていない。でも、あの二人の関係はそんなステレオタイプとは違ったものに見えた。

女の直感だ。英五は、得体の知れない深いところまで落ちてしまった。たぶん、今日子がいくら手を差し伸べようと救い出すことはできないだろう。

「英五……」

今日子は、暗闇の中で呟いた。もうクイーンの名曲も頭の中でリピートしない。

「英五……英五のアホ……」

唐突に、店のドアが開いた。廊下の明かりが差し込み、今日子は眩しさに目を細めた。

ドアを開けた警備員とバッチリと目が合って動くことができない。ドアがこんな近くにあったとはまったく気づかなかった。

「ここにいたぞ！」

警備員の男が叫ぶ。よく見るとビルの前で門番をしていたバスケットボール選手のように背の高い男である。

「どこだ！」

やたらと肩幅の広い警備員が店を覗き込んだ。こちらも、ビルの門番をしていたアメフト選手のような体格の男だ。

バスケットボールの男が、懐中電灯で今日子の顔を照らした。

「あれ？　ソノリンじゃねえぞ」

「は？　じゃあ、誰なんだよ？」

「さっきの女だ」

「あん？　マジかよ」

アメフトの男がズカズカと大股で近寄ってきて、今日子の髪の毛を掴んで顔を確認した。

「禿《は》げるやろ……放せや……」

今日子は、ブチブチと抜ける髪の痛みを堪えながら、アメフト男を睨み返した。

「ほら、さっきビルの前で酔っ払って変な外人と捕まえた変な女だろ」バスケットボールの男が細長い体を折って覗き込む。

「本当だ。さっきの女じゃねえか。なんで、お前がソノリンのドレスを着てウロウロしてんだよ」アメフトの男が、さらに髪をグイッと引っ張った。

「また酔っ払ってんじゃねえのか。酒乱だぞ、この女」

懐中電灯の明かりが直接目に入るせいで、二人の顔がよく見えない。「助けて」と叫び声を上げたかったが、他の仲間を呼び寄せるだけだ。

「おいおい、この女、至近距離で見るとずいぶんと若いな。お嬢ちゃん、もしかして、高校生か」

今日子は、若いほうが許してくれると思い、コクリとイジらしく頷いた。

「俺、一度でいいからＪＫとヤリたいんだよなあ」

二人の顔は見えないが、舌舐めずりの音は聞こえた。

スタッフの手によって眠っているサラがベッドに寝かされた。この店舗が元は整体院だったのは容易に推測できる。

英五は冷静に状況を把握した。サラと英五をここまで案内したスタッフが二人。こいつらは、執事の格好はしているが、立ち振る舞いや口調から暴力団の構成員だとわかる。見張り役も兼ねているのか、サラを寝かせたあとも立ち去る気配はない。

それよりも気になるのは、梱包用のビニール紐とガムテープでグルグル巻きにされ、気を失っている男だ。女王ゲームで戦っていた栗原である。

「……どうするよ」

「どうするって？」

部屋の隅で、スタッフたちが小声で相談するのが英五の耳に届いた。一般人の聴力なら聞こえはしないだろうが、今、英五の耳は超高性能マイクの如く、感度が高くなっているのだ。

「縛られたままにしておいていいのか」

「よくはねえけど……縛られる理由があるからこうなってんじゃねえのか」

「……山本さんに相談するか」

「やめておけ。女王ゲームの終盤でピリピリしてるんだ。魚住様がキレたら俺たち殺されても文句を言えねえぞ」

三つあるうちのもう一つのベッドで、下着姿のソノリンが死んだように眠っている。

では、地下のレストランでスタッフが山本に「ソノリンが蘇りました」と報告を入れていたのは何だったのか?

答えはひとつである。

誰かが、ソノリンのドレスを着て、このビルの中を練り歩いたのだ。

一体、何のために?

それは、わざと混乱を起こすために違いない。その混乱に乗じて、あのハーフの男がサラを襲ったのだ。

つまり、導き出される結論は、今、ソノリンとして、このビルの中に潜んでいる人物は、ハーフの男とグルだ。しかも、ソノリンになり切っているのだから、女だろう。

……誰だ?

集めてもいないジグソーパズルの断片が、勝手に形を整えていく。

英五は、脳味噌が未だかつてないほどに高速かつスムーズに回転していることに、感動すら覚えていた。これなら、東大だけではなく、世界中のどの大学でも入れるだろう。

ソノリンの体の上に脱ぎ捨てられた女物の服がかけられていた。しかも、見覚えのある服だ。

まさか……。

英五は、その服を拾い、タオルのように顔全体を覆い、目一杯匂いを嗅いだ。

やはり、今日子だ。

最強の奴隷としてパワーアップした英五の嗅覚がそう告げている。

今日子がこのビルにいる目的は何だ？　あのハーフの男とはどこで出会ったんだ？

もしかすると、今日子は、淡路島の玉葱畑でサラに拉致された英五を追って東京まで来たのかも知れない。今日子の性格と行動力なら充分にありえる。東大の入学式の日程は調べればわかるのだから、英五を見つけて尾行するのは、そう難しくはなかったはずだ。

じゃあ、あのハーフの男とはどこで出会った？

ずばり、ハーフの男はサラを尾行していたのだ。だから、英五とサラが渋谷のスクランブルで再会したときに、今日子とハーフの男も出会った。

今日子は、女王ゲームのことをハーフの男から聞かされ、このビルまでやって来た。

英五を助けるために。

それ以外で、今日子が動く理由はない。

ずっと、見ていてくれていたのか……。

英五は、胸の奥がズキリと痛くなる。それは懐かしい痛みで、ほんのひとときだけ、サラのハイヒールへのキスや魚住清美の魔力を忘れることができた。

奴隷地獄から俺を救えるのは、今日子なのか？

正直、女王ゲームの途中は、今日子のことはほとんど思い出さなかった。もっと言えば、完全に彼女の存在自体を忘れていた時間のほうが長かったぐらいだ。こんなことを純粋な今日子が知れば、深く傷つくだろう。

でも、今は、今日子との思い出が懐かしい。

一番の思い出は、今日子と初めて結ばれた日の夜に、手を繋いで砂浜を歩いたことだ。

満天の星空の下で二人は熱いキスをし、服を着たまま海へと飛び込んだ。

少し恥ずかしいが、とても大切な青春の一ページである。

今日子に会いたい。今すぐ抱きしめたい。

英五は、情報収集のため、さらに耳を澄ませた。

「ソノリンの成りすましが消えたらしい」

「ビルから逃げたのか」

「それはないだろ。蟻一匹も逃さないように見張ってるんだから……」

ならば、今日子はまだこのビルを逃げ回っている。それも、上の階だ。低い階にいればとっくに見つかっているはずだ。

「トイレはどこですか？」

英五は、部屋の隅のスタッフに近づき、訊いた。

「ダメだ。女王ゲームはもうすぐ終わるから我慢しろ」

「漏れそうなんですよ」

「じゃあ、漏らせ」

スタッフの一人が、サディスティックな笑みを浮かべる。

「俺を怒らせないほうがいいですよ」

英五は、なるべく優しい口調で言った。

「なんだ、てめえ？　ガキに何ができるんだ、コラッ」

残念ながら優しさが通用する相手ではなかったようだ。

「素手で俺達に勝てんのか、おう」

もう一人の男が、英五の胸ぐらを摑んだ。

「素手じゃありません、武器を持ってます」

「これよりも強い武器か」

二人のスタッフが同時に銃を取り出した。

「ありがとうございます」

英五は礼を言ったあと、両手の人差し指を二つの銃口に突っ込んだ。

「な、何やってんだてめえ？」

「撃ってもいいですよ。その代わり暴発して、三人とも腕が吹っ飛びますけど」

「な、わけねえだろ」

「どうぞ、試してください。ちなみに、俺、東大生ですよ」

「東大？」

二人が顔を見合わせた。こんな裏社会の真っ只中で、東大のブランドに助けられるとは思ってもみなかった。

学歴も悪くないじゃん。

英五は、素早く銃口から指を抜き、銃身を摑んでひねり上げた。二人の手首が折れる音が整体院に響き渡る。

「ちなみに、指を突っ込んだくらいじゃ銃は暴発しませんよ」英五は、両手の銃で二人を威嚇しつつ、ウインクした。「この武器、お借りしますね」

最上階では、今日子が全身全霊をかけた駆け引きで、屈強な二人の警備員に立ち向かっているところだった。

「アンタら、ウチをレイプするのはかまへんけど、コンドームはちゃんと持ってるんやろうな?」

寿司屋の大将のような気《き》っ風《ぷ》がいい今日子の口調に、バスケットボールの男とアメフトの男が顔を見合わせる。

「なあ、この女はどうしてこの状況で上から目線なんだ」

「さっぱりわからん」バスケットボールが首を捻る。「どうにもこうにも、拍子が抜けてその気にならねえよ」

「失礼やな。ウチに魅力がないみたいやんか。早くレイプしてみろや。その代わり、コンドームをつけな、えらい目にあうで」

「えらい目ってなんだ?」アメフトが、顔を引き攣らせて訊いた。

「今日のウチは排卵日やから、百発百中で妊娠するからよろしく頼むで」

「よろしくってなんだよ」

「どっちでもいいから、生まれた子供のパパになってもらうから。何やったら、二人が父親になってもええで。ハリウッド映画にありそうな企画やろ」

「そんな、ブラックな企画が通るわけねえだろ」

「お嬢ちゃん、教えといてやるよ」バスケットボールの男が、意地の悪い顔で横から口を挟む。「俺たちは今からアンタを犯すが中には出さない。コンドームがなくても外に出すから妊娠はしない。保健体育の授業で習わなかったか」

「こらこら、どんな授業だよ」アメフトの男が、歯茎《はぐき》を剝き出しにして下品な笑いかたをした。

「いや、アンタらは絶対、ウチの中で出すで」今日子は、恥ずかしさを押し殺し、自信満々のふりで宣言した。

「どういう意味だ?」バスケットボールの男が、長い首を捻る。

「俺たちが早漏だって言いたいんじゃねえのか」アメフトの男が、さらに赤紫色の歯茎を剝き出しにした。

「どんな遅漏でも、ウチとやったら三十秒も保《も》たへん。なんでか教えたろか? それはウチが百年に一度現れるかどうかの名器の持ち主やからや」

二人の警備員がポカンと口を開ける。

しまった。大きく出過ぎたか。ここは、せめて十年に一度にしておくべきだったか。

何にせよ、今は今日子が押している。

英五のために、女性誌のセックス特集、『彼を喜ばせる官能コミュニケーション』や『いい女こそ、ベッドテクを磨け！』や『ラブ・スイッチの押しかたQ&A』や『女だってギラギラしたい〜男に引かれないおねだり研究〜』や『お洒落過ぎる男はアソコが小さい』や『必ずいいセックスと巡り会える新発想27』や『この夏はセックスで痩せる〜二の腕&太もも集中メソッド〜』や『徹底調査！　女の色気チャート』や『愛されビッチになる方法』や『床上手な女になろう〜デキる女の四十八手〜』で詰め込むだけ詰め込んで、実践ではまったく使っていないエロ知識を活用するときがようやくやって来た。

「そんなに……名器なのか」アメフトの男が、ゴクリと唾を飲み込む。

「ミミズ千匹と数の子天井が合体してるねん」

「合体？」

二人の警備員がまた顔を見合わせた。

「どんなものなのか想像ができないぞ」

バスケットボールの男が、鬱《うつ》病のキリンみたいに何度も首を捻る。

「極上の気持ち良さってこと。イメージを膨らませてや」

今日子も、ミミズや数の子がどういうものか、いまいち理解はしていなかった。というより、女性誌のセックス特集はどうも男からすれば的がズレているような気がして仕方がなかった。

「そんなことを言われたらますますやってはみたいが……」アメフトの男が、自信なさげに目を泳がせる。

間違いない。こいつは早漏だ。

「なんや、やらへんの？」

「おれはやるぜ」バスケットボールの男が、いそいそと制服のズボンを脱ぎ出した。

「マジかよ……妊娠させるかもしれないんだぞ」アメフトの男が、羨望の眼差しを向ける。

「据え膳食わぬは男の恥だ。ましてや、名器中の名器の女子高生の据え膳に手を出さなかったなんて、孫の代まで笑われちまう」

「そ、それもそうだな」アメフトの男もズボンを脱ぎ出す。

ダメだ。こいつらは本物の馬鹿だ。

猛ダッシュで逃げ出そうと今日子が腰を浮かすのを、バスケットボールの男は見逃さなかった。

「どこに行くんだよ。今さら逃げるなんて言いっこなしだぜ」

「ウチ、とんでもない性病持ちやで。アソコが爆発してもええの？」

「その手には乗らないぜ。もう後先のことは考えねえ」

「そうそう、今が楽しければいいんだよ」

ズボンを脱いだアメフトの男が、今日子の脚を摑もうとする。

「きゃあ！」

今日子は脚を摑まれまいと振り上げ、アメフトの男の顔面を蹴った。

「JKの生足《なまあし》だよ。ゾクゾクしてきた」

ヤバい。本当に犯される。

助けて！　英五！

「俺の女に何してんねん」

二人の警備員のうしろにスラリとスタイル抜群の人影が見えた。

懐かしい関西弁……ギリシャ彫刻にも引けを取らない美しい顔面……全身から滲み出る圧倒的なカリスマ。

村山英五が、そこにいた。しかも、両手に二丁拳銃を持っているではないか。並のヒーローでは、太刀打ちできないかっこよさである。

今日子は、自分の願いがあっさりと通じたことに驚いた。もしかすると、あの世から松下幸之助とフレディ・マーキュリーがタッグを組んで今日子の窮地を救ってくれたのかもしれない。

でも、どうして、ウチがここにいることがわかったん？　ウチがソノリンのドレスを着ていることに何の疑問も持たへんの？

英五は、まるで、すべてを見通しているような目で今日子を見つめた。

本当に英五なん？

目の前に立っている人物が、今日子の知っている英五とは別人に見えた。すこぶるイケメンの外見は変わらないが、中身がすっぽりと他人と入れ替わったみたいな感じがする。

……やはり、サラのハイヒールにキスした影響なのだろうか。

人生最大のピンチに恋人が駆けつけてくれるというド級にドラマティックなシチュエーションなのに、悲しいかな、嬉しさ半減である。

「おいおい、とんでもないイケメンの登場だな」

しゃがみ込んでいたバスケットボールの男が、ズボンも穿《は》かずにゆらりと立ち上がった。チェック柄のトランクスが丸出しだ。

「これで負けたら、俺たち最高に格好悪いぞ」

アメフトの男も立ち上がった。こちらは、グンゼのブリーフが丸出しだ。

「兄ちゃん、怪我したくなかったら引っ込んでな」

二人の警備員は、特殊警棒を手にしている。

英五は、涼しい顔で対抗した。「やめとけ。今の俺には誰も勝てへん」

関西弁に戻ってる！

今日子は、涙が出るほど嬉しくなった。淡路島にいるときから、英五はすかした標準語だった。イケメンだからそれがクールでカッコいいと許してはいたが、どこか距離を感じていたのも事実だ。

英五を別人だと思ったのは、そのせいなのか……。

はっきりとはわからない。でも、女の直感で、あのすかした英五にはもう二度と戻らない気がした。

「銃を使うのか？　銃声でビル中の人間が集まってくるぞ」バスケットボールの男が、ご丁寧にも忠告する。

「この銃にビビってくれたほうが良かったのに」英五が、銃を床に投げ捨て、残念そうに言った。「なるべく、怪我をさせたくないねん」

「おいおい。このガキ、素手で勝つ気だぞ」アメフトの男が、下品を通り越しておぞましい声で笑った。

二人の警備員が、申し合わせたかのように距離を取って英五を挟み込む。しかし、英五はまったく怯《ひる》まない。

「ウチも戦う……」

今日子は、勇気を振り絞って立ち上がり、ファイティングポーズを取った。女性誌では喧嘩特集は組まれていない。だから、どうすればいいかわからないが、愛した男がボコボコにされるのを黙って見ているなんて、〝いい女〟じゃない。

「ありがとうな、今日子。気持ちは嬉しいけど邪魔すんな」

やだ。男らしい。子宮がキュンキュンと鳴る。

「これで負けたら、孫の代まで笑われるぞ」バスケットボールの男がボソリと言った。

「しかし、完膚なきまで叩きのめされるような気がするのは俺だけか」

アメフトの男が、広い背中を丸める。「実は、俺もそんな気がして仕方がなかったんだ。オスの本能が逃げろと言ってるよ」

「ほんじゃあ、いくで」英五が、イケメンアイドルが出ているチョコレートのCMみたいに微笑んだ。

英五が、二回、その場でピョンピョンと跳んだ。それだけで、二人の警備員が吹っ飛んで気絶した。

たぶん、飛び蹴りをしたのだが、今日子の動体視力では捉えることができなかった。

目の前で、あっという間に二人をなぎ倒した英五に、今日子は恐怖すら覚えた。

信じられへん……。

「今日子、服を脱げ」

「ここで？　今？」

暴力のあとに間髪を入れずにセックスなんて、全盛期の松田優作ばりの猛々《たけだけ》しさではないか。

「違う。このビルから脱出すんぞ」

「えっ？　えっ？」

今日子は、ホッとしたようなガッカリしたような複雑な心境でオロオロした。

「警備員の服に着替えるねん」

なるほど。大胆不敵な作戦だ。

「でも、どこに行くん？」

「美術館や」

「こんな時間に……デート？」

「違うって。女王の大事な宝物を奪いに行くで。渋谷区に、魚住清美がオーナーの美術館があるねん。そこに、剝製にされた女たちが隠されているはずや」

ふたたび、ホッとしたようなガッカリしたような気持ちになる。

「何で、そんなことがわかったん？　場所はわかるの？」

英五が、パンツのポケットからジッポーを取り出した。英五はタバコを吸わない。

「それ、誰の？」

「サラから女王ゲームの前に貰ってん」

ジッポーの底をあけると、折り畳まれた紙が入っていた。紙を広げると、美術館のホームページをプリントアウトしたもので、魚住清美の顔写真も載っていた。紙の裏には馬鹿丁寧に、警報装置の切り方まで書いてある。

「サラちゃんからのメッセージなんやね」

「ほんまに凄い女やわ。女王ゲームが始まる前に、ボディチェックがあったし、スマホも没収されたからな」

英五が目を輝かせたので、今日子はまた泣きそうになった。

今夜は、長年培ってきた恋のマニュアルが通用しない。だからこそ、どうしようもなく、ドキドキが止まらないのである。

23

地下一階のレストランでは、女王ゲームが再開されていた。

スタッフたちに殴られたハーフの乱入者が、自分はサラの兄だと白状したのだ。隠し持っていたシャーペンはサラのインシュリンの注射だった。

泣ける話ではないか。

魚住清美は、思わず笑みを零《こぼ》した。

母親のために、兄妹が力を合わせて戦う。それが、もう一歩のところで勝てなかった。しこたま殴られたサラの兄は、レストランの片隅でぐったりしたまま動かない。この場に残せと清美が指示を出した。もちろん、あと一組となったプレイヤーにプレッシャーを与えるためである。

清美の狙いどおり、岩橋征士朗は動かないサラの兄をチラチラと横目で眺めている。

だが、クソ生意気な小娘には、この手の脅しはまったく通用しない。

「やっと、私が女王になれるときがきたー！　超嬉しいんですけどー！」

新庄ひまりのテンションは、絶好調である。

「可愛い子ね。決めたわ、あなたはぬいぐるみにしてあげない」清美は、違うプレッシャーをかけることにした。

「じゃあ、何にしてくれるの？」

「眠らせた状態で何もしないまま、永久に飾り続けてあげる。そして、ひまりちゃんの体が腐って、ウジが湧くのを眺めながら、最高級のワインを飲むの」

「かっこいい！　ゾンビみたいじゃん！」

これでも新庄ひまりには効果がなかった。強靭な精神力というよりは、想像力を放棄した、究極の刹那《せつな》主義な人間なのかもしれない。

「本当にカードを配らせてもよろしいですか」

清美が無理やりゲームを再開したので、山本は不安げだった。「ゲームを中断したペナルティーを払ってもらう」と岩橋征士朗が要求したのを魚住清美があっさりと飲んだのも気に入らないのだろう。

ビビることはない。新庄ひまりのチームのカードには、イカサマが仕掛けられていないのだ。

「配ってもらいなさい。これ以上、勝負を長引かせても意味がないわ」

この一回で、清美が勝てば、新庄ひまりが死ぬ。二連敗しなければ、こっちの負けはない。

「年寄りには深夜の勝負は応える。そろそろ瞼《まぶた》が重くなってきたわい」

岩橋征士朗が、嫌みをいいながらカードを配った。眠たいというわりには、慎重な手つきである。

異変は、ゲームスタート前に起きた。

岩橋征士朗と山本が、手札から次々とペアになったカードを捨てていく。

まさか……。二人でするババ抜きならありえないことではないが、確率的にはかなり低いはずなのだが……。

「よっしゃ。わしの勝ちだな」

岩橋征士朗は、一枚を残してすべてのカードがペアになった。その一枚はジョーカーだった。

対する山本も一枚だけを残し、他のカードは揃ってしまった。一枚は確認するまでもなく、クイーンである。

清美は冷静を装い、笑みを浮かべようとした。体の右半分が痛い。母親を焼き殺したときに抱きつかれてできた傷が痛い。

女王ゲームの途中に火傷が疼くのは初めてだ。

どうなってるの？

さっきまでの都知事じゃない。いや、さっきまでのカードじゃない。これは、明らかにイカサマだ。

山本もイカサマだと気づいてはいるが、見抜けていない。青白い顔で、手に持ったクイーンを凝視している。

カードにイカサマの仕掛けはないはずなのに、どうやったの？

配った岩橋征士朗の手つきも完全に素人のそれであった。何か怪しい動きでもあれば、山本が見逃すはずがない。

「大勝利！」

新庄ひまりが、カルピスのＣＭに抜擢された美少女のように爽やかな笑顔を爆発させた。こんなジメジメした場所ではなく、青い空の下の白い砂浜が似合う表情だ。

「……不覚を取りました」山本がうなだれ、震える声で謝った。

女王ゲームの長い歴史の中で、清美が二敗したのは初めてである。

「次に勝てば問題ないわ」

「かしこまりました。必ずや、仕留めます」

「安心しなさい。運命はお前を裏切らないから」

清美は、そう言ったあと、自分が放った言葉に愕然とした。

どうして、私はこんなことを言ったの？　どうして、無意識で、あの女と同じ言葉が出てきたの？

母親の聖子が、娘に焼き殺される前に言った台詞だった。

「暑いわ……。冷房を強くしてちょうだい」

「大丈夫ですか」山本が、怪訝そうに主人を見る。

「いいから早く。ミネラルウォーターも持ってこさせて」

右半身の皮膚が焼けるように熱い。錯覚だとはわかっている。でも、どんどん熱くなっていくのが止まらなかった。

「おばあちゃん、今までご苦労様」新庄ひまりが笑うのを止め、目を細めてしんみりと言った。「これからは、アタシが女王になってあげるから安心してね」

「あらっ。まだ、決着はついていないじゃない」

精一杯の強がりだった。これまで何の不安もなく君臨していたピラミッドが足下から音を立てて崩れていくのがわかる。

たとえ、次の勝負に勝ったとしても……。

「ごめんね。おばあちゃんは絶対に勝てないようになっているもん」

「絶対なの？」

「うん！　次もひまりちゃんの大勝利だから十億円を用意しておいてね。小切手でも現金でもいいよ！」

「楽しみだわ」

なぜか、心が軽くなる。負けるかもしれないのに、女王の座を引き摺り下ろされかけているのに、夏休みを迎える子供みたいにワクワクしてきた。

スタッフが、二本目の点滴を清美の腕に打った。山本が、何とも言えない顔でそれを眺めている。

可哀想な山本……ひとりぼっちになりたくないのね。

徐々に首から下の感覚は麻痺し、上半身が動かせなくなった。次の勝負に負けたとしても、清美が三本目の点滴を打たれることはない。十億円を払ってそれで終わりである。

それなのに、どうして自分も負けたら点滴を打つルールに設定したのか。

少しでも、ぬいぐるみの気持ちを味わいたかったからである。

清美は、綺麗で美しくて可愛らしいお人形さんになりたかった。

「ラストの勝負の前に、奴隷を交換します！　だって、お爺ちゃんがジョーカーを持ってたんだもんね！」

新庄ひまりが、声高らかに宣言した。

「最後ぐらい、ひまりちゃんと一緒に戦いたいよ」

岩橋征士朗が、太い眉をだらしなく八の字に下げたが、新庄ひまりは頑として聞き入れなかった。

「おじいちゃんは今夜でクビだからね」

「嘘だと言ってくれえ」

山本が名残惜しそうな表情で、清美の前から離れ、岩橋征士朗と席を替わった。

山本……最後まで、私から目を離さないで……。

あと一ゲームで、女王ゲームは終わる。


警備員に成り済まし、ビルを抜け出した英五と今日子は、タクシーで渋谷区の外れにある《魚住清美現代美術館》へと向かっていた。

「英五、大丈夫なん？」

後部座席の今日子は、身を乗り出して訊いた。

「うん。ナビがあるから知らん土地でも道に迷うことはない」

「いや、そうじゃなくて……」

今日子は、申し訳なさそうに助手席を見た。中年のタクシーの運転手が、憮然とした表情でシートベルトをして座っている。

「ほんまにごめんなさい」一応、運転手に謝った。

「かまわんよ。一生を左右する夜なんだろ」

「そうなんです。だから、奴らに追いつかれるわけにはいかない」

運転席でハンドルを握っている英五が、バックミラーを確認しながら言った。

ビルを出てタクシーを停めた英五は、とんでもない行動に出た。最上階から持ってきた二丁の拳銃のうち一丁を運転手のこめかみに当てて、「俺が運転するから、助手席でゆっくりしてください」とやんわりと命令したのだった。

「二人は恋人同士なのか」助手席の運転手が首を捻り、今日子に訊いた。

「はい。そうです」

「結婚はするのか」

「えっ……いや……」

何を訊いてんねん、このオヤジは！

「こんな大それたことをしでかすなんて、よほど愛し合ってなきゃ無理だろう。昔観た映画で『トゥルー・ロマンス』ってのがあったが、あれに出て来るぶっ飛んだカップルに似てるな」

その映画は観てないが、何だか嬉しい。

「ありがとうございます」今日子は、顔が熱くなるのを感じながらお礼を言った。

「おい、兄ちゃん。このべっぴんさんと結婚するのかしないのか、どっちだ？」今度は、運転手は英五に質問した。

ムカつくけど、運転手さん、ある意味ナイス。ロマンチックのカケラもない状況ではあるが、英五の本心が聞きたい。

英五が、国道の十字路の信号でタクシーを停めて小さく息を吐いた。

「俺は今日子と……」

今日子と？

決定的瞬間を聞き逃したくない。今日子はさらに身を乗り出した。

「結婚……」

ガシャン！

肝心の返事を聞く寸前、黒塗りのベンツがタクシーに追突した。追手だ。警備員の姿でビルを出て行く今日子と英五の姿を誰かが監視カメラのモニターで目撃したのだろう。

衝撃で、今日子は後部座席からフロントガラスまで飛んだ。頭を英五が支えてくれなかったら大怪我をしただろう。

「飛ばすから摑まってろや」

「まだ赤だぞ！」運転手が叫ぶ。

「わかってる」

英五がアクセルを踏み込んだ。真横からトラックが突っ込んできてギリギリですり抜けていく。

「死にたいのか！」運転手が絶叫した。

「死にたくないから逃げるねん。今のトラックもちゃんと見えてたから大丈夫やって」

英五は至って冷静ではあるが、タクシーは酒を飲んだイノシシのように暴走している。

今日子は、どこに摑まればいいかわからず、膝の上に乗っかったまま運転手に抱きついた。運転手の口からハッカの匂いがしてむせそうだ。

「頼む！ 止めてくれ！」

ってきた。

同じく信号無視をしてきた黒塗りのベンツが、容赦なくタクシーにガンガンとぶつか

「舌を噛むから黙っとけ」

映画のカーチェイスそのものである。しかも、英五はスタントマンみたいな抜群のドライビングテクを見せた。

「いつのまにこんな運転を身につけたんよ?」今日子は、思わず訊いた。

「今日や」

「えっ?」

「サラが俺の能力を最大限に引き出してくれた」

こんな状況なのに、猛烈に嫉妬した。いや、いつ死ぬかわからないこんな状況だからこそ、もう本当の自分の気持ちを抑えられない。

「あれは何なんよ」

「あれって?」

「サラちゃんのヒールにキスしてたやん。何であんなことするの?」

嫌われたっていい。《嫉妬を剝き出しにする女は醜く、男が離れていく》のは知ってるけど、そんな女性誌のアドバイスなんて糞食らえだ。

「わからへん」

「はあ?」

「自分でもわからん。体が勝手に動いた」

「意味わからへん！」

カーチェイスをしながらの痴話喧嘩に運転手は啞然とし、黒塗りのベンツは依然として激突を繰り返している。

「俺もそうだ！　この世で意味がわかることに大した意味はなく、説明できないものにこそ意味があることがわかった！」

英五が、溜まりに溜まった便秘を解消したかのようなスッキリとした横顔で叫んだ。

「やかましい！　もう、ウチのことなんて必要ないんやろ！」

とうとう、この禁句を口にしてしまった。次の英五の返事次第では、別れなくてはならない。彼氏の大ピンチに嫉妬を丸出しにするなんて、世界で一番ウザい女だ。

英五は、無言で返事をした。ハンドルを右手一本で切りながら、左手で今日子の顔を引き寄せ、唇を重ねた。

カーチェイス中のキス。それは、どんなキスよりもロマンチックだった。

タクシーがスピンして、国道のど真ん中で止まる。突如、ターゲットを失った追手のベンツは急に止まることはできず、ガードレールに激突してボンネットから煙を上げた。

クラクションが鳴り響く中、今日子と英五は熱烈なキスを続けた。

「あの……お取り込み中にすまんが……降りてもいいかな」

今日子の尻の下敷きになっている運転手が、半泣きになって言った。

24

「今夜から山本をひまりの奴隷にしてあげるね」

新庄ひまりが、カードを配る山本に囁いた。

「ひまりちゃん、私の奴隷を横取りしないでくれるかしら？」

魚住清美は、山本の表情を窺いながら警告した。

「横取りなんてしないわ。奴隷になるかならないかを決めるのは本人だもん」

たしかにそのとおりだ。山本を奴隷にしたとき、清美は何の強制もしなかった。山本から身を捧げてきたのである。

「山本、もう怖くないよ。これからはひまりがいるからね」

新庄ひまりが、懲りずに勧誘を続けた。

「ひまりちゃん、わしはどうなる……」岩橋征士朗は、急激に十歳は老けた顔になっている。「都知事の権力をフル稼働して、都民の大切な水道水に混ぜ物までして、奉仕を続けてきたんだぞ」

「知らないもん」

「だって、全部、お爺ちゃんが勝手にやったことじゃん。ひまりは一度もお願いしたことないもん」

「し、知らないだと？」

「そ、そうかもしれんが、アイディアを出してくれたのは、ひまりちゃんではないか」

「あんなこといいなあ、できたらいいなあって言っただけじゃん。見苦しいから、これ以上、喋らないでね」

「ぐぬぬ……わしはドラえもんか」

二人が仲間割れの喧嘩をする中、清美はじっと山本を見つめていた。

どうして、こっちを見てくれないの？　どうして、目を離すの？

こんな山本は今まで見たことがない。どんなときも清美の一挙一動を見守ってきたはずなのに……。

山本がカードを配り終えた。

奴隷がチェンジしているので、岩橋征士朗が勝てば新庄ひまりの負けとなり、山本が勝てば清美の負けとなる。

つまり、互いの命運は相手の奴隷が握っているということなのだ。

岩橋征士朗が、スタッフに命じて持ってこさせた水道水をガブ飲みしている。勝つ気でいるのか、それとも得意のブラフか。

「ひまりの奴隷になりたかったらわかってるよね」

新庄ひまりの言葉に、山本がビクリと肩を震わせる。まだ、清美の顔を見ようとはしなかった。

「わざと負けることができないのが、女王ゲームの辛いところだな」岩橋征士朗が、水道水を飲みながらボソリと言った。「負けたくても相手にクイーンを持っていかれたらどうしようもない」

清美のチームのカードには、二重のイカサマが仕掛けてあった。第一のイカサマはカードに毒を塗込むこと。そして、第二のイカサマは三枚のクイーンにだけ、清美の体液をほんの少しふりかけてある。

常人には絶対に判別できない。しかし、最高の奴隷である山本なら嗅ぎ分ける。だから、このゲームで山本が負けることなどありえない。

それなのに……清美の心臓は徐々に鼓動を遅くし、全身を流れている血が冷たく凍っていくような感覚に襲われる。

女王は、私のはずなのに……。


……痛い！

三階の整体院。栗原は、後頭部の激しい痛みとともに意識を取り戻した。

「ソノリン！」

拘束されていることに気づかず、立ち上がろうとした。梱包用のビニール紐が、栗原のでっぷりとした腹に強く食い込む。その拍子に縛ってある紐が緩んだのがわかった。

数分後、栗原はようやく解放された。

栗原は、全身の関節が痛むのを意に介さず、下着姿でベッドに横たわるソノリンの元へと駆け寄った。

「ソノリン……ごめんよお……僕の力が足りないばかりに、こんな姿にさせてしまって……」

「男のくせにメソメソ泣いてんじゃねえぞ」

いつのまにか、雨宮が背後に立っていた。ずり下がったサングラスを指で押し上げ、折れ曲がったタバコを咥えて火を点ける。

辺りは、不気味なくらい静まり返っている。整体院には、動いている人間は二人の他には誰もいない。動いてないのは、ソノリンとその隣に寝かされているサラだけだ。

「ソノリン……」

「うるせえ！」雨宮が、空になったタバコケースを投げつけた。

「最期のお別れなんですよ。好きにさせてくださいよ」

「別れたくねえのか」

「当たり前じゃないですか」

雨宮は吐き出した煙を目で追い、配管が剝き出しになった天井を眺めて言った。

「なら、お姫様と逃げろ」

何のことを言っているのかわからず、栗原はポカンと口を開けた。

「ソノリンを抱えて、このビルから逃げろって言ってんだよ」

「に、逃げることができるんですか？」

「お前次第だがな。お前がもしお姫様を無事に救うことができたら、褒美としてソノリンの借金はチャラにしてやる」

普通なら騙されていると疑うだろう。

しかし、栗原には目の前にいる典型的なヤクザファッションの男が、どうも嘘をついているとは思えなかった。

目は、女王ゲームが始まる前よりも霞んでいる。どんどん視力が落ちていっているのは確実だ。この調子だと、明日には何も見えなくなるはずだ。

光を失おうとしている栗原の目が、雨宮を信じろと告げていた。

「教えてください。どうすればいいですか？」

「廊下の突き当たりに居酒屋だった店舗がある。その店のキッチンの奥に、ゴミ専用のエレベーターがあるんだ。それにソノリンを乗せて下ろせ。あとはお前が何とかしてビルの外に出ればいい。成功の可能性はかなり低いが試してみる価値はあるだろ」

「……あなたは何者なんですか？」

「魚住清美に恨みがある男さ」

「へっ？」

雨宮が、中途半端に吸ったタバコを床に捨て、革靴の踵《かかと》の裏で揉み消した。気のせいだろうか？　よく見るとサングラスの下の雨宮の目が灰色に見えた。今や色覚の失われた視界に慣れた栗原には、それが青だとわかった——どうして目が青いんだ？

栗原は、ソノリンをしっかりと抱え、部屋から出た。雨宮が、眠っているサラをじっと眺めているのは気になったが、ペコリと頭を下げて礼を言った。

「助けていただき、ありがとうございます」

「ああ。幸運を祈ってるぜ」

雨宮は栗原の顔を見ず、軽く右手を上げた。

英五は、今日子とともに《魚住清美現代美術館》に忍び込んでいた。

警備は呆れるぐらい手薄だった。警報装置を切り、二人しかいなかった守衛の背後から近づきチョーク・スリーパーで眠ってもらい、ついでにスマートフォンも拝借した。

二人とも警備員の姿なのが都合よかった。監視カメラに映ったところで、警報が発信されない限り、警備会社は駆けつけてこないだろう。

「本当にこんな場所に、人間の剥製が飾られてんの？」

美術館は学校の体育館の半分ぐらいの大きさだが無駄に広く見え、前衛的な彫刻や展示物がポツポツとしか置かれていないので、やたらとスペースが有り余っている。

「間違いない。サラが長年の調査で突き止めたんや」

「じゃあ、何でサラちゃんが自分でここに来ないんよ。女王ゲームなんて危険なものにわざわざ参加する必要はないやん」

「いや、参加せなあかんかってん」

英五は、一枚の絵の前で足を止めた。美しい裸婦像だが、右半身が醜く焼けただれた作品だった。

モデルの顔は、どことなく魚住清美に似ていた。いや、魚住清美の若いころの姿だ。

英五は、その絵を壁から外した。

「これって……」今日子が目を丸くする。

絵の下から、《0》から《9》までの数字が並んだテンキー式のロックが出てきた。

「このロックを解除すれば剝製を飾っている場所に辿り着ける」

「でも、解除する番号がわからへんやん」

「ヒントは女王ゲームの中にあったはずだ。だからこそ、サラは俺を参加させたんだ」

失敗は許されない。用心深い魚住清美のことだ。コードを間違えれば、二度とロックは開かなくなるだろう。

一回勝負だ。魚住清美の選んだ数字を見破らなければならない。

地下のレストラン。女王ゲームは佳境を迎えていた。

岩橋征士朗の手持ちは二枚。♥の7と♠のQだ。同じく残り二枚の山本が♥の7を引けば、その瞬間に魚住清美の敗北が決まる。山本は確実に♠のQを選ばなくてはならない。

しかし、山本は指を宙にさまよわせ、長考していた。珍しく、顔中にぐっしょりと汗を掻いている。

「どうしたの？」

堪え切れず、清美が訊いた。

「わ、わかりません」山本が、震える声で答えた。

「何が？」

「クイーンの場所が……わ、わからないんです」

「本気で言ってるの？」

母親の聖子の言葉が、清美の脳裏を過《よぎ》った。

『気をつけなければいけないのは、支配しようとする相手を少しでも疑えば痛いしっぺ返しが待ってるってこと。奴隷の復讐ほど恐ろしいものはないんだから』

奴隷の復讐……。

私は山本を疑ってしまったのか？

「信じてるわ」清美は、できる限りの愛を込めて言った。「お前なら、女王の場所がわかるはずだもの」

しかし、清美は山本の顔をまっすぐに見ることができなかった。

一撃。たった一撃の新庄ひまりの攻撃が、山本の心を大きく動かした。奴隷の本能が、より魅力的な女王を見つけてしまったのである。

前回の鮮やかなイカサマで勝負があったってことなのね……。

清美は小さく息を吐いた。それは、この二十年間で無敗を誇ってきた女王の敗北宣言でもあった。

山本の手が伸び、運命に導かれるようにして、♥の7を掴んだ。

「英五、無理したらあかんって。こんなもん、解けるわけがないやんか」

今日子は、テンキー式のロックを睨みつけて微動だにしない英五の背中を摩《さす》った。

美術館は、水を打ったように静まり返ってはいるが、いつ追手や警察が来るかわからない。今なら逃げ切れる。淡路島に帰って、幸せに暮らせばいい。

「俺はシンプルな数字だと思う」英五が呻くように言った。

「どうして、そう思うん？」

「魚住清美の生き様こそがシンプルやから。己の欲望のために、数々の人間を犠牲にしても心は痛まず、それどころか、剝製を崇《あが》めるためにこんな場所で管理している」

「狂ってるだけやん……」

「端《はた》から見たらな。あの女の中ではさも当たり前の理屈なんやろ」

「数字……わかった？」

英五が、自信なさげではあるが頷いた。

「きっと、クイーンの《12》は入っているはずや」

「それは言えてるかも……」

今日子は同意したものの、不安で落ち着かず、この場から逃げ出したくなった。

そんな単純でええの？

でも、今日子が力を貸すことはできない。眠っていた超人的な能力が覚醒した英五でなければ、解き明かせない難題なのである。

「よしっ。決めた」

英五が、人差し指をテンキーに近づけた。

「答えがわかったん？」

「おう。《2》や」

「えっ？《2》だけ？」

「俺の直感はそう言ってるねん」

遂に、英五の人差し指が《2》と《ENTER》のキーを押した。

……何も起こらない。

だが、英五の顔は自信に満ち溢れていた。今日子が惚れた、淡路島での英五の顔だ。

突然、美術館中にモーター音が響き渡り、フロアの真ん中の床が割れて階段が現れた。

驚きのあまり、今日子は声を出せなかった。

「行くで」

英五に手を引かれ、階段を降りるとそこには、信じられない光景があった。

「ひどすぎる……」今日子は、堪らず泣き出した。

何の家具もない広い部屋の真ん中に、革張りのソファーとローテーブルが置かれている。そして、その前に、生きているのかと息を飲むほど美しい、十二体の美女の剝製が飾られていた。全員が服を着せられずに、生まれたままの姿で立っている。

サラの母親はすぐにわかった。左から二番目に、ひと際美しい白人の剝製があった。目が、サラにそっくりだ。こうして見ると、ブライアンには似ていないので、彼は父親似なのだろうか。

「救いだしてやろう……」

英五が警備員のスマートフォンを出し、警察とマスコミに電話をかけた。

いくら揺るぎない権力を持っている魚住清美であろうと、剝製の前では言い逃れはできない。

「でも、なんで《2》ってわかったんよ?」

「魚住清美は女王ゲームのときに顔の右の筋肉が動いてへんかった。若いころ、右半身を大火傷したからだと本人も言っていた。その傷を癒すために女王ゲームを始めたんだ」英五が、悲しげな表情で今日子を見た。「クイーンの《12》の右半身がなくなったら、《2》やろ」

地下室のレストランでは、岩橋征士朗が勝利の雄叫びを上げていた。

とうとう、女王が敗北した。

清美は清々《すがすが》しさにも似た気持ちで、新女王を祝福した。

「おめでとう。ひまりちゃん」

「ありがとう。清美さん」

「私が育てた奴隷を大事に可愛がってあげてね」

解放されるのは、思ったよりも簡単だった。右半身の痛みは増してきているが、今だかつてないほどすがすがしい。

「さあ、約束の十億円を払ってもらおうか」

毒が回っているはずの岩橋征士朗が、おもちゃを買ってもらえる子供みたいにスキップする。

「山本、都知事に小切手を差しあげなさい」

山本は、返事をせず、スーツの内側から小切手を取り出して岩橋征士朗に手渡した。

「助かったあ。さすが、ひまりちゃんだよお」

「よかったですね、都知事」清美までもが、微笑ましくなる。

「あのさあ」新庄ひまりが、生ゴミを漁るカラスのような眼光で清美を見た。「余裕ぶっこいてるみたいだから、種あかしをしたげるね」

「何のことかしら？」

「負けたことがないから、敗北の味わい方がわかんないんでしょ？　いいこと教えたげる。気になってるはずじゃん。アタシの仕掛けたイカサマがね」

ふたたび、清美の心臓の鼓動が遅くなり、全身の血がシャリシャリと音を立てて凍りつきはじめた。

新庄ひまりが、そんな清美の様子を嬉しそうに眺めて続けた。

「うふふ、血の気が失せて体の先が冷たくなってきたでしょ？　アタシのお兄ちゃんを紹介するね」

えっ？　アタシの？

レストランの片隅で踞っていたブライアンが、ヨロヨロと立ち上がった。

「あの子は、サラのお兄さんじゃないの？」

「ううん。サラちゃんのお兄ちゃんは別の人だよ。雨宮って人。剝製にされた母親の復讐のためにヤクザになったんだって。今頃は、サラちゃんを車椅子に乗せてこのビルを脱出したんじゃない？」

ブライアンが重い足取りで近づいてきて、新庄ひまりの隣に寄り添った。

「あなたは、サラのインシュリンを打ちにやってきたのよね」清美が、ブライアンに訊いた。

「違うんだな、これが」岩橋征士朗が、テーブルの上のカードをシャッフルする。「彼は、このカードを持ってきてくれたのさ。シャッフルをせずに配れば、勝手に親が勝つ配列になっていた。イカサマと呼ぶにはあまりにも幼稚な仕掛けだけどな」

清美は、ようやく新庄ひまりが仕掛けたイカサマの全貌が見えてきた。

ブライアンは、サラにシャーペンの注射をするふりをして、わざと英五の飛び蹴りを食らったのだ。そのあと、よろけるふりをして新庄ひまりに抱きつき、激怒した岩橋征士朗に柔道の技をかけられながら、新しいカードを渡したのだ。

「女王ゲームの途中で、しかも、最後の大勝負のときにカードをチェンジしたかったの。みんなのおかげで大成功だよね。お兄ちゃんもハーフの人に見えるように整形してくれてありがとう。サラといっしょに野球場で写っている写真までフォトショップで作ってくれたんだ」

サラと新庄ひまりは、最初からグルだったのか？　おそらく、参加者全員と繋がりのある雨宮から、話を持ちかけたのだろう。

山本が、熱い眼差しで新庄ひまりを見つめている。あの視線は、私だけのものだったはずなのに……。

「魚住様」

スタッフの一人が、ひどく青ざめた顔でやってきた。

「どうしたの？」

「剝製が見つかっちゃったんだ！　ウヒョー！」新庄ひまりが、奇声を上げる。「英五ちゃん、やるぅー！　英五ちゃんもアタシの奴隷にしちゃうんだから！」

清美は、すべてを奪われたことを悟った。絶叫して取り乱したいが、声の出し方がわからない。

「カードを貸して……」清美は、スタッフの一人に命じた。

「な、なんのカードですか？」

「山本が愛用していたカードよ」

「しかし、あのカードには毒が……」

「いいのよ。Qのカードをちょうだい」

「か、かしこまりました」

スタッフが、テーブルの上から恐る恐る探し出す。

「へえ、清美さんはそういう風に悔しがるんだ。かっこいい」

「あ、ありました」

清美は、スタッフが差し出した♥のQに嚙みつき、狂ったように口の中で丸め、ひと飲みにした。

エピローグ

半年後。

淡路島の玉葱畑で英五は缶コーヒーを飲みながら、のんびりとタバコをふかしていた。周りには誰もいない。玉葱と英五だけである。

この生活にもやっと馴染んできた。結局、英五は普通の人間に戻り、今日子とは別れていた。今日子はスペシャルな英五が好きだったのだ。

東京で女子大生をやっている今日子とは連絡も取っていない。

サラとも会っていない。視力を失ったとは聞いていた。カードの数字がわかるイカサマのために、栗原と同じ目の手術をしていたのだ。栗原は《青と黄色》を失い、サラは《赤と緑》を失った。

正直、ついていけない。いくら、母親の復讐のためとはいえ、一生を盲目で過ごす道を選べる人間がどれだけいるだろうか。

俺は、この島で暮らす。

英五はそう決めていた。あれだけずば抜けていた奴隷の能力も、女王たちから離れたら、あっという間に影をひそめた。

漁師の祖父の仕事を継ぎ、こうやって親戚の畑を手伝うのが今の英五にとっては何よりも幸せだった。

「ここにおると思った」

最初は、空耳だと思った。目の前に女子大生風の今日子が現れても、玉葱の精が見せる幻覚だと思った。

「あれ?」

「あれって何よ」

「本物やんけ」

「そうや、本物やったら悪い?」

懐かしさに二人は同時に笑みを浮かべた。半年の長い時間が、英五にも今日子にも必要だったのかもしれない。

「東京から、わざわざ来たんか」

「そうや」

「何しに来てん」

「英五に大切なこと伝えにゃ」

たったこれだけの会話で、英五の心は今日子に撃ち抜かれた。

「待て。俺が先に言う。お前のことが、めっちゃ好きや」

今日子が涙を浮かべて微笑み、英五の胸に飛び込んだ。半年ぶりの熱いキスは、英五に勇気を与えるには充分だった。

「今日子。お前のことを必ず幸せにするから……」

「するから？」

「俺と結婚……」

あと十秒早ければ、英五のプロポーズは成功しただろう。だが、十秒遅かったことにより、英五の運命がまた大きく変わることになる。

一台のピカピカに輝く白いリンカーンが玉葱畑に突っ込んできた。

英五と今日子は仰天し、思わず体を離してしまった。

リンカーンの後部座席から、岩橋征士朗と黒服たちが出てきて、有無を言わせず英五を拉致した。

「頼む。英五君。君の力が必要なのだ。また新しいゲームがはじまる。しかも、魚住清美よりもはるかに強大な敵が待っているのだ」

岩橋征士朗の迫力に、今日子は地蔵のように固まり動けずにいた。

リンカーンの後部座席のパワーウインドウが開き、新庄ひまりがひょっこりと顔を出す。

「よろしくね、英五ちゃん。今度はアタシが女王になってあげるね」

リンカーンに乗せられた英五は、玉葱畑に立ちすくむ未来の花嫁に向かって叫んだ。

「今日子！　助けてくれ！」

（了）

文春文庫

女王《じょおう》ゲーム

定価はカバーに
表示してあります

2013年12月10日　第1刷

著　者　木下半太《きのしたはんた》

発行者　羽鳥好之

発行所　株式会社　文藝春秋

東京都千代田区紀尾井町 3-23　〒102-8008
TEL　03・3265・1211
文藝春秋ホームページ　http://www.bunshun.co.jp

落丁、乱丁本は、お手数ですが小社製作部宛お送り下さい。送料小社負担でお取替致します。

印刷・大日本印刷　製本・加藤製本

Printed in Japan
ISBN978-4-16-783892-8